CAMIÑANO. LIBRO VII

Muerte entre viñedos

Santi Vives

CAMIÑANO. Libro VII

Muerte entre viñedos

1971

Santi Vives

Santi Vives ©

CAMIÑANO VII. Muerte entre viñedos ©

ISBN Libro en papel: 978-84-685-8456-0
ISBN eBook en PDF: 978-84-685-8457-7

Fotografía de portada: Dionisio López ©
Maquetación: Silvano Sánchez ©

2024
Bubok Editorial

Edición princeps

A Pedro, mi amigo.

Prólogo

Los sucesos que en este libro se van a narrar acontecieron en las tierras donde nació el inspector Máximo Vázquez Camiñano, ellas son testigos de estas historias y permítanme el atrevimiento de contarles algunas cosas que usted, estimado lector, debe saber de estos lugares bendecidas por el omnipresente dios Baco.

Quien visite las tierras Bobal del interior de la altiplanicie del levante español, debería conocer la rica historia que en ella existe, para ello, quien mejor que un historiador comprometido para narrar el acontecer de la comarca en sus primeros tiempos, trascribo literalmente un textos del libro de Bernabéu que nos dará idea de épocas remotas:

Cierto día, la fauna del "río de las cabra montés" se estremece de inquietud ante la presencia de unos seres extraños que van cubiertos con unas piles inmundas y llevan prevenidas toscas hachas de piedra...

Afianzando su supervivencia tras luchas tremendas sobre el clima, las fieras y las enfermedades... Allí entre el perpetuo susurro del río y el rumor inquietante de la maleza vendrían al mundo los primeros hijos de Caprasia: la tierra fangosa que comenzó a ser amada...

Dejando los sueños a un lado no resulta desatinado el supuesto que la penetración del hombre en la tierra caprasiana tuviese lugar en el Paleolítico por el Júcar y el Cabriel.

F. Luxan en su Anuario Estadístico nos dice que en el sur del río Oleana o Magro la masa miocénica constituyó un inmenso lago que acabó desaguando por los ramblizos de erosión de la cuenca del Cabriel y por el portillo de Chirrichana... De aquí que los cazadores del Neolítico prefiriesen las cuevas y abrigos "de las asomás" y pudiera ser que prolongaran allí su estancia ante la presencia..., de los feroces beribracos con sus rebaños de cabras.

Siglos después se asomarían a las cumbres de las Cabrillas o a los murallones del Regatillo los esforzados edetanos.

Ya en tiempo de desecación otros pueblos íbéricos se enseñorearon de la comarca... A ellos se debieron los primeros quehaceres ganaderos y agrícola en el encumbrado otero que domina la vega caprasiana: la rocosa peana que dio origen a la Villa y que recibió los nombres de Requena-Brissia, Requenóbriga, Richenna, Rocuna, Rocuina, Rekina, Roqueña, Recuene, Rechana.

Es casi seguro que ciudadanos griegos y fenicios despistados en busca de metales u otros caprichos de la península ibérica, comerciaran con moradores de aquí, ninguno de aquellos visitantes dejó una huella perenne, al menos que se conozca, más allá de testimonios cerámicos y otros utensilios hallados de manera casual o por labor de los entregados arqueólogos. Ni siquiera las hordas púnicas en busca de guerreros para enfrentarse a Roma han dejado testimonio de valor que lo confirme.

Poco más vamos a añadir en cuanto a este largo período de la historia antigua de la meseta, pero interesa resaltar que fueron los íberos los que dejaron el testimonio más valioso a esta comarca, su mayor señal de identidad, que no es otro que el divino vino. Es fácil imaginar que los fenicios, conocedores de la elaboración del mágico fruto desde tiempos inmemorables, al contemplar estas ricas tierras a más de setecientos metros sobre el nivel del mar, bendecidas por la fertilidad y acondicionadas a temperaturas extremas, alentaron a sus moradores a cosechar dicho brebaje de santos. Así lo atestiguan los hallazgos arqueológicos que se han encontrado en la comarca no muy lejos al sur del núcleo de población actual. La Solana de las Pilillas, es el mas antiguo lagar que se conoce en Iberia y que confirma la elaboración del vino en tiempos lejanos, luego los romanos negociaron con él, los reyes visigodas fueron bendecidos con la bebida tinta y es muy posible que algún musulmán a hurtadillas elaborara la bebida, a pesar de la amenaza de ser condenado por Alá a vivir en el yahannam.

Se dice que los esponsales de las hijas del Cid con los condes de Carrión se celebraron en la Villa y no sería de extrañar que dicha elección fuera por la abundancia de sus caldos voluptuosos; lo que pasó después de la boda ya es otra historia más allá del Cantar del Mío Cid, y el testimonio que han legado doña Elvira y doña Sol, que hicieron honor de su presencia con los nombres de callejuelas de la Villa.

No quedó la meseta una vez cristianizadas a merced del capricho de las tierras levantinas, tal como durante en tiempos de infieles lo fueron. Con el tratado de Almizra entre el infante Alfonso y Jaime I a mediados del siglo XIII vino la paz más o menos entre los reinos cristianos y el reparto de tierras de moros, de manera que, durante muchos siglos la Villa perteneció a Castilla y a merced de la ciudad del cáliz y la estrella, tras recibir del rey sabio en el año de gracia de 1257 su Carta Puebla, por la promesa hecha por su abuelo. De esa época es la presencia de los vinateros, que vigilaran las viñas antes de la vendimia.

Con los siglos, en tiempos de la segunda reina Isabel y las reformas del Estado que se llevaron a cabo, cambiaría de forma teórica y administrativa de manos, pero el espíritu de sus moradores fue y sigue siendo de tierras del interior, o para mejor entendernos, castellanos.

Quien conoce esta comarca sabe que el cultivo del vino viene de antaño, que ha tenido continuidad, tradición y solera, lo atestigua su historia vitivinícola y el cuidado de la vid y de sus campo con cepas centenarias, preparando terrenos con construcciones en piedra seca con bancales, tapias o cercados, o creando otras para los aperos y protección de los animales de labranza, como así lo atestiguan barracozas, majanos o simples cobertizos, junto con aljibes, abrevaderos, corrales, etc.

Estas tierras que forma el este de la submeseta castellana están bendecidas por su clima continental de fríos y largos inviernos y veranos cálidos pero atemperados por noches agraciadas. Las tierras Bobal ocupan un espacio ondulante, y limitado por bellos paisajes montañosos como sierras de Bicuerca, Torrubia y el del Rubial, o las ramblas y los valles el del río Magro, etc., todo ello acompañado por los más de los 45 mil kilómetros cuadrado de cultivos, siendo con mucho el viñedo el protagonista principal, junto a la compañía de olivares, almendros y otros. Incluso antes de la explosión de los viñedos estaba presente la agricultura de subsistencia y el cultivo de cereales, trigo para el pan, avena para el salvado de los cochinos, cebada o centeno o la paja que ellos producen como forrajes para las cabellerizas y demás animales, etc. El límite de la comarca está en los bellos paisajes de las hoces del rio Cabriel, o al norte de la Sierra del Negrete.

Muchos pueblos, aldeas, masías, fincas de labranza, etc., recorren estas fértiles tierras y entre ellas brilla en un sobre elevado terreno de piedra caliza la señorial Villa, ciudad que la hace única por estar toda ella perforado su subsuelo con antiguas bodegas, unas comunicadas y otras no y que fueron abandonadas o colmatadas la mayoría con el nacimiento de las cooperativas a mediados del siglo XX. Las cuevas perdieron su función primordial cuando las familias dejaron de hacer vino de forma artesanal. Por mucho que se quieran datar las cuevas de la Villa, siguen siendo un misterio, pero nadie discute su uso, que fue junto a otro la conservación del vino, que exige un cuidado especial y un trato excelso, el vino pide que nadie lo exponga a cambios bruscos de temperatura, demanda tranquilidad y silencio y ruega oscuridad.

Un hecho triste fue la presencia en Europa de una plaga por un insecto malvado que mataba la raíz de la planta del viñedo. La filoxera llegó a los viñedos franceses a mediados del siglo XIX traída de América y lo más asombroso fue que las cepas americanas no morían con la presencia de este malnacido insecto. La península ibérica no se libró de esta plaga, aunque llegó más tarde y de forma desigual. Las tierras Bobal sufrieron menos que otras zonas tradicionalmente vinicultoras por dos razones, la primera, porque no llegó hasta principios de siglo XX, cuando ya se ponían remedios para evitar su expansión y sobre todo por una cierta resistencia de esa variedad reina, la Bobal, que se extendía en más del 80% de sus viñedos, acompañadas por una pequeña representación de Tempranillo y algo de Garnacha.

Es precisamente la variedad Bobal la que marca la importancia de la comarca, es una uva única, adaptada al terreno y al clima de la comarca, resistente a temperaturas altas y a heladas de madrugada, de cepa ni pequeña, ni grande, ni baja, ni encorvada, ni erguida, con sarmientos rastreros que cubren el suelo poco antes de la vendimia, sus hojas grandes y de fuerte color verde, que va cambiando hasta su bello rojo intenso otoñal, antes de que la cepa se disponga a invernar.

Son sus racimos compactos, grandes, su grano no tiene prisa en brotar, madura despacio, lo hace tarde, pero su color siempre de un intenso verde al principio hasta que llega a su apogeo, se pinta de un oscuro color azul casi negro, a la vez de que se llena de azúcares y de ácido tartárico. Con el despalillado y estrujado descubrimos la piel del grano duro y color intenso, la pulpa blanda y blanca y su resultado final un líquido de dioses que lo convertirá en una bebida, consuelo de pobres, estímulo de los trabajadores y siempre querida por todos.

FINCA MARION

Año nuevo de 1971

Prólogo

Fue en Francia, lugar de mayor tradición en el bello arte de hacer vino, donde la asesina plaga de la filoxera provocó las mayores desgracias y la ruina de muchas familias adineradas que no supieron acoplarse a los nuevos tiempos, solo unos cuantos individuos de regiones de Burdeos o de la Borgoña reaccionaron a tiempo con decisión y valentía y viéndolas venir tomaron las de Villa Diego, vendiendo las tierras a tiempo o importando el vino y el mosto que no podían recoger de sus viñedos y así mantener la producción de las mismas.

La familia Besson, fue una de las que salieron bien parados de la grave crisis que invadió los viñedos franceses. Alan Besson y su mujer Alice Marion decidieron cambiar de aires y buscar en otros tierras no afectadas por la enfermedad de las viñas nuevas aventuras vitivinícolas, asentando sus posaderas en la altiplanicie vigilada de lejos por el pico del Tejo, estudiaron el terreno, sondearon a los nobles y esforzados habitantes de la comarca, analizaron los viñedos autóctonos, etc., y poco después decidieron invertir su capital en comenzar una nueva aventura en el negocio que mejor sabían hacer, creando una bodega familiar. Los antiguos conocimientos adquiridos tras años de experiencia los aplicaron en la nueva bodega, pronto descubrieron por sí solos lo que todo el mundo sabía y nadie divulgaba y es la nobleza, carácter y fuerza de la variedad Bobal. No es de extrañar que el nombre con la que se le conoce a esta cepa en algunos lugares sea Carignan d´Espagne, nombre que solo se usa fuera de la comarca, dado que por estas tierra se escuche más Provechón, una forma cariñosa y popular de tratar a la Bobal.

No se conoce bien los orígenes de la bodega de la familia Besson, más allá de que fueron sus creadores un matrimonio francés que vino con la prole al territorio, compraron hectáreas de tierra de labranza, viñedos, corrales, animales, etc., se acomodaron a las costumbres, participaban en las fiestas y romerías, acudían a los acto religiosos, daban trabajo a gentes de la comarca, aparceros, agricultores, caseros, etc., de manera que en unos años comenzó una actividad que no solo se concentró en la viña, también se ocuparon del negocio de la almendra, el aceite y otros productos que fueron el complemento a la gran labor como vitivinicultores.

Desde que llegó la familia Besson hacia 1870, y se entregaron al trabajo de crear una bodega, esta no dejó de crecer, con el tiempo la casa familiar humilde en un principio pasó a ser una construcción regia, una casona de grandes dimensiones que estaba rodeada de otros múltiples construcciones, viviendas para los caseros, establos, pajares y la gran bodega, pronto se le conoció en toda la comarca como la Finca del Borgoñés o años después la Finca Marion, cuando un día apareció en la fachada de la casa solariega ese nombre, dicen en honor a su primera moradora Alice Marion.

No se conoce bien el recorrido del árbol genealógico a partir de la llegada de la familia Besson a la comarca, se sabe que se integraron plenamente en la tierra, y que los enlaces matrimoniales, aunque casi siempre entre gente pudiente se buscaron o se encontraron en la comarca. Algo sí se sabe de la memoria de la familia Besson y son los cinco patriarcas, que dieron continuidad al negocio desde que llegaron al altiplano y que están representados en cuadros en el gran comedor de la casona familiar, son los primogénitos de la estirpe, los tres primeros de nombre Alany los dos siguientes Adelo, al que se incorporó precisamente el último año el tercer Adelo, con lo que en el gran salón comedor lucían ya los seis últimos propietarios.

El segundo Adelo, o sea el patriarca, tenía cuatro hijos del matrimonio con Alma, una villana rica y con carácter que murió en el parto de su cuarto hijo. Algunos voces murmuraban de que Adelo Besson tenía un quinto hijo fuera del matrimonio, nada concreto. Como era tradición en la familia, el primer hijo, iba a ser el depositario de la continuidad de la bodega, desde hacía tiempo se reservaba algo más de la mitad del accionariado al primogénito, con la obligación de que este debía seguir la tradición de mantener, conservar y a ser posible aumentar la producción vitivinícola de Finca Marion.

En el año 1971 celebraba la familia el centenario de la creación de la bodega y el segundo Adelo quiso que esta fuera a lo grande. Desde siempre el patriarca de la familia obligaba a reunirse en Finca Marion esa noche de fin de año a todos sus miembros, bajo la amenaza de que si no hacían acto de presencia, se les negaría el fuerte aguinaldo que se traducía en el reparto de beneficios de la empresa. Especialmente en esta ocasión el interés de reunir a todos sus miembro por parte del viudo Adelo Besson fue mayor, por un lado, la celebración del centenario y por otro, su estado de salud debilitado por la edad, acompañados de algunos excesos mal confesados, el patriarca presentía que quizás no le quedarían muchas más celebraciones en la casona que en esas fechas se llenaba de alegría, jolgorio, luz y color.

El tercer Adelo, el primogénito, era un hombre alto y grueso, retraído, de piel oscurecida por los efectos del sol, rudo en las formas y parco en palabras, acostumbrado a las labores del campo no estaba muy familiarizado en reuniones familiares, dejaba a su mujer las cuestiones domésticas, Amelia, la esposa de Adelo era una mujer obesa y con pocos encantos, vivían en una casa sencilla pero bien acondicionada próxima a la casona familiar, tenían dos hijas, situación que contrariaba el patriarca, que no veía continuidad en la bodega con dos mujeres, además las jóvenes habían decidido irse a estudiar a la gran ciudad, una para maestra, la otra de enfermera, renunciando a sus raíces. Desde hacía unos años era el hijo primogénito quien ejercía el mando de la bodega, no sin recibir algunas críticas por parte de sus hermanos y sobrinos, que veían poca iniciativas para modernizar y dinamizar el negocio.

La transmisión de la dirección de la bodega por el patriarca y dueño de la finca, se hizo de forma oral sin escritura pública, aunque todo hacía prever que a la muerte del mismo se haría cargo el primogénito, de hecho el padre recibió unos días antes del fin de años el retrato encargado al óleo de su hijo Adelo Besson y que ya lucía junto en los otros cinco bodegueros anteriores en la pared del comedor de la mansión.

La segunda hija del patriarca se llamaba Brígida y en ella el hombre no veía continuidad en el negocio, la mujer de corta iniciativa, más volcada a los asuntos domésticos y de iglesia, nunca tomó partida por el negocio familiar, casada con Benancio Ballesteros, un hombre emprendedor, dicharachero, dedicado a la exportación de vinos y otros productos, sí tenia iniciativas, pero estas no eran del agrado del propietario de Finca Marion, además el matrimonio solo tenía una hija poco apegada a la tierra de sus abuelos, vivían en la capital y a pesar de los esfuerzos de visitar Brígida Besson a su padre, eran en muy contadas ocasiones las veces que se acercaban a pesar unos días en Finca Marion y siempre coincidiendo con época estival.

El tercer hijo del patriarca se llamaba Cirilo, vivía en la Villa, en una casa de la plaza, propiedad de su mujer. El matrimonio tenía dos hijos varones fuertes y decididos, el primogénito se llamaba Alam, como el fundador de la bodega y estaba interesado en el mundo del vino y todo lo que a su alrededor se tejía. Tras el servicio militar Alan Besson se alistó en la Escuela de Viticultores y Enología local, siendo la primera promoción de enólogos salidos de dicha escuela en el año de 1961 circunstancia que su abuelo recordaba a los amigos con orgullo.

El último de los hijos se llamaba Desiderio, diez años más joven que el primogénito Adelo, era médico rural y bastante agraciado, decidido e inteligente, casado con una mujer de su misma edad, guapa, alta, rubia, delgada y de trato agradable llamada Diana. Fueron los últimos en llegar a la fiesta de Fin de Año, lo hicieron a media tarde del mismo día de la celebración, cuando todos estaban en la casona, se aposentaron en la sala más alejada del edificio, donde no les llegaba casi la calefacción, no tenían hijos, su padre al médico nunca lo tuvo el gran estima, quizás porque pensaba que era el responsable de la muerte de su mujer, tras unas fiebres altas que sufrió después del parto.

Otros personajes vivían en Finca Marion, aunque solo el matrimonio Esteban, los caseros, vivían en las dependencias de la casona al cuidado de la misma y de su señor, don Adelo Besson. Emeterio Esteban, el casero, era un hombre enjuto, inquieto, gran trabajador y atento, se ocupaba del mantenimiento de la casa solariega, y tenía conocimientos de albañilería y otros oficios, por lo que era eficiente en esas labores, rara vez pedía ayuda profesional ante alguna contingencia mayor. Su mujer Fidela Ferrer, la Sinarqueña, se ocupaba de las necesidades de su señor, limpiaba la casa y atendía a las trabajos domésticos, entre ellos el avituallamiento diario, por lo que la mayoría de su tiempo lo ocupaba en la cocina, era eficiente, limpia de buen carácter y mejor ver.

Otros personajes vivían en vecindad en la Finca Marion, eran los empleados fijos, entre ellos los de mayor antigüedad, el matrimonio García, Gaetano y Hilaria Hernández, eran gentes rudas, del campo, llegados de la vecina ciudad de los cabezones, acostumbrados al trabajo duro del campo y fieles trabajadores, tenían tres hijos vivos, los dos varones trabajaban en el campo, y aún más, entregados a las labores agrícolas de la finca, de esta manera tenían cobijo, mantención asegurada, animales propios y terrenos cedidos por el señor para su propio cultivo y explotación, con la obligación de trabajar en la Finca y sus viñedos sobre todo en tiempos de la vendimia, por lo que de alguna manera ahorraban algunas pesetas para gastos suntuosos, dicen que al tío Gaetano le saltaron las lágrimas mientras contaba los billetes de mil pesetas, desprendiéndose de buena parte de sus ahorros por la compra de una máquina de coser marca Signes que hizo a la mujer y a la joven hija felices.

Primer día

Máximo Pérez Camiñano se despertó con un terrible dolor de cabeza, producido por las bebidas poco acertadas que debió tomar la noche anterior. El treinta y uno de diciembre no se acordaba bien de los pasos que dio, no tenía intenciones de salir de casa, nada había que celebrar, pensaba el inspector, pero a última hora, después de varias llamadas de Casas insistiendo que no podía quedarse en casa, Camiñano acudió a la cita. Una fiesta organizada por varios amigos de su oficial de policía, gente más joven que él y con ganas de beber, bailar el *twist* y encarar la llegada del nuevo año con optimismo. En esta ocasión se portó bien, y fue cauto con la bebida, aunque no debió seleccionarla mucho, el recuerdo de Curra estaba presente en todas las mujeres que veía en la fiesta, ninguna le recordaba ni en pintura a su amada, ¿qué estaría haciendo Curra?, se preguntaba el inspector, esa misma noche tomó la decisión de que debía llamarle, estaba decidido, por la mañana aprovechando que era fiesta en los grandes almacenes donde trabajaba pensó que sería un buen momento.

Pasada la medianoche y después de brindar por el Nuevo Año con un espumoso pudo retirarse a su casa sin que nadie se diera cuenta, ni siquiera Casas que comenzaba a dar síntomas de estar eufórico, por decir algo a ese estado de ánimo que progresivamente va tomando distintas formas antes de desfallecer. Así pues, el inspector tomó las de Villa Diego sin que nadie echara de menos su ausencia, cogió la Vespa y pudo llegar a casa sin graves percances.

Con la música de Chopin, un café con leche y un zumo de naranja que el mismo se exprimió sonó el teléfono, al otro lado se escuchó la voz de un hombre con tinte severo, se presentó como el cabo Callejas y llamaban desde la comandancia del puesto de la Guardia civil de su ciudad natal de parte del capitán Castaño, El inspector tuvo que esperar un tiempo antes de que se pusiera su amigo, se acordaba de él, hicieron todo los estudios de primarias juntos, eran amigos de la infancia, esa amistad que perdura en el tiempo aunque durante años no se vieran, al final escuchó su voz.

—¿Hola…?

—Caray, Camilo, ya capitán y de la Benemérita, estoy orgulloso de ti.

—También yo sigo tus pasos y sé que eres inspector y de la criminal, eso es plausible, ¿cómo te va por la capital?

—Te puedes imaginar, echando de menos esas tierras, supongo que estará nevada, ¿no es así?

—Todo nevado y un frío del copón, pero no te llamo para felicitarte el año, que eso se da por hecho, te llamo por si te apetece y puedes te acerques por aquí, se ha producido una muerte un tanto extraña, un hijo del fallecido está dispuesto a denunciar un asesinato en contra de todos los demás familiares, ¿qué tal te vendría cambiar de aires?

—Tengo seis días libres, y si quieres te acompaño en la investigación, ya sabes que legalmente no me puedo entrometer en vuestros asuntos, pero de forma extraoficial, ¿quién lo va a impedir?

—Sabía tú respuesta, lo he preparado todo, ¿te acuerdas de Agustín, el dueño del hostal La Favorita?, a cabo de hablar con él, te va a preparar unas comidas que levantan la moral, vamos, esas que resucitan a un muerto, dice además que le queda una habitación libre, si quieres puedes quedarte a dormir también.

—No será necesario, echaré mano a la chimenea de casa de mis padres, y así recordar tiempos pasados. Pero dime, ¿de qué se trata?

—¿Te acuerdas de la Finca Marion?

—¿La de los franceses?

—Esa misma, pues parece que esta madrugada la familia ha encontrado muerto al propietario, el padre de familia, el dueño de la bodega. El hijo más joven, que es médico asegura que ha sido envenenado.

—Muy interesante.

—¿Entonces, te animas?

—Claro que sí.

—Te espero a la una en la estación, hay un tren desde la capital a las once treinta y cinco.

—¿Tanto tarda?

—Eso siendo muy optimista, lo normal es que se retrase, pero no te preocupes, te esperaré impaciente.

Al inspector no le ocupó mucho tiempo hacer una pequeña maleta, recordaba que en la antigua casa de sus padres conservaba ropa de invierno, hacía años que no acudía a su ciudad natal en época invernal, solo en la Fiestas de la Vendimia se acercaba a su pueblo, aún conservaba familiares paternos, aunque algo abandonados. Cogió el tren con el tiempo justo, quizás con el tiempo pasado, miró su Patek Philippe, agradeció el retraso de la salida del mismo, no estaba acostumbrado a andar y había calculado mal el tiempo.

Los casi setenta kilómetros que realizó el tren hasta llegar a la ciudad, se hicieron interminables, sobre todo cuando comenzaron las cuestas para superar el desnivel hasta la meseta, daba la sensación que estaba parado cada vez que entraba en algunos de los muchos túneles que en esa parte del recorrido hay, con el traca trac, el calor de una mañana soleada, el balanceo del mismo, etc., se durmió.

Tuvo suerte que el capitán Castaño estaba allí y registró el vagón, la gente al ver la escena se quedaron atónicos, era un detención en toda regla, habían viajado con un delincuente, nada dijeron al verse los amigos, incluso por un momento siguieron el juego, el guardia civil lo cogió del brazo y con un simple acompáñenos lo bajó del tren.

Si atónicos se quedaron los que marcharon en tren dirección oeste, más aún se quedaron los que bajaron en la estación, al ver el fuerte abrazo que se dieron en el arcén de la estación guardia civil y forastero.

Luego el inspector al ver su imagen se echó a reír, su figura estaba muy cambiada, nada que ver con ese niño o el joven que conocía bien y que fueron viéndose hasta que murieron sus padres, hacia ya muchos años. Desde entonces, rara vez acudían al pueblo y las veces que lo hicieron nunca coincidieron, por ello se sorprendieron de los cambios que habían sufrido. Camiñano recordaba a Camilo Castaño como un joven alegre, bromista y decidido, de constitución corpulenta y bastante alto, pero siempre lo vio como una persona cercana, ahora fuera por su mirada, fuera por sus mostachos grandes tipo morsa, fuera por su indumentaria militar o fuera por lo que fuera, su presencia creaba un respeto a su alrededor claramente manifiesto, algo que pronto adivinó que era más una fachada al exterior que una realidad, descubrió en poco tiempo que era el mismo de siempre un hombre cercano y cordial.

—Caray, Camilo, pareces un personaje de película, no un picolo cualquiera, por un momento pensé que me detenías, me has cogido dormido.

—No iba dejarte escapar. Tú en cambio estás igual, no pareces un madero, ¿cómo lo haces?

—Será el vino, Camilo, el vino de estas tierras.

—Eso será.

—¿Nos vamos a visitar al muerto? —preguntó el inspector.

—¡Qué muerto ni qué narices!, nos vamos a comer, Agustín nos espera, ya tendremos toda la tarde para ello.

—Buena idea.

Cuando llegaron al hostal La Favorita, tenían reservada una mesa junto a la ventana, era un local amplio y por ser un día festivo estaba concurrido cuando entraron en el comedor, el inspector notó que el susurro que escuchó al abrir la puerta había menguado, era como si la gente al ver al guardia civil hubiera decidido hablar en voz baja, solo algunos niños seguían gritando y correteando por el local. Agustín el viejo camarero al verlos se acercó solícito y saludó al inspector, era toda una institución, luego les indicó la mesa, estaba vestida, era una mesa distinta a las otras, por el mantel blanco, unas copas junto a una botella de vino, etc., el hombre aprovechó para dar las gracias por la confianza en su local y aseguró que no les iba defraudar, su mujer, la cocinera, iba a esmerarse más si cabe, luego el hombre dijo que conocía bien al padre del inspector, gran hombre repitió en varias ocasiones.

Camiñano conocedor de la historia de la Benemérita, y los hechos de la actualidad, hizo ademán de que su amigo se sentara de espaldas a la pared, desde ese punto tenía un visión completa de la sala e incluso de la ventana, no rechazó el ofrecimiento de su amigo, todo lo contrario, le dio las gracias.

Cuando se sentaron los amigos apareció el cabo Callejas para informar al capitán que Desiderio Besson, el hijo menor del fallecido, había puesto una denuncia en el comandancia por el asesinato de su padre. La cosa se iba aclarando, el viaje del inspector no iba a ser en vano, dio instrucciones a su subordinado de que se presentara en la Finca Marion, debían precintar el lugar del crimen y que nadie manipulara el cadáver, llamar al forense de guardia y esperar a que nadie se ausentara de la Finca hasta su llegada. El capitán Castaño se tomaba la vida con tranquilad porque se dispuso a comer como si la noticia no fuera consigo, algo que admiró al inspector.

Momentos después Agustín tenían una bandeja con un producto especial muy conocido en la región, bacalao desmigado y desalado con patatas, ajos, nueces, aceite… Agustín dijo que el secreto en la cocina era el tiempo y ellos tenían todo el tiempo del mundo, se levantaba el matrimonio muy pronto, con el canto del gallo y se pasaban la mañana en la cocina, por eso no servían cenas, todo el esfuerzo lo encaminaban a las comidas del mediodía.

Al rato Agustín siempre atento, dejó dos platos hondos y a continuación apareció con un recipiente humeante, era la olla de esas tierras, llenó los platos hasta arriba, jamás había comido algo con sabores tan fuertes y contundentes, el oscuro caldo se cortaba con la cuchara, un guisado a base de carne de cerdo, sin desperdiciar nada, costillas troceadas, rabo, pezuñas, etc., junto con alubias pinta, morcilla, chorizo, pencas de cardo y patatas; cuando estaba acabando, Agustín se acercó hasta ellos y sin decir nada hizo ademán de cargar de nuevo el plato que cogió de sorpresa a Camiñano, no se atrevió a negarse a tan rico manjar, el capitán Castaño hizo un gesto de suficiente al segundo cucharón.

Cuando terminó el plato el inspector, Agustín hizo ademán de que repitiera por tercera vez, bajo la amenaza de ser detenido por intento de asesinato se negó si volvía a volcar esa mágica comida en su plato,

Agustín desistió y se fue alegre a la cocina, luego saco de postre, unos burruecos muy de la zona a base de almendras, azúcar, miel, harina, huevos y aceite de oliva, dando al conjunto un aspecto caramelizado, muy apetitoso.

Con los cafés y unas copas de Terry los amigos aparentemente no daban signos de impaciencia, al menos el capitán Castaño, este se encendió un puro y confesó al inspector que la familia había hecho planes para acudir a la tierra de su mujer en Jaén, y pasar unos días en casa de sus suegros y al conocer el caso de la Finca Marion cambiaron de planes, su esposa y sus hijos cogieron el autobús por la mañana, por lo que esa semana tenía el inspector compañía fija, iban a ser inseparables.

Después de mucho hablar decidieron que era el momento de tomar cartas en el asunto, cogieron el coche oficial de la guardia civil, un Citroën dos caballos y se presentaron en la Finca Marion.

El cabo Calleja recibió a su superior con un saludo marcial, luego les explicó que cuando llegaron a la finca el cadáver ya estaba en el dormitorio principal acostado sobre la cama grande de matrimonio, amortajado y vestido con su mejor traje y listo para el funeral, por lo que no vieron muy útil precintar la zona. El cabo Calleja se nota que era un hombre disciplinado y más aún, aplicado, en una hoja había dispuesto los nombres de todos los que el fin de año estuvieron de celebración en la finca, explicó que a las diez de la noche en el gran salón de la casona, en una mesas dispuesta para la ocasión, cenó toda la familia del difunto, sus cuatro hijos, los maridos y mujeres de ellos y sus cinco nietos, todos mayor de edad, en total catorce personas, incluso tenía anotado el menú, y su plato principal a base carne de pavo. Todos fueron atendidos por los caseros, Emeterio Esteban y Fidela Ferrer, ayudados por dos mujeres más, que trabajaban también en la finca, y que cuando se reunían los Besson se incorporaban a las labores doméstica era Hilaria Hernández, que todos conocían por la tía Hilaria y su hija Hilarita.

El capitán Castaños y Camiñano se acercaron hasta el lugar donde descansaba el muerto, como le había contado el cabo, el hombre yacente en la cama de matrimonio iba vestido con una camisa blanca de seda y pajarita y un traje oscuro de tejido caro, su expresión era plácida y portaba en sus mano cruzadas un crucifijo, nada hacía pensar que hubiera sido víctima de un asesinato. El dormitorio principal se encontraba en la primera planta junto a la gran escalinata, era una habitación grande, con un decorado modernista, como sus muebles, gran armario de madera de nogal, aparador con espejo, mesita de noche y cabezal todo a juego con esa corriente de estilo suntuoso que venía de Paris. El inspector Camiñano curioso por naturaleza abrió el gran armario, le sorprendió no ver ropa, no dijo nada al respecto.

Los hijos de Adelo Besson estaban en el gran salón comedor, acompañados de los nietos, por orden del cabo Calleja debían permanecer en la casona hasta nueva orden. En la sala en todo momento se respiraba un ambiente raro, poco conciliador, donde el centro de atención era el benjamín de la familia, Desiderio Besson, el médico, todos lo señalaba como el culpable de una situación tan incómoda como innecesaria, acusándole de las repercusiones que para el prestigio de la familia eso suponía, aunque todo ello no pasara de sospechas infundadas.

El capitán Calleja expuso el caso a los presentes, debían firmar el consentimiento para una autopsia reglada para el día siguiente, esta se realizaría en el cementerio municipal antes de la misa y posterior sepultura, nadie quiso acompañar a la firma del médico para dicha autorización y una vez más, se escucharon voces que maldecían al hermano menor y a su diabólica mujer, según llegó a escuchar el policía, que estaban seguros que ella era la responsable de tal decisión, acusando los presentes al benjamín de la familia de monigote a la entera disposición de su mujer.

Después de intercambiar cortas palabras con los hijos y nietos del difunto, nada con carácter oficial, el inspector pudo hablar en un apartado de la casona con tranquilidad con Desiderio Besson, el hijo menor, el mismo que no dudó en denunciar la muerte de su padre.

—Dígame, señor Besson, ¿por qué cree que su padre ha sido asesinado?

—Como sabe soy médico y conozco distinguir una muerte por causas naturales de otras, la de mi padre no fue nada natural.

—¿Eso quiere decir que lo vio morir?, ¿puede entrar en detalles?

—Nosotros nos alojamos en el último cuarto del primer piso, y escuchamos gritos de mi hermana que había acudido a dar las buenas noche a su padre, ella fue quien me buscó y fuimos de nuevo a la habitación, mi padre estaba convulsionando, con dificultad para respirar, con secreciones y espumarajos en la boca, se había hecho encima, el pulso muy fino y acelerado, ¿sigo? Todo ello no lo da una muerte por un infarto como dicen mis hermanos, a pesar de que estaba enfermos del corazón, incluso si me apura, tampoco es el cuadro de una apoplejía, no tenía signos de focalización, le digo que es muy probable qué haya sido envenenado, y solo un análisis detallado nos sacará de dudas.

—Me parece, según su deducción, una medida adecuada, ¿tiene idea de qué veneno puede haber sido utilizado?

—Hasta aquí no llegan mis conocimientos, pero le aseguro que por estas zonas todo el mundo está habituado al uso de venenos para luchar contra las plagas de insectos que pululan en los campos, como la araña amarilla, la cochinilla de la vid, escarabajos y orugas, etc., ahora que ya se ha erradicado totalmente la phylloxera radicícola, le recuerdo que aún hay brotes de la enfermedad del Mildiu y que yo sepa se usaban compuestos del cobre o azufre, y los más recientes productos pesticidas organofosforados, muy de moda en la actualidad y que concentrados tienen un efecto letal para el ser vivo.

—Una cosa más, ¿su padre se retiró a dormir antes que ustedes?

—Mi padre era un hombre de costumbres fijas, al poco de escuchar el reloj que tenemos en el comedor marcando las doce, nos deseó buen año y se despidió de todos y se fue a dormir, yo mismo le ayudé a subir las escaleras junto con mi hermana Brígida, desde hace un tiempo tiene muchas limitaciones de movilidad, le recuerdo que tiene ya setenta años, lo dejamos solo en la habitación.

—¿Y ustedes cuándo se fueron a descansar?

—Mi mujer y yo nos fuimos una hora después, hacia la una.

—¿Y los demás?

—Como lo voy a saber, solo le diré que mi sobrino Alan me enseñó un toca disco, de esos modernos que había comprado para la ocasión, me dijo que había organizaron una pequeña fiesta en la entrada de la bodega, me costa que según me han contado acudieron varios jóvenes de la contornada y estuvieron bailando hasta que se descubrió la muerte de mi padre.

—¿A qué hora fue eso?

—Yo calculo que hacia las dos y media o tres de la madruga, yo hacía tiempo que me había dormido, me despertó mi mujer ante la desesperación de mi hermana.

—¿Según usted quién mató a su padre?

—Qué directo, inspector, ¿cómo lo voy a saber?

—¿Había algún familiar que se beneficiara de su muerte?, ¿tenía hecho testamento?

—Eso no lo sé, mi padre reunió antes de cenar en su despacho y durante un largo tiempo a mi hermano Adelo y mi sobrino Alam, en la cena le puedo decir que discutieron mucho mi cuñado Benancio y mi hermano Adelo, porque tenían planes distintos sobre la bodega.

—¿Y se puede saber qué planes eran esos?

—A mi cuñado recuerdo haberle escuchado que el futuro de una bodega grande si quiere expandirse e incluso supervivir necesita gran capital, inversiones e investigación, y salir al exterior, no conformarse con el mercado local, incluso dejó caer que lo mas sabio era vender la Finca Marion, era un buen momento para un mercado que iba a una crisis económicas sin precedentes, sin embargo mi hermano mayor y el joven Alam, mi sobrino, eran partidarios de que nadie más que la familia debían entrometerse en el viñedo, en todo caso pedir préstamos para mejorar la producción y que eso de vender era una atrevimiento, una traición y que...

El interrogatorio fue interrumpido por el cabo Callejas para informar al inspector del hallazgo en el almacén de la bodega de todo tipo de venenos como pesticidas, raticidas, etc., algo que no hacía más que confirmar lo que ya todos sabían, pero el cabo Callejas fue más allá, al observar que uno de los productos, un bote mediano de la marca Malatión, según el prospecto y que aparentemente seguía precintando, estaba en realidad manipulado, era como si hubieran intentado conservar su integridad, algo que parece ser no consiguió satisfactoriamente y en vez de deshacerse de él, como hubiera sido perceptivo si su uso iba a ser delinquir, quiso solo coger parte del veneno, quien fuera, pensó el inspector, era gente de estas tierras, que no son capaces de tirar nada de valor y esos concentrados de pesticidas en realidad valían mucho. Se nota que el cabo Callejas era un hombre listo, observador y aplicado, porque lo guardó en una bolsa de plástico por si creían conveniente buscar en el mismo huellas dactilares.

Se hizo tarde, había anochecido y el termómetro comenzó a bajar de temperatura, el capitán Castaño le ofreció una habitación en el cuartel de la

Guardia Civil, el inspector le dijo que deseaba acomodarse en la casa familiar en la Villa, que mantenía cerrada prácticamente desde que el padre había muerto, siendo ocupada ocasionalmente y siempre en verano, en las fiestas de septiembre. Cuando llegó a la Villa los recuerdos se hicieron presentes, imaginaba en el silencio de esa noche que los burros, carros de labranza, mujeres sentadas en la puerta de sus casas, chiquillería gritando... invadía la calle de Santa María justo donde estaba su casa. Al despedirse juró a su amigo que tenía leña suficiente para mucho tiempo, cuando en realidad descubrió luego que apenas tendría para unos tres días. Al entrar en casa el mundo se le cayó encima debido al estado de descuido, la casa estaba inhabitable, hizo de tripas corazón, encendió el interruptor general de la luz, ¡funcionaba!, algo es algo, pensó, luego miró el termómetro de la entrada, cinco grados, los mismos que en la calle.

El inspector cogió con un capazo de mimbre todo la leña posible que estaba debajo de la escalera y subió a la vivienda en el segundo piso encima del pajar, encendió la gran chimenea temblado de frío, buscó todas las mantas posibles, y sobre un viejo sofá y envuelto en las mismas intentó descansar, cuando comenzó a sentirse algo más aliviado, se acordó de su antiguo tocadiscos Telefunken que en vez de tirarlo lo trajo al pueblo, hacía años que estaba olvidado y ¡oh, magia!, funcionaba, la suerte a pesar del frío le estaba sonriendo, porque junto al tocadiscos que además incorporaba radio, habían un álbum de la integral de las sinfonías de Tchaikovski, comenzó por el principio, la primera sinfonía del gran compositor ruso la conocía bien, en una grabación de Mravinsky del director de orquesta de la misma nacionalidad que el compositor. Con los primeros compases de la orquesta se fue de inmediato al sofá y se cubrió de nuevo con todas las mantas posibles, no estaba para dirigir orquestas ni cosas así, durante la noche se levantó en dos ocasiones para cargar la estufa con leña y de inmediato volvió a enrollarse en mantas.

Segundo día

El inspector Camiñano esa noche durmió mal, con los primeros rayos de sol que asomaron por el balcón de la vivienda despertó, luego escuchó los ladridos de los perros, el canto de algún gallo o las campanas de la iglesia próxima del Salvador, único templo que permanecía con culto de las tres de la Villa después del año 36. Camiñano no se atrevía a salir de su escondrijo de mantas, recostado en el sofá se acordó que no había enchufado el calentador, esa mañana no había ducha, menos frio a pasar, esperó a que sonara la aldaba anunciando la presencia de su amigo Castaño, poco después de las ocho de la mañana estaban los dos guardias civiles y el inspector camino rumbo a Finca Marion, les abrió Fidela Ferrer, la mujer presentaba síntomas de cansancio, confesó que no durmió en toda la noche, el simple hecho de pensar que su señor hubiera sido asesinado le hacia temblar, luego les hizo pasar a la cocina, estaba preparando dos grandes cafetera y calentando leche, les preparó unas tazas de café, leche, miel y pastas, Camiñano comió a gusto ante la mirada de los guardias civiles, ellos ya habían desayunado, mientras iban dando señales de vida los anfitriones.

Poco a poco se fue animando la gente de la casona, el primero que hizo acto de presencia fue Cirilo el tercer hijo del difunto. Camiñano tuvo la oportunidad de hablar con él sin que nadie los molestara.

—Casualidades de la vida —dijo Cirilo—, ahora vivo en la misma calle donde vivían ustedes, en la antigua casa de mi mujer, dice Camila que se acuerda de usted de cuando era niño y que era espabilado, alegre y muy listo

—De eso hace mucho tiempo.

—Yo, a quien sí recuerdo bien era a su padre, venía mucho por Finca Marion de guía de caza, un gran hombre y mejor cazador, nunca sé cómo lo hizo, tiro que daba, pieza a la cazuela, nunca desperdició un cartucho, pura magia.

—¿O necesidad, no cree?

—Si, es posible, porque reciclaba la munición, ¿sabía que vendía cartuchos hechos por él, a pesar de que no estaba autorizado?, yo mismo recuerdo regalarle cartuchos usados, compraba perdigones del calibre ocho para la perdiz y del siete para el torcaz, dicen que le salían cuatro veces más baratos, ¿qué le parece?, todos queríamos ir a cazar con él, era el que mejor conocía los lugares más adecuados para la espera del torcaz o las batidas de la perdiz.

—Interesante, debió ser todo un personaje, pero no hablemos de mi padre, centrémonos en el suyo.

—Ya le conté ayer a la Benemérita todo lo que sé, mi hermano Desiderio está chiflado, eso de ser médico se le ha subido a la cabeza. ¿quién quisiera hacer daño a nuestro padre?, ¿con qué intención?, además le aseguro que estaba muy enfermo, ayer mismo casi no se tenía en pie, tuvimos que ayudarle en todo momento.

—¿A qué hora se fue usted a dormir?

—A la una de la noche.

—¿Escuchó algo extraño desde su habitación?

—Nada especial, lo de siempre, pasos en el pasillo y el interruptor del mismo.

—¿Alguna conversación?

—Sí, eso si lo recuerdo, la de mi cuñado que discutía con mi hermana, no se escuchaba bien pero por la forma de hablar sabía que Brígida estaba muy enfadada, de hecho escuchamos un fuerte portazo y luego como unos golpes en la puerta, creo que mi hermana le cerró la puerta y no pudo entrar en la habitación.

—¿De qué hablaron antes de la cena, parece que discutieron?

—Solo cambiamos impresiones, mi hermano mayor y mi hijo Alan tienen ideas distintas de cómo hacer funcional la bodega, y nuestro padre quiere que se hagan cargo conjuntamente, algo que veo muy difícil.

—¿Por qué dice eso?

—Mi hermano mayor dice que hay que dejar las cosas como están, no es cuestión de pedir dinero que luego no se pueda devolver y cosas así, mi hijo cree que hay que invertir, renovar y mirar el futuro con esperanza, es un gran chico, llegará lejos.

—¿Quién iba a hacerse cargo de la Bodega al morir su padre?, ¿tenía hecho testamento?

—Mi padre ayer mismo antes de la cena reunió a mi hermano mayor y a mi hijo Alan en secreto para comunicarles que había formalizado el testamento con la participación mayoritaria a favor de Adelo, por lo que se hacía cargo a todos los efectos de la bodega, pero lo más sorprendente es que le otorgaba los derechos a modo de usufructo y que con su muerte pasaría la participación mayoritaria a mi hijo, por lo que tendría las manos libres, todo ello me lo contó mi Alan con la promesa de que no diría nada a nadie hasta que se hiciera oficial, ahora nada importa.

—Interesante, si eso es así, no veo quien pudiera beneficiarse de la muerte de su padre.

—Lo ve inspector, lo que le decía, mi hermano Desiderio siempre ha tenido afán de protagonismo en las reuniones familiares y con esa fabulación ha encontrado la forma de fastidiarnos a todos, eso, y que su mujer siempre se pone en contra de nosotros, se la da de gran señora y nos toma por pueblerinos, y la mujer no es más que apariencia ¿o acaso no se ha dado cuenta?

—¿Darme cuenta de qué?

—Pues que físicamente es un petardo, mona, eso sí, pero si la mira de cerca no es más que un atajo de huesos sin culo ni tetas y ni siquiera ese rubio es el color natural de su pelo, creo que es morena.

—¿Qué tiene que ver eso con la muerte de su padre?

—Pues mucho, tiene comido el celebro a mi pobre hermano y además no puede vernos, seguro que ha sido ella quien le ha dado la idea de que han asesinado a mi padre.

El comedor de la casa familiar en poco tiempo se llenó de nuevo con sus moradores, Fidela Ferrer había dejado dos grandes cafeteras, leche, muchas pastas, galletas, miel..., inclusos esa extraña tarta magra donde deja caer por encima sin orden tocino entreverado, morcilla de cebolla, longanizas, chorizo e incluso perro, fue lo primero que se acabó, se nota que es muy de la tierra la costumbre de iniciar la marcha con una comida contundente.

El día para la familia se presentaba incierto, a las nueve de la mañana acudió una joven forense a la casona y dijo que se iba a hacer cargo de la autopsia de Adelo Besson, le acompañaba un estudiante. La mujer se presentó al capitán Castaño y al inspector, se llamaba Consuelo Calviño, y dijo que el doctor Calvo, su maestro, además de amigo era quien en la actualidad le estaba dirigiendo su tesis doctoral. Al escuchar su nombre el inspector se echó a reír, luego le confesó que tenía gracia eso de los apellidos, solo le faltaba conocer al doctor Calva y al doctor Calvete para completar la plantilla de forense, la mujer riéndose dijo que al doctor Calvete lo conocía, era un afamado médico legalista residente en Madrid y que cuando conociera al doctor Calva se lo comunicaría.

No fue bien acogida por la familia la forense, solo el médico saludó a la mujer y dijo desearle suerte. En una primera impresión la doctora Calviño no pudo dar ningún dato que confirmase un asesinato, aunque dijo en voz baja al inspector que pudiera haber sido envenenado, algo que animó a este a seguir las pesquisas, quedaron que antes de partir, al terminar la autopsia, hablarían de nuevo. Luego dio instrucciones al cabo Calleja y al guardia civil que le acompañaba que tomaran las huellas dactilares de todos los habitantes de la casa.

En ese impasse de espera, el inspector Camiñano escuchó una conversación entre Fidela Ferrer la casera y la mujer de Adelo Besson, aquella le informaba la decisión irrevocable de abandonar la casa familiar tras el entierro del señor. Amelia de Besson no sabía como disuadir a la casera de que se lo pensara mejor, ahora que iba a ser ella la que iba a gobernar la casa y que sería consideraba más como familia que como empleada, palabras que según pudo apreciar el inspector hizo llorar a la mujer. Cuando Fidela Ferrer se retiró a la cocina Camiñano la siguió.

—Dígame, mujer, ¿por qué esa decisión de abandonar la casa?

—Son cosas nuestras y no creo que le pueda interesar.

—Se equivoca, buena mujer, ¿su marido está de acuerdo?

—Él ha sido quien me lo ha propuesto y me ha parecido que es lo mejor.

—¿Cuántos años están en la casa?

—Desde que nos casamos, hace ahora diez años.

—¿Y ya saben a dónde ir?

—¿Qué importa eso?

—¿Tendrán alguna razón para tomar esa decisión?

—Claro que sí, el señor era bueno con nosotros y nos trataba con respeto.

—¿Qué quiere decir?, ¿qué ahora…?

La mujer se puso a llorar de nuevo, el marido de Fidela que vio la escena de su mujer acudió a su rescate.

—Acaso no tiene corazón, son diez años de convivencia diaria con un hombre bueno que nos lo ha dado todo, déjela en paz, está sufriendo mucho.

—Usted perdone, no era eso mi intención.

Acto seguido el marido de Fidela la cogió de la cintura y se retiraron discretamente, cuando la vio de nuevo no quiso hablar con el inspector, con la coletilla que eran cosas personales. No cabe duda que la mujer guardaba un secreto que no quería revelar. A pesar de su aspecto en general poco cuidado, Fidela Ferrer era una mujer atractiva, de unos ojos claros que delataban preocupación y un físico que subrayaba sus virtudes de mujer. Anotó en su agenda, prioritario hablar con el marido.

La hora del entierro del patriarca Adelo Besson estaba programado para las cuatro de la tarde, toda la familia reunida en el gran salón recibía muestras de cariño de la mucha gente que se acercó hasta Finca Marion, a nadie le extrañó la presencia del capitán de la Guardia Civil, daba por hecho de que era amigo del difunto.

El cabo Calleja toda la mañana la dedicó a localizar a los muchos jóvenes que esa noche de fin de años se reunieron alrededor de la bodega invitados por Alan Besson y que tuvieron que abandonar la bodega ante la tragedia anunciada en plena fiesta pasadas las tres de la madrugada. El capitán Castaño, esa mañana se la pasó junto a la chimenea del gran salón comedor mirando el paisaje nevado y con un puro habano entre sus manos, mientras hablaba amigablemente con algunos ciudadanos curiosos, que con el fin de dar el pésame a la familia se habían acercado hasta Finca Marion. No parecía que el capitán Castaño se tomaba muy enserio eso de investigar un asesinato.

Camiñano intentaba centrarse en el caso, al tiempo que deseaba reconstruir los hechos, lo más fehacientemente posible, de lo sucedido aquella noche. Necesitaba hablar con la hija del difunto, ella fue quien dio la voz de alarma de la agonía de su padre y quien acudió en ayuda de su hermano médico.

—¿Qué le movió a acudir a la habitación de su padre la noche de fin de años a esas horas? —preguntó el inspector a la hija.

—Ni yo misma lo sé, fue como un presentimiento, escuché un extraño ruido y me desperté, mi habitación estaba contigua a la de mi padre, cuando lo vi rígido y con espuma en la boca me asusté mucho y me puso a gritar.

—¿Su padre no se cerraba la puerta?

—Mi padre era el hombre más confiado del mundo.

—¿Quién deseaba el mal a su padre?

—Mire, señor policía, eso son cosas de mi hermano, espero que pronto quede todo aclarado, mi padre estaba enfermo, casi no se podía mover ¿ha visto cerca del comedor unas obras?, los albañiles estaban haciendo una habitación en la planta baja para él y así no subir más escaleras.

—¿Cuándo se acostó?

—Poco después que lo hizo mi padre, sería la una de la noche.

—¿En ese tiempo escuchó algo extraño?

—Solo oí discutir a mis cuñados, era frecuente entre ellos, creo que ella le cerró la puerta.

—¿Y nada más?

—¿Qué más quiere que escuchara?

Camiñano en su pequeña libreta nada apuntó, Brígida Besson parecía una mujer discreta y amable, además era la hija del difunto, nada sospechosa. A Benancio Ballesteros el esposo de Brígida lo encontró en el salón, estaba compartiendo un puro y copa con el capitán Castaño, se acercó hasta ellos

—¿Les importa que interrumpa la conversación, capitán?, me gustaría intercalar unas palabras con el señor Ballesteros.

—En absoluto, amigo Maxi, estoy seguro que contestará a sus preguntas.

Camiñano se sentó en uno de los cómodos sofás junto a Bernardo Ballesteros, se encendió un Chesterfield y le preguntó sin más contemplación.

—¿Quién ha matado a su suegro?, ha sido usted, ¿verdad?

—Pero se han vuelto todos locos, —contestó Ballesteros removiéndose sobre el sofá, —a mi suegro no lo ha matado nadie y además ¿por qué iba a hacerlo?

—Por dinero, siempre es por dinero, usted quería que se vendieran Finca Marion y con la muerte del patriarca y sin testar las cosas se le ponían fáciles. Tengo entendido que ya tenía un comprador dispuesto a pagar mucho por Finca Marion.

—¿Quién le ha dicho que quería venderla?, eso es falso, es verdad que había muchos grupos financieros interesados y últimamente hablé con un hombre de un grupo de empresas muy poderoso, ese de la abejita.

—Rumasa —dijo el capitán sin dudarlo.

—El mismo, veo que está informado, inspector, el alto empleado me dijo que la operación de compraventa se podía hacer en menos de una semana con todas las garantías, lo que pasa es que mis cuñados son unos paletos y no se fían ni de ellos mismos.

—¿Qué hizo cuando le cerró la puerta su mujer?, ¿fue entonces cuando entró en la habitación de su suegro para envenenarlo, o fue después?

—¿De dónde ha salido este hombre, capitán?, debe detenerlo por injurias, no se lo consiento, no quiero seguir hablando con usted.

Ballesteros se marchó enojado, el capitán interpeló amigablemente a Camiñano.

—¿Es así como haces todos los interrogatorios, haciendo amigos?

—Quería descubrir si conocía el testamento, está claro que no lo conocía, por lo que le convierte en sospechoso, tenía un móvil.

—¿Algún avances más, Maxi?

—De momento pocos a pesar de tu inestimable ayuda, señor capitán.

—Noto cierto tono burlón en la respuesta, debes saber que yo también estoy haciendo avances, he descubierto que el brandy de esta casa no puede ser el causante del envenenamiento, es de excelente calidad.

No se rindió el inspector, al menos sabía que el cabo Calleja estaba trabajando duro. Miró su Patek Philippe, era la una de la tarde, posiblemente la forense tendría realizada la autopsia, le extrañó que no llamara, habría que esperar. Camiñano buscó a Adelo Besson le dijeron que se había ausentado, estaba haciendo gestiones para el funeral de esa tarde.

Amelia, la mujer de Adelo, el primogénito, no supo explicar el comportamiento de la casera Fidela Ferrer, ni las razones por lo que tenía la intención de abandonar Finca Marion tras los funerales, tampoco a ella le contó nada, el inspector estaba obsesionado con la actitud de la casera, tenía la impresión de que era el hilo de la investigación, sin saber muy bien a donde le conduciría. Envuelto en sus pensamientos estaba, cuando el capitán lo cogió del brazo y lo llevó hasta el coche, era hora de ir a comer.

En el hostal La Favorita ese sábado, día dos de enero, se repitió punto por punto el ritual del día anterior, ya tenían mesa fija, y sillas asignadas. Agustín tan amable como siempre abrió una botella de vino, y puso sobre la mesa un plato caliente delicioso, el hombre dijo que su mujer cada vez que le llegaba alguna liebre o conejo recién cazado, se decidía a hacer unas veces morteruelo y otras gazpacho, en esta ocasión lo primero y le había dedicado cinco horas para su cocción esa mañana y una hora más a base de picar el hígado y la manteca de cerdo, junto la carne de caza menor desmenuzada, todo ello en un mortero. Agustí les explicaba a los comensales sin que ellos le preguntaran que la mujer añadía pimentón, alcaravea, comino y en esta ocasión canela, que con las migas de pan le daban a ese delicioso plato una consistencia tan especial, un color característico y un sabor único.

De segundo Agustín les sirvió un revuelto de chorizo, tocino, cebolleta, ajos y huevos, todo ello también en cazuelas de barro y muy caliente. Le dio por pensar al inspector que no era otra cosa que la deliciosa comida de duelos y quebrantos que todos los sábados su sobrina y el ama de llaves hacían a don Quijote. Probando tan rico manjar no se extrañaba de la fuerza y valentía de don Quijote para enfrentarse a tan desventuradas historias. El Hidalgo caballero, con su actitud decidida, osada y optimista las convertía en nuevas oportunidades para deshacer entuertos y liberar a doncellas presas de malvados encantadores, probando dicho manjar pensaba el inspector que algo tenía que ver esos duelos y quebrantos que más que eso, era comida celestial y que habían dado las fuerzas necesarias para enfrentarse a sus enemigos el caballero de la Triste Figura.

El inspector quedó algo sorprendido cuando el capitán Castaño le rebeló con el café y los postres sus impresiones. Sin moverse del sitio durante toda la mañana, había trazado un esquema de los que para él eran los máximo sospechoso, por un lado el primogénito, un hombre extraño, huraño, de mal carácter y que hacía unos años estuvo investigado por la desaparición de una joven que nunca se encontró, en cuanto a su cuñado tenía móvil, pero le pareció un cantamañanas, incapaz de matar una mosca, y el joven Alan un chico con gran ambición, e inteligencia, lo normal según el testamento que acaba de conocer, es que se hubiera centrado en la muerte de su tío

Adelo y no del abuelo, no tenía sentido matar a un hombre que le quedaba poco tiempo de vida.

No iba desencaminado el capitán Castaño en sus razonamientos, a continuación, le hizo ver que se había olvidado quienes para él eran los más sospechosos, había que contar con los trabajadores de la finca incluido los caseros. Le dio en un papel la lista de tres agricultores que se habían enfrentado a los señores por pagarles mal y a destiempo después de la vendimia y no era de extrañar que quedaran deudas pendientes, a la vez que le dijo que no se preocupara, el cabo Calleja iba a interrogarles para saber donde estaban la noche de fin de años.

Cuando llegaron a la parroquia del Salvador, el féretro estaba saliendo por el precioso pórtico gótico isabelino en bastante mal estado, causado por las inclemencias del tiempo y las guerras, que todo hay que decirlo. De nuevo se formó una larga cola de amigos, conocidos y curiosos para dar las condolencias a la familia, luego se dirigieron caminando los más allegados acompañando al féretro hasta el cementerio, el capitán dijo que se retiraba, Camiñano intrigado siguió al cortejo fúnebre, siempre le fascinó este tipo de última ceremonia que a veces delataba los sentimientos. En el camino pudo intercambiar algunas palabras con la mujer del médico, que de negro riguroso iba unas pasos detrás de los hijos, junto con Fidela Ferrer, nada sacó en claro, salvo que, como ya dijo su marido, el señor Adelo había sido asesinado, y más aún, dijo que probablemente por el hijo mayor.

Antes de llegar al cementerio, al inspector lo detuvo el cabo Calleja que iba acompañado de otro guardia civil, le informó de la llamada a la comandancia de la doctora Calviño a las dos de la tarde, manifestando que se confirmaba la sospecha de envenenamiento y que en menos de veinticuatro horas era posible que pudiera identificar el veneno, mandaría el informe completo a la comandancia de la Guardia Civil y si había novedades recibiría un telegrama, estaban trabajando con las huellas dactilares. El cabo Calleja le puso al día de todos sus movimientos, que fueron muchos durante ese día, consiguieron hablar con todos los chicos y chicas que la noche de fin de años estuvieron en la fiesta de Finca Marion, todos tenían relatos coherentes y de los tres trabajadores, solo uno seguí en la zona, pero tenía coartada, se pasó la noche con la familia.

—Sabe lo que le digo, cabo, debería trabajar en nuestra comisaría.

—Me alaga usted, señor, pero aquí estoy contento, me he echado una novia que debería conocerla, es la mujer más buena del mundo.

Cuando introdujeron el ataúd en el gran panteón familiar, se quedó observando a los presentes, nada extraño le pareció observar fuera de las reacciones típicas en casos así, estaba anocheciendo y la temperatura marcaba siete grados, era hora de retirarse, pensó el inspector.

En casa lo primero que hizo fue encender la chimenea, tenía la leña justa para una noche, en los armarios encontró un pantalón de pana, que no recordaba bien si era suyo y ropa interior de invierno, entre ella un juego de calzoncillos largos, de esos de lama que llegan a los tobillos, era justo lo que necesitaba, antes de ponérselos los dejó frente a la chimenea para quitarles la humedad, luego se dio una regeneradora ducha caliente, lo difícil fue salir de la

misma, le esperaban seis grados de temperatura ambiente, el salto era suicida. Al menos con la música de
Tchaikovski, enroscado en mantas, al final encontró
la paz, nada de florituras y esperar al día siguiente
con mayor fortuna.

Tercer día

El inspector Camiñano de despertó esa noche en varias ocasiones, aprovechó para cargar la chimenea con leña. No durmió bien, le rondaba muchos pensamientos, no conseguía trazar un relato coherente de lo sucedido esa noche de fin de año, el secreto estaba en ese pasillo del primer piso, alguien debió acceder al dormitorio de la víctima, alguien debió ver algo, había que volver a Finca Marion, e insistir en los interrogatorios.

A las ocho de la mañana escuchó la aldaba de su puerta, era el cabo Calleja, se presentó con un saludo castrense. El guardia civil le dijo que su capitán acudiría más tarde, lo acompañó hasta la Finca Marion, la casona estaba bastante tranquila, Fidela les preparó un café y sacó unas pastas que no rechazó el inspector, deseaba hablar con la mujer de nuevo por la decisión de abandonar la casona, no entendía las razones de su decisión de partir; al verla como se desenvolví por la misma no se atrevió a preguntárselo de nuevo.

A los primeros de la familia que pudo saludar el inspector fueron a Adelo Besson y a su mujer, no habían dormido en la casona. El inspector intentó hablar con el primogénito, este se escabulló como un reptil, dijo que mas tarde, ahora no podía, tenía asuntos que resolver, se marchó al despacho.

Amelia, la mujer de Adelo Besson estaba mas dispuesta a hablar, la conversación al principio tomó un rumbo poco determinante, hasta que la mujer desveló algo que el inspector desconocía, la noche de fin de años, después de que el reloj marcara las doce y se felicitasen las fiestas, el patriarca comunicó a su hija Brígida y a su nuera Amelia con cierto secretismo la voluntad irrenunciable de abandonar esa misma noche la habitación principal, debía ser ocupada desde esos instantes por su hijo mayor. Les dijo a las mujeres que tenía la voluntad de comunicar a la familia a la mañana siguiente que el nuevo dueño de Finca Marion era su hijo mayor y que este, según el testamento tomaba posesión de la Bodega a las doce de la madrugada del año de 1971, justo a los cien años de la fundación de la misma.

Esa fue la razón que, durante una media hora pasada la medianoche las dos mujeres se ocuparon de cambiar todos los enseres y ropa a la habitación colindante, por eso, no murió en la habitación principal, y si estaba allí su cadáver fue porque se trasladó una vez muerto a la misma.

El inspector se quedó a cuadros con el testimonio de la mujer, no entendía como un detalle así había pasado por alto y lo más grave, el cabo Calleja lo sabía desde un principio. Camiñano se hizo el disimulado, enseguida recordó que abrió el armario de la habitación principal y la encontró vacío, muy pronto para deshacerse de las pertenencias del muerto, pensó, pero no le dio importancia.

Ahora todo para él cambiaba, se dirigió al cabo Calleja en un alarde de atrevimiento, como si fuera conocedor de ese hecho desde el principio.

—Se da cuenta, Cabo, el asesino tiene que estar entre los que conocían que la víctima se había cambiado de habitación.

—Sí eso ya lo tenía en cuenta, de hecho, nos hemos informado que solo Adelo, el primogénito y Alan lo sabían, además claro está, su hija Brígida y su cuñada Amelia.

—Eso descarta a todos los demás.

—No crea, señor, ¿y si el asesino quiso matar al hijo del patriarca, y no sabía que esa noche cambiaron las habitaciones?

—Lo dicho, cabo, usted se viene conmigo, no hay más que hablar.

El cabo Calleja confesó al inspector qué siguiendo los protocolos, había entregado a la forense, además del frasco con el Malatión, una jarra de cristal con agua, que encontró en la habitación de la víctima y que le llamó la atención que en la mesita de noche no le acompañara el vaso.

Como el día anterior la casa se llenó poco a poco de moradores, en general el desánimo hacía mella en ellos, estaban ya informados que Adelo Besson, padre, había sido envenenado, se respiraba un ambiente enrarecido, incluso a veces con algún profundo suspiro de lamento y llantos entre las mujeres.

Adelo Besson al conocer la noticia de que su padre fue envenenado, no pudo rehuir por más tiempo al policía, este respondía a las preguntas del inspector con simples nono sílabos, no quería hablar, incluso reprochó al policía su insistencia.

—Ya se le he dicho mil veces, yo no vi ninguna maniobra extraña en los pasillos, solo se me ocurre pensar que fue el bastardo de mi cuñado, siempre maquinando cosas para la bodega, mi padre debió anunciar su testamento esa misma noche y no esperar a la hora de la comida de año nuevo, seguro que ahora estaría vivo.

—¿Quién según usted, además de su cuñado pudo envenenar a su padre?

—¡Qué pregunta!, a mi padre todo el mundo lo quería, no insista.

—¿Y a usted, todo el mundo lo quiere?

—¡A qué viene eso!

Adelo Besson quedó en silencio, y su expresión tomó un matiz de preocupación, es como si hubiera entendido la situación, imaginando por momentos que ese veneno iba dirigido a su persona.

Las cosas se complicaban para el inspector, la conversación con los nietos de la víctima como era de esperar trascurrió sin sorpresas, los jóvenes se alojaron en las dos únicas habitaciones que en la andana tenían calefacción, aprovechaban estas fechas para estar juntos desde que eran unos niños, aún guardaban en la *cambra* muchos recuerdos y juguetes y un Scalextric gigante que estaba siempre montado en el suelo y que compró el abuelo por su cuenta, cuando los nietos ya no eran unos niños. La noche del envenenamiento llegaron los primos tarde a las habitaciones, hacia las tres de la noche, cuando se dio a conocer la funesta noticia del fallecimiento del abuelo, por eso aseguraron que durmieron poco esa noche, sobre todo las tres jóvenes.

Con Alan Besson, el nieto mayor de la familia, el inspector mantuvo una larga conversación, le pareció un joven serio, atento y ordenado, el muchacho confirmó que la tarde anterior estuvo con su abuelo y su tío, y aquel les contó sus planes, entendió que era una decisión acertada, a la vez ilusionante para él, no se lo esperaba, estaba seguro que la bodega saldría adelante, sin negar que iban a ser tiempos difíciles por las dificultades de la toma de decisiones, al no dejar claro el papel de cada uno y dado el carácter de su tío bastante cerrado, aunque reconocía en él a un gran trabajador y eso era un punto favorable.

Alan Besson aseguró que esa noche se retiraron después de la cena a un local dentro de las instalaciones de la bodega que el mismo había acondicionado para celebrar la llegada del nuevo año, había invitado a unos quince amigos y dispuso un *pick ut* con discos de todo tipo, y que originó problemas a la hora de elegir la música, las chicas preferían a los Beatles y el rock y así bailar suelto, los chicos deseaban bailar agarrado, como toda la vida.

El inspector, una vez el joven se mostró más relajado, le arrolló con una pregunta que le cogió de sorpresa.

—Dígame, Alam, espero que me conteste sinceramente, ¿sabía que su abuelo dispuso el cambio de habitación para la noche vieja?

—No, señor policía, me enteré cuando avisaron a mi hermano y a mí de la desgracia, nosotros mismos trasladamos a nuestro pobre abuelo a la habitación principal, por orden de mi tío.

—¿Y no se ha planteado que ese veneno no era para su abuelo, sino que iba dirigido a su tío?

—¿Qué quiere decir, inspector?, me está preocupando.

—Efectivamente, de confirmarse ese hecho, debo decirle que es usted el máximo sospechoso.

—¡Qué dice, inspector!, yo no me separé en toda la noche de mis primas y amigos, pregúnteselo a ellos.

—Pudo poner antes el vaso de agua con veneno en al mesita de noche donde iba a dormir su tío, es usted un experto en pesticidas ¿o lo niega?

El joven Alan Besson palideció, se quedó mudo, no sabía que responder, por primera vez en su vida se encontró con una situación que lo dejó como catatónico. El inspector por medio del cabo Callejo se había informado que el joven Besson se pasó dos meses en la cárcel antes de retractarse por haberse declarado objetor de conciencia, y ni siquiera debido a su estado de shock echó mano para defenderse de su pasado pacifista y la negación radical al uso de la violencia. El policía tuvo que ir a su rescate asegurando que una copa de vino les sentaría bien.

A las doce del mediodía llegó el capitán Castaño acompañado del notario, se procedió sin más preámbulo a la lectura del testamento. Ballesteros fue el único que reaccionó y no muy bien, se levantó acusando a su cuñado de manipulador, intrigante y asesino, Adelo Besson se abalanzó sobre él y si no es por Alan y su hermano, en ese mismo lugar lo asfixia, tal fue la rabia que originó en el primogénito, una reacción y fuerza desconocido para casi todos los presentes.

Tras la lectura del testamento, el capitán Castaño se acondicionó en uno de los confortables sillones del salón, se puso una copa de vino y se encendió un puro, invitando al inspector a que lo acompañara, el capitán Calleja ese día se sentía optimista y no parece que le preocupara mucho el desenlace de la situación.

En el gran salón de Finca Marion se formó un grupo con las mujeres, que hablaban algo menos apesadumbradas en un rincón, recordando anécdotas del pasado y mirando una caja de zapatos llenas de fotografías antiguas.

Los hermanos acompañados de Alan intentaban dar cuerpo a un testamento donde en teoría poco cambiaba en cuanto al reparto final de las ganancias de la bodega, aunque sí en la gestión. Nadie en la casa parecía tener prisa para abandonarla, solo la mujer del médico, no se integraba en ningún grupo y reprochaba al inspector que la retuviera, ¿hasta cuándo?, le preguntaba una y otra vez, no estaba dispuesta a seguir mucho más tiempo en una casa que le creaba angustia. Los primos decidieron dar un largo paseo por la nieve ausentándose de la casona.

Hacia la una del mediodía se presentó de nuevo el cabo Calleja, portaba un telegrama para el inspector. "Detectado dosis mortales de pesticida organofosforado, compatible con Malatio, stop. Llamar urgente a doctora Calviño, stop".

Camiñano miró su agenda, llamó a la forense por teléfono, esta le comunicó que ya tenía resultados de algunas huellas. En las del frasco de Malation, junto a otras muchas, había dos identificadas, según comparación con los datos que el cabo Calleja le facilitó, unas eran del casero y las otras del primogénito Adelo Besson. Y en el vaso de la mesita de noche de la víctima solo dos huellas, la del casero junto a las de la víctima.

Camiñano se quedó pensativo, ¿qué significaba eso?, no le dijo nada al capitán y se fue directamente a hablar con el marido de Fidela Ferrer, el hombre parecía tranquilo.

—¿De qué se extraña, señor? me encargo de ordenar todo lo que en la finca recibimos. Supongo que ese frasco del que me habla pasaría por mis manos.

—¿Aunque esté en la bodega?

—A veces el señor me pedía que ordenara también las cosas de la bodega.

—¿Y el vaso de la mesita de noche donde durmió su señor ¿cómo explica que fuera usted quien lo puso allí?

—Yo solo le puedo decir que antes de retirarse al dormitorio le dejaba todos los días al señor una jarra con agua y un vaso en su mesita de noche, el de esa habitación yo no se nada y no tengo explicación.

—¿Conocía los cambios de la habitación de última hora?

—Cómo lo iba a saber, es algo...

El hombre de golpe se calló, era como si una palabra más delatara algún secreto, no quiso contestar a más preguntas, no sin antes confesar que a su mujer y a él la muerte de su señor les había causado un gran dolor y que tenían decidido marchar de la casa tan pronto les dieran autorización.

No tardó mucho el capitán Castaño en coger del brazo al inspector, las tripas le avisaban del camino a seguir. A la hora habitual los dos amigos estaban en el comedor del hostal La Favorita, ocuparon su lugar ya reservado, una mesa vestida con elegancia, claramente diferente de las demás, incluso en el mantel blanco impoluto destacaba un centro con una pequeña jarra sencilla de esas llamadas trapero que lucía un ramillete de flores amarillas recogidas en la Sierra del Negrete, Agustín hablaba de la planta con verdadera pasión, dado que a las infusiones de manzanilla que su mujer preparaba, él les daba un toque especial con brandy, que hacia las delicias de sus invitados.

Comieron bien como en los días anteriores, Agustín les presentó un plato en la cazuela que desde sus tiempos de juventud el inspector no había comido, le trajo recuerdos de su infancia, era uno de los platos preferidos de su padre, aunque lo recordaba con menos contenidos cárnicos del que dejó Agustín en la mesa, era una comida otoñal, porque solían añadirle rebollones. El cachulí a base harina de guijas, hígado de cerdo, panceta, ajo…, se lo terminaron a duras penas. Mas suerte tuvieron los pastelitos de moniato que fueron recibidos con entusiasmo.

El inspector en la sobremesa confesó al capitán su desconcierto del caso que les ocupaba y la aparición en la escena de un nuevo protagonista, el casero, en estas cuestiones estaban cuando se presentó el cabo Calleja, se cuadró ante su superior.

—Siéntese joven, y tómese una copa con nosotros, le invitamos —le dijo el capitán Castaño señalándole una silla.

—Gracias, señor, hay novedades, mi capitán y creo que si no ordena otras cosa, debo detener a los caseros, me ha llamado Hilaria Hernández la otra mujer que trabaja en la finca y dice que Emeterio y su mujer Fidela están preparando su huido de Finca Morion, tienen pensado coger el autobús a la capital esta misma tarde.

—Tranquilo, cabo, no irán muy lejos, lo dicho, tome asiento y comparta una copa con nosotros —insistió el capitán.

—¿Usted no descansa? —Le preguntó Camiñano al cabo algo mosqueado.

—Sí, señor, cuando no hay faena.

—¿Qué le ha dicho exactamente la mujer que ha llamado? —de nuevo preguntó el inspector.

—Pues que estaba muy preocupada, que sabía la razón por la que deseaban huir y que era muy posible que los acusaran a ellos de un delito que seguro no habían cometido.

—Bien, cuando se termine el brandy, cabo, acompaña al inspector a hablar con esa mujer y a mí antes me deja en el cuartel, tengo cosas de despacho que hacer.

El inspector se dirigió al capitán y con una sonrisa sarcástica le dijo que lo entendía, mucha faena de despacho, sobre todo en domingo, le recordó.

En poco tiempo estaban de nuevo hablando en Finca Marion el cabo Calleja y el inspector con la mujer que llamó por teléfono al cuartel, Hilaria Hernández. A partir del testimonio de ella las cosas se precipitaron. La mujer estaba agobiada y se acusaba en parte de lo sucedido, dijo que fue ella quien le informó al marido de Fidela Ferrer lo de la violación a su mujer del señor Adelo, dado que su amiga no se atrevía, y que enterada de la intención de huida del matrimonio, ella pensaba que no era una buena idea, les acusarían de un crimen del que Fidela nada sabía, era una mujer sin rencor a pesar del daño que le habían hecho.

—¿Debemos entender que fue el hijo mayor de Adelo Besson quien violó a Felisa?

—El mismo, por eso les he llamado, El hijo de don Adelo, que en paz descanse, es un hombre violento y la semana pasada violó a Fidela, yo mismo escuché sus lloros y sus súplicas.

—¿Por qué no lo denunciaron de inmediato?

—Por miedo, señor policía, ¿no lo entiende? nosotros vivimos de la Finca, somos pobres, aquí nos henos criado y además ¿quién iba a creer a dos mujeres?

—¿Y por qué lo cuenta ahora?

—¿No se da cuenta, señor?, Fidela me ha confesado que esta misma tarde han planificado huir, eso sería su condena, yo quiero mucho a esa mujer, es buena y estoy asustada, me temo lo peor.

A partir de ese momento encajaron todas las piezas del puzle, por todo ello no fue muy difícil al inspector y al cabo Calleja conseguir la declaración inculpatoria de Emeterio Esteban. El esposo de Fidela, se derrumbó ante la insistencia de que explicara eso de las huellas, ahora tenían un móvil y de peso, al final confeso su participación en el asesinato, estaba agotado, llevaba tres días sin dormir, como era de esperar el veneno no iba dirigido al patriarca de los Besson, sino al primogénito a modo de venganza, el fue el que puso el vaso con veneno en la mesita de noche donde presumiblemente iba a dormir el primogénito, nunca imaginó ese cambio de habitación en el último momento, de ahí su confusión, que se tradujo en desesperación al comprobar los hechos.

El cabo Calleja acompañado del número de la Benemérita trasladaron a las celdas del cuartel de la Guardia Civil a Emeterio Esteban. A continuación, informó Camiñano a los moradores de Finca Marion la detención, sin mencionar las razones que llevaron a tales actos al asesino confeso, invitándoles de que quedaban libres desde ese mismo momentos para abandonar Finca Marion. Esa misma tarde el médico y su mujer, abandonaron la casona, no sin antes repetir una y otra vez las razones de tan execrable asesinato y más por un hombre que le habían dado toda la confianza.

Pocos comentarios escucharon los responsables del orden público que no fueran lamentaciones por los sucesos. Con Fidela Ferrer Camiñano cruzó unas palabra de ánimo, le dijo el inspector que quizás las circunstancias fueran atenuantes a la hora del juicio contra su esposo.

El inspector Camiñano esa misma tarde compartió una larga charla con Cirilo, el tercer hijo de la víctima y su mujer Camila. En esta ocasión la mujer se explayó en anécdotas, que por las circunstancias previas no pudo narrar con anterioridad. Camila residía desde siempre en la Villa y se acordaba bien del inspector de cuando eran niños. Estuvo contando anécdotas variopintas, recordando los juegos de niños y de cómo se disputaban las parejas para jugar a la guerra de caballito o colocarse las chicas junto al inspector, en el ¡churro va!, era el favorito de todas, anécdotas de las que el inspector no tenía mucha consciencia. De lo que sí recordaba eran las peleas entre jóvenes en el Batanejo y otros lugares de lucha y de cómo en más de una ocasión sufrieron heridas de guerra por las piedras del enemigo, donde Castaño se llevaba siempre la peor parte, por ser odiado por todos. La conversación con el matrimonio tomó distintos matices, desde los recuerdos de infancia, a los hechos recientes y la dificultad para entender un final así, luego Cirilo informó a modo de anécdota algo que llamó poderosamente la atención al inspector.

—¿Sabe que en la calle de Santa María, no muy lejos donde sus padres vivían, han encontrado un cadáver emparedado?

—¿Qué quiere decir?

—Pues lo que he dicho, al tirar el tabique que había debajo de la escalera encontraron los albañiles un cadáver momificado.

—¿Y de quién es esa casa? —Preguntó Camiñano intrigado.

—Actualmente es de unos forasteros, la han comprado a los botijeros, dicen que quieren venir en verano.

—Interesante hallazgo...

—¿No estará pensando en ocuparse del caso? —preguntó Cirilo, —si se queda por el pueblo permítame que le invite a cazar.

Camiñano fue acompañado por sus vecinos Cirilo Besson y su mujer hasta la puerta de su casa, llegó a la misma agotado, no le quedó más remedio que quemar los últimos troncos de leña, puso la tercera sinfonía de Tchaikovky, abrió una botella de vino, se enrolló en dos mantas y se durmió.

A modo de epílogo se preguntarán por el futuro de los muchos protagonistas de estos sucesos, quizás lo más difícil fue encontrar pruebas para acusar a Adelo Besson de la violación de su casera, pero el capitán Castaño, hombre de paciencia demostrada, convencido de su culpabilidad, dispuso de una vigilancia disimulada hasta que un mes después dio la orden de registro de un corral alejado de la casona, donde con frecuencia acudía Adelo Besson, allí encontraron en el altillo junto a muchas revistas francesas de pornografía, prendas de ropa íntima de mujer, algunas sucias. A partir de esos hallazgos y el contundente interrogatorio que el capitán Castaño realizó, no solo confesó su execrable violación a Fidela Ferrer, sino la de otras mujeres, aunque lo que estremeció a la ciudad, fue la confesión del asesinato de una joven desaparecida en el territorio un año antes.

El futuro de la bodega pasó por muchas vicisitudes, de suerte que, pronto dejó de ser un negocio familiar para ser absorbida por capital venido de fuera. En cuanto a la casona aún se conserva partes noble de la misma y los cinco primeros cuadros de los personajes que rigieron Finca Marion.

No se sabe bien que fue de la pintura colgada del primogénito en la noche vieja donde sucedió tan desgraciado e inoportuno asesinato. El cuadro es posible que se destruyera, tampoco tuvo mejor suerte su figurante, el tercer Adelo Besson, este murió apuñalado en la cárcel poco después de su ingreso, quien fue su autor nunca se supo, tampoco se fue muy riguroso en la investigación.

A Amelia, la esposa del violador y asesino confeso, no se lo volvió a ver jamás por la ciudad, aunque trascendió algún comentario, como que su marido era el responsable de que sus hijas abandonaran tan pronto la casa familiar y que desde entonces la esposa solo podía verlas a hurtadillas, nadie quiso hurgar en algo que ningún buen recuerdo traería. Sus hijas, mujeres independientes y con trabajo acogiera a la madre con cariño.

Fidela Ferrer quedó en la casona a las órdenes del nuevo propietario Alan Besson, este trataba con cariño y respeto a la mujer considerándole un miembro más de la familia. De su marido Emeterio Esteban se sabe poco más allá de la condena de cárcel, que a entender de mucha gente fue desproporcionada.

Emparedado

Antes de la Epifanía del Señor

Primer día

Máximo Pérez Camiñano, esa mañana se despertó temblando de frío, a media noche puso el última leño en la estufa, un grueso tronco de carrasco, que se consumió en algo más de una hora, por ello, el salón donde había improvisado su habitación era poco acogedor. Cuando se hizo el ánimo y se levantó puso la cafetera, al menos aún quedaban granos de café, sobras del verano anterior. Por un momento pensó que ya nada lo retenía allí, el caso del envenenamiento del señor Besson estaba resuelto, y en principio quedaba libre de cualquier otro compromiso con su amigo, el guardia civil, y así poder volver a la ciudad, aunque había dispuesto las vacaciones hasta después de Reyes.

Con la taza de café entre las manos, algo comenzó a rondarle por la cabeza, se acordaba del comentario que sus vecinos, Cirilo Besson y su mujer Camila, hicieron sobre un hallazgo fantástico, ¡un hombre emparedado!, era algo que no se veía todos los días, antes de partir iba a informarse bien, seguro que su amigo Castaño conocía el caso. En estos pensamientos estaba cuando escuchó la aldaba de su puerta, era el cabo Calleja que venía a recogerlo, su amigo deseaba verlo.

El capitán de la Guardia Civil nada más ver al inspector le dijo que estaba orgulloso por las diligencia llevadas a cabo y la forma como se había resuelto el caso de los Besson. El inspector señaló al cabo Calleja como el verdadero artífice de la investigación, sin su metódica disciplinada y decidida actuación, aún a estas alturas estarían dando palos de ciego.

Tras una agradable conversación de los amigos, el capitán Castaño le comunicó al inspector que no le quedaba más remedio que acudir al pueblo de su mujer, las obligaciones familiares le reclamaban, ya no tenía excusas para retrasar su partida ahora que el caso estaba resulto, asegurando que echaría de menos la compañía y las comidas en el hostal La Favorita. El inspector aprovechó el momento antes de que se fuera su amigo para preguntar por el caso del emparedado. El guardia civil le respondió.

—¿No estarás pensando en desempolvar un caso que parece ser que se produjo hace unos cincuenta años?

—Esos casos para mí son los más interesantes, además el asesinato se hizo cerca de la casa de mis padres.

—Más razón para que dejemos al emparedado tranquilo, no vayas a ir a por lana y salgas trasquilado.

—¿Qué quieres decir?

—A ver si encuentras a algún familiar en el meollo...

—Eso no me preocupa.

—¿No te das cuenta de la dificultad del caso?

—No creas, a veces la gente mayor tiene ganas de hablar de cosas pasadas, son muy espontáneos y no temen a represalias.

—Como te veo animado voy a llamar a Calleja y te informará de los pocos detalles que sabemos.

—Si me animo, ¿me dejas trabajar con ese joven unos días?

—Los días que quieras, Maxi, pero yo no perdería el tiempo, insisto, son cincuenta años.

—No se pierde nada.

—Tengo que marchar —dijo el capitán— de nuevo te doy las gracias y saluda a Agustín de mi parte cuando vayas a comer, dile que guarde alguno de esos guisos para cuando vuelva.

—Descuida.

El cabo Calleja trajo el expediente del hombre hallado en una casa de la calle Santa María, no era muy extenso. Al guardia civil se le adivinaba un gesto de satisfacción, era como si deseara enseñar esa documentación antes incluso de que se lo hubieran pedido. En el dosier, entre los papeles donde estaban los testimonios de los albañiles que encontraron el cadáver, se encontraba también un escueto informe del forense que se desplazó hasta el lugar del hecho, una relación de objetos hallados junto al cuerpo, incluso unas fotografías, etc.

—¿Qué piensa de todo esto, amigo Calleja?

—Simplemente fascinante, si me lo permite le diré que no entiendo al capitán, esos casos son lo que crean escuela y son muy interesantes.

—Creo que vamos a ser muy buenos amigos, ¿sabe que tenemos vía libre para trabajar?

—¡Eso es estupendo!

—¿Son suyas las fotos del cadáver?

—Los hizo un amigo aficionado a la fotografía, a petición mía, tengo más en casa, ahí dejamos solo dos.

Durante una larga hora el inspector se informó con pelos y señales de los hallazgos que se encontraron en la casa de los nuevos propietarios. Le sorprendió la información extraoficial que el cabo Calleja le facilitó, era como si por su cuenta hubiera seguido trabajando, algo que no era del todo incierto.

Lo más curioso de los hallazgos era que, a pesar de los cincuenta años que habían trascurrido, se conservaba el cadáver bien, como acartonado, no estaba putrefacto como era de esperar. Calleja testigo presencial desde los primeros instantes del levantamiento del cadáver, pudo comprobar que lo encontraron con pijama y toda sus ropas esparcidas en el hueco, incluido un reloj, una billetera con dinero, su documentación, incluso una maleta con algo más de ropa, etc., era como si el asesino quisiera dar a entender que la víctima hubiera huido con sus más queridas pertenencias.

Otra cosa que llamaba la atención era la posición dentro del espacio entre la pared y el nuevo tabique. El cabo Calleja tenía yo una explicación a esa forma tan extraña de estar en el hueco donde encontraron a la víctima, solo se podría haber logrado esa contorsionada postura dejando un espacio arriba del nuevo tabique y antes de que estuviera totalmente terminado lanzar el cadáver de cabeza al pequeño hueco, y luego sus pertenencias, de suerte que quedó en esa extraña posición como haciendo el pino y los demás objetos a su alrededor distribuidos de forma caótica.

—¿Qué piensa Calleja de todo esto?

—He estado analizando el caso, el asesino estaba claro que lo planificó a conciencia, a mi entender lo golpeó en la sien derecha, por la herida en el cráneo de la víctima debió de sorprenderlo durmiendo y golpearlo con gran fuerza, solo hay una herida, por lo que en principio se descarta una mujer.

—Hay mujeres muy fuertes, querido Calleja.

—Sí, pero tenga en cuenta que luego tuvo que lanzarlo por encima de un tabique que según la obra tenía ya más de un metro.

—Bien, busquemos un hombre, que ahora al menos debe tener como unos setenta años.

—Sí, no veo a un niño asesino. Lo que más me sorprende es que nadie descubriera el cadáver, según pude averiguar en la casa siguieron viviendo al menos unos meses después de la desaparición de ese Filiberto Mancilla.

—Debieron sellar bien el tabique.

—En eso doy fe, después de los ladrillos lo enlucieron con una gruesa capa de cemento, poco habitual para ese tipo de obras.

—¿Qué se sabe de él?

—Que era el hijo único de los Mancilla, unos ricos que hicieron fortuna en Cuba, y que se instalaron aquí para el negocio de la madera, habían comprado una masía con muchos pinos al norte de la región llamada Más de Cabra.

—¿Veo que se interesó por el caso, que más sabe?

—Es triste decirlo, pero el capitán Castaño aseguraba que seguir la investigación sobre la muerte de ese hombre era perder el tiempo y por ello dejamos el caso, ahora me alegro que se interese, estoy a su entera disposición.

—Bien, sabemos por los archivos que era joven, según su documento de identidad, y que el asesinato se realizó después de la primavera de 1930, justo un año antes de que se proclamara la República, dato a tener en cuenta por si el móvil tiene que ver con la política, otro asunto es que el asesino tenía que ser un maestro albañil y que el homicidio se debió producir de noche y que...

—Perdone que le interrumpa, le traeré las fotos donde se ve bien la realización del tabique, el hueco de arriba por donde arrojaron el cadáver no estaba tan perfecto como la base de la pared, era como si otro albañil lo terminara, los ladrillos no estaban bien puesto, además se usó uno extrañamente más grueso, un ladrillo perforado de tres hileras, el resto era de dos hilaras, y otra cosa, el enlucido de los ladrillos era muy grueso, y un poco burdo en su ejecución, ¿no le parece extraño?

—¿Qué quiere decir?

—Pues que el asesino no debía ser muy ducho en el oficio, tampoco es seguro que fuera asesinado de noche.

—¿Y el pijama?

—Le recuerdo que la gente rica no tiene que ir al campo, ni tiene que madrugar, es posible que lo mataran por la mañana.

—Bien, Calleja, eso ahora no es importante. Al menos estará de acuerdo conmigo que el móvil del asesinato no fue el robo.

—También en eso he pesando, y no se puede descartar del todo, no tenemos testimonios de si desaparecieron cosas de la casa.

—¿Pero en el informe habla de que la cartera de la víctima tenía dinero?

—Insisto, señor, el asesino pudo robar algo de valor y creer que se lo había llevado la víctima.

—Jolines, Calleja, lo está poniendo difícil y aún no hemos empezado.

—Usted perdone, señor, pero desde que descubrimos el cadáver pienso bastante en el caso.

—¿Qué sabe del muerto?

—Ese es otro problema, don Filiberto de Mancilla era hijo único de una familia pudiente, que se marcharon de la comarca poco después de la desaparición del primogénito, por ello, no he podido seguir los pasos, dicen que el matrimonio regresó a la capital destrozado por la tragedia. Los que sí tengo localizados son los que compraron la casa de los Mancilla, eran los botijeros, sé que viven en la zona dos hijos.

—¿Y sabe si en esa masía, propiedad de los Mancilla vive gente?

—Más de Cabra se vendió a una empresa maderera y a su vez, ésta la vendió a una bodega, ahora en la mayoría de los terreno hay plantado viñedos. El edificio de los señores en la masía, tengo entendido que está en ruinas, solo se mantienen en pie el de los caseros.

—¿Por dónde empezamos, amigo Calleja?

—Estoy a su disposición, por donde usted diga.

—Pues yo me voy a comer, si es tan amable me acerca hasta el hostal La Favorita ¿quiere acompañarme a la mesa?

—Gracias, señor, es muy amable...

El cabo Calleja era un diamante en bruto, lo dejó en la puerta de la fonda, con la promesa que le acercaría leña esa misma tarde, un día más el inspector comió mucho y bueno, Agustín lamentó la ausencia de su amigo, el capitán Castaño, pero que esperaba no defraudarle con el menú de ese día, Agustín se presentó en su mesa con una gran fuente humeante y llenó su plato hasta rebosar, un cocido con todo tipo de carnes, garbanzos verduras..., cuando unos veinte minutos después volvió el hombre con la fuente, el inspector con una muesca de enfado disimulado le dijo que no quería verlo más, al menos en veinticuatro horas.

Como había prometido el joven guardia civil se presentó en su casa con otro número de la Benemérita que dejaron leña suficiente para un mes en la planta noble, incluso encendieron la gran estufa.

El cabo Calleja le entregó las fotos que le había prometido, estuvieron un buen rato repasando las mismas. El asesino como bien dijo Calleja lo tenía todo pensado, en la cartera había mucho dinero y no encontraron ninguna llave, con ello quería demostrar que la intención de la víctima era no regresar nunca a la casa de sus padres. En el pantalón suelto que en teoría debió de llevar el días de su asesinato encontraron la entrada de una corrida de toros de la plaza de la ciudad, concretamente la realizada el 21 de setiembre de 1930 por los matadores Barberá, Capilla y Barrera Chico, una corrida que anunciaba seis bravos novillos-toros. El cabo Calleja era de la opinión que el hombre debió ser asesinado antes de la corrida del veintiuno de septiembre de ese año, dado que las prendas sueltas que se encontraron en el hueco de la escalera tabicado eran de verano y portaba la entrada sin pinchar aún en el bolsillo.

—Se da cuenta, Calleja, si fue asesinado en el año treinta, hace solo cuarenta y un años, vamos antes de ayer, seguro que encontramos el asesino refrescando la memoria de algún testigo, gente de sesenta años, incluso gente de menor edad, que tuviera ahora cincuenta años o menos.

—Entonces tendrían diez años, algo joven, ¿no le parece?

—El problema es que precisamente después de la guerra ha habido un goteo continuo de gente hacia las grandes ciudades y nuestra región poco a poco se ha ido despoblando, la gente con más edad fueron los que se quedaron y esos ya estarán muertos.

—¿Ha pensado que el asesino puede estar vivo?

—Claro, Calleja, si cometió el crimen un hombre relativamente joven es muy posible.

Era la hora de ponerse en marcha, el cabo Calleja dijo que habían localizado a una mujer que era hija del botijero y les esperaba en su domicilio.

La tía Engracia tenía unos sesenta años, aunque de aspecto físico muy envejecido, mantenía el ánimo de mujer activa, recibió a sus visitantes con agrado, dijo que era la hija menor de cuatro hermanos y que solo vivían el mayor y ella, su hermano no fue a la guerra por cojo y eso lo libró de la muerte. Recordaba bien la casa donde vivían en la Villa, sus padres se acomodaron allí siendo ella ya una moza vieja y fue donde encontró a su marido, les explicó a sus oyentes que su padre compró la casa casi de saldo y en pública subasta cuando murió la viuda de los Mancilla sin herederos.

—¿Recuerda tía Engracia cuando llegaron a la Villa? —Preguntó el cabo Calleja.

—¡Odo, como me voy a olvidar!, era el día de San Antonio del año de 1933, —dijo la mujer asertivamente, luego prosiguió hablando, —ese mismo día conocí a mi marido, que en paz descanse, me sacó a bailar después de la hoguera, nunca lo podré olvidar.

—¿Y qué fue de los antiguos propietarios, ¿qué se hablaba de ellos?

—Supongo que lo dicen por el cadáver que ha aparecido en la casa, ha corrido la voz como la pólvora, en aquella época hacía ya unos años que había desaparecido don Filiberto, aún se hablaba de ello y dieron por hecho que había huido.

—¿Por qué pensaban en eso?

—Parece ser que era un mujeriego y que por eso huyó amenazado por algún marido.

—¿Y usted qué piensa?

—¡Odo, que voy a pensar!, lo que escuchaba a algunas personas que lo conocían y que no se creían eso de la huida, no iba con él, decían que era un brabucón y que no tenía miedo a nada, por eso la gente discutía de su paradero, creo que no se ponían de acuerdo.

—¿Al final qué pasó?

—Dicen que durante muchos días removieron toda la comarca, hicieron batidas pagadas por el padre, incluso se dice que ofrecieron dinero a quien lo encontrara, al final se dieron por vencido, llegando a la conclusión de que se había fugado, solo la madre insistía en que debían seguir buscando y por eso, desolados alargaron su partida, la mujer no quería marcharse, no sin su hijo, repetía una y otra vez.

—¿Y dice que vive su hermano mayor?, ¿dónde podemos hablar con él?

—Mi Hilario está muy enfermo, ayer mismo fui a visitarlo a la residencia de monjitas, lo vi viejete, pregunten por el botijero.

En la residencia de ancianos fueron recibidos de entrada con gran alegría por la superiora, la mujer al enterarse de las razones de la visita hizo un gesto de contrariedad, pensaba que venían por una importante donación anónima que habían anunciado previamente. La monja que se ocupaba de Hilario Sandemetrio, el botijero, dijo que terminaban de acostarlo y que no debía ser molestado hasta el día siguiente.

El inspector se vio obligado ante la insistencia de las monjitas a comprar unas tortas de manteca hechas por ellas, las repartió entre los dos guardias civiles, él se quedó con una, al menos pensó consolado que ya tenía algo para acompañar el café mañanero.

El cabo Calleja antes de dejarlo en su domicilio se detuvo en un horno y compró varios bollos, esos que llevan embutido de la región y panceta, incluso en algunas ocasiones sardinas, le entregó uno al inspector, esa noche y después de tres días de ayuno nocturno, iba a acompañar al vino con esa tarta con magra.

Poco después de llagar a su casa el inspector escuchó como aporreaban el picaporte, era Cirilo Besson con la intención de invitarle a comer al día siguiente, el hombre no aceptaba un no como respuesta, incluso dijo que no se preocupara por el hostal La Favorita, ellos mismos se encargaban de avisar a Agustín, prometiendo competir con él en cuestiones culinarias. Cirilo Besson aseguró que su mujer que como ya sabía era villana, le aportaría datos de su nueva investigación seguro que interesantes, estaba intentando recordar esos sucesos. No pudo negarse a la invitación, al inspector Camiñano no le gustaba las comidas de compromiso y menos cuando los anfitriones sentían la obligación de agradecer de alguna forma a su invitado.

Se dispuso a escuchar música, parece que la estufa comenzaba a funcionar y el haberla dejado encendida esa tarde le permitió al inspector no enroscarse en mantas. La cuarta sinfonía de Tchaicosvky sonó esbelta a pesar de que el sonido era el de su antiguo giradiscos, incluso el inspector se decidió a dirigir por un tiempo a la orquesta con una inapropiada batuta improvisada sacada entre la leña pendiente de ser arrojada al fuego.

El inspector antes de conciliar el sueño se dio una ducha regeneradora, aún le quedaba ropa de muda, de suerte que limpio, aseado y animado abrió una botella de vino y se dispuso a meterle mano a ese bollo donde la estética en la presentación no era su mejor señal de identidad, cuando le dio el primer bocado cambió en parte de opinión, el cocido del medio día no hizo los mismos estragos que comidas anteriores en La Favorita, así que se terminó antes el

bollo con magras que la botella de vino, luego recon-
fortado, concilió el sueño.

Segundo día

Máximo Vázquez Camiñano esa mañana se levantó optimista, y por primera vez en esos días le acompañó al café una de esas tortas de manteca, que pronto descubrió que no exageraba la monjita al proclamar sus virtudes.

Estando desayunando escuchó la aldaba, el cabo Calleja ya estaba esperándolo, debían acudir a la residencia de ancianos. Hilario Sandemetrio, el Botijero, estaba sentado en una silla ortopédica y atado para no caerse, el hombre con la mirada algo ausente, muy sordo y medio ciego le costaba hablar, pronto comprendieron que poco o nada podrían sacar del sujeto en esas condiciones, aun así, el cabo Calleja se animó a darle conversación, cada vez que escuchaba el nombre de Mancilla el hombre daba una especie de salto y decía como enfadado, "un cabrón", y luego se calmaba, en la residencia consiguieron la dirección del hijo, también de nombre Hilario, un hombre de casi setenta años, a pesar de la edad seguía en su taller de carpintería, era el sobrino de la tía Engracia, poca información les aportó la entrevista, el hombre aseguró que quizás el gran amigo de su padre, el Chato, les podría ayudar, seguro que lo encontrarían en el hogar del jubilado.

No se equivocó el botijero, allí estaba el Chato qué con más de ochenta años, seguía fumando y jugando a las cartas. Al entrar el guardia civil acompañado del inspector en el amplio local a modo de bar se produjo un gran silencio, algunas hombres retiraron de manera instintiva las monedas que en las mesas había de a chavo o los dos reales, esa del agujerito. La conversación con el Chato se hizo amena porque los compañeros de juego querían participar en la misma, el cabo Calleja se dirigió a el Chato.

—Me ha dicho que el botijero y usted son grandes amigos.

—Sí, señor, grandes amigos, ahora siento mucha pena por él, apenas puede hablar.

—Por eso hemos venido, que me cuenta de él.

—¿Qué quiere que le cuente?, cuando estaba bien era quien tomaba la iniciativa, él era quien mandaba la colla.

—¿A qué se refiere?

—Pues lo que le digo, nos hicimos amigos cuando íbamos a Francia a vendimiar, era él quien se ocupaba de todo, nosotros le seguíamos.

—¿Se acuerda usted de la desaparición de un hombre llamado Filiberto Montilla?

En ese mismo momento se desató la tormenta de información, no habían caído en la cuenta de que habían ido a parar al lugar más oportuno para revivir experiencias del pasado, contrastar opiniones, atrapar el tiempo, y más aún, hacerlo regresar. En unos minutos la conversación que se suponía iba a ser privada con el Chato se convirtió en un contubernio de afirmaciones no contrastadas, opiniones enfrentadas, datos y fechas de los acontecimientos nada equidistantes, etc., de suerte que, el cabo Calleja tuvo que poner orden y turno de palabra, mientras el inspector cada vez más asombrado y callado tomaba algunas notas, ¿cómo no se les había ocurrido antes semejante experiencia? Esos hombres con sus vivencias eran mucho más que la figura ancestral del cronista del pueblo, allí estaba la historia de los últimos sesenta años, pensaba el inspector.

Después de casi una hora evocando recuerdos, todos estaban de acuerdo que el suceso conmocionó a los padres de Filiberto Mancilla, al que en general, nadie puso palabras de reproche, no así a su hijo, el desaparecido, nadie apostó a favor de su persona, inclusos aquellos que no lo conocían personalmente, solo de oídas, se atrevían a dar su opinión. Se escucharon en la sala todo tipo de improperios, desde chulo, bocaza, brabucón, mala persona, hasta algunas peores, incluso hay quien se atrevió a decir que tenía constancia de su conducta sádica y violenta, incluso en la sala se le acusó de violador.

Un suceso que salió en la conversación a cien bandas, fue la muerte del casero de Mas de Cabras, ocurrido unos años antes de la desaparición de Filiberto de Mancilla. No se pusieron de acuerdo como ocurrió el accidente mortal, solo que la escopeta causante de la muerte era propiedad de los Mancilla. Unos dijeron que el señor había disparado involuntariamente produciéndose el fatal desenlace, otros afirmaban que la muerte ocurrió por un accidente fortuito provocado por la poca experiencia del casero que al querer limpiar la escopeta se disparó, sin que Mancilla estuviera presente, nunca se supo la verdad y todo eran rumores más o menos infundados, aunque los allí presentes aportaban su opinión en esta cuestión.

Camiñano callado prestaba atención a unos y a otros, hasta que escuchó a un hombre que dijo que, las obras de la casa de los Mancilla, donde encontraron el cadáver, las habían realizado ellos, era de oficio albañil, se llamaba Rogelio Rana, por eso todos lo conocían por tío Rana, recordaba la gran obra que realizaron en la casa de los Mancilla y las dificultades que tuvieron para cobrar, dado que el señor de la casa dio prioridad a los pagos por la búsqueda alocada del señorito Mancilla.

Mientras el cabo Calleja seguía intentando poner orden en el galimatías donde se había metido, dado que todos tenían una opinión de aquellos sucesos, incluso algunos que no vivían en la Villa en aquella época, querían aportar algo, habían escuchado cosas, comentarios...

El inspector Camiñano se presentó como policía a Rogelio Rana y dijo que le invitaba a una copa cogiéndole del brazo y apartándolo de la tertulia que había organizado el cabo Callejas. Rápidamente el policía entró en detalles.

—Dígame, Rogelio, ¿se acuerda bien de sus compañeros de trabajo en casa de los Mancilla?

—De todos, señor, recuerdo que hicimos una gran reforma, y que duró varias meses, por eso estaban los señores en Mas de Cabras, quitamos los suelos de barro cocido que disgustaban a la mujer, decía que daban mucha faena, pusimos suelos hidráulicos en toda la casa, la señora se empeñaba que debíamos poner en el centro un dibujo distinto, lo que complicaba mucho la faena y en un par de ocasione nos dijo la señora, una vez puesto el suelo, que no le gustaba el dibujo y tuvimos que cambiarlo, gente muy caprichosa, señor, yo entendía que pusiéramos escayolas y bajar los techos y así protegerse del frio invierno, pero eso de las baldosas, aún recuerdo que las traían de muy lejos, unas del tamaño de 20 por 20 y a un precio desorbitado, todo me pareció una exageración.

—¿Y quién hizo el tabique de la escalera?

En ese instante Rogelio Rana palideció unos segundos y se quedó sin respuesta, conocía la noticia del hallazgo del cadáver de Filiberto Mancilla, el hombre por un momento pensó que lo iban a acusar y por eso se quedó sin saber que decir.

—No se preocupe, hombre, tranquilo, no le va a ocurrir nada, en el peor de los casos el crimen está prescrito, le dijo el inspector con un tono de guasa.

—No, si yo estoy tranquilo, lo que pasa es que aquí hay un misterio misterioso, no entiendo nada. ¿A qué se refiere?

—Al lugar donde encontraron al señor Filiberto, yo no recuerdo que hiciéramos ningún tabique debajo de la escalera.

—¿Puede decirme quienes eran sus compañeros?

—Trabajábamos con un tal Piqueras, un hombre muy serio, recio, honrado y muy laborioso, era el primero en ponerse manos a la obra, nos pagaba puntualmente, fue una lástima, murió al caerse de un andamio, arreglando un tejado al año siguiente, todos lo sentimos mucho y lo peor fue que nos quedamos sin trabajo.

—¿Además de Piqueras quien más trabajaba con usted en casa de los Mancilla?

—Éramos tres, solo quedo yo vivo, bueno... y me imagino que un mozalbete que no tendría ni quince años, vino por recomendación del dueño de la casa, el señor Mancilla, recuerdo que le pidió a Piqueras que le enseñara el oficio de albañil, desde ese momento se pegó a él como una lapa.

—¿Y sabe cómo se llamaba?

—No, todos le llamábamos mocete, solo puedo decirle que era un joven serio, algo cabizbajo, pero atento y obediente.

—Me ha dicho que los señores en ese tiempo vivían en Más de Cabras, ¿quién les abría la casa para trabajar?

—Piqueras y yo teníamos llave, los señores venían solo para ver las obras.

—¿Y el hijo iba mucho por ahí?

—Él sí vivía allí, se levantaba tarde y siempre enfadado por eso de los ruidos, luego cogía su escopeta y desaparecía, ya no lo volvíamos a ver el resto del día.

—¿De verdad que no se acuerda quien hizo ese tabique debajo de la escalera?, intente hacer memoria.

—Se lo digo de verdad, no recuerdo quien hizo ese tabique.

—¿Cuándo terminaron las obras?

—No terminamos las obras, el señor Mancilla un día vino con su mujer buscando a su hijo, cuando se dio cuenta que llevaba tres días sin aparecer por casa la mujer se volvió como loca, y desde ese momento, nos dedicamos durante más de una semana a recorrer el territorio acompañados de mucha gente, luego dijeron que ya no iban a vivir en la Villa y por eso no seguimos con las obras, creo que dejó a deber a Piqueras mucho dinero, a pesar de ello, nosotros cobramos hasta el último céntimo.

El inspector Camiñano pagó la copa de brandy del tío Rana, se estaba haciendo tarde y la mayoría de los hombres tomaron el camino a sus casas, les esperaba la mujer o la hija para comer. Un momento después de dejar al tío Rama, se le acercó un hombre que dijo que conocía a una familia de apellido Camiñano y que residía en la Villa hasta que el padre se fue al frente y ya nunca volvió, Camiñano hizo cara de sorpresa, como si no fuera con él, se atrevió a preguntar por la opinión que tenía de sus padres, parecía un buen hombre.

—¡Vaya, que casualidad! Es posible que fueran familia mía ¿y que fue de ellos? —preguntó Camiñano de forma espontánea.

—El hombre estaba lleno ideas ilusorias pero equivocadas y se fue a combatir al frente a defender la República, en vez de sacar tajada del momento, ya sabe que con el desorden muchos se aprovecharon para tomar el mando en la Villa, sin embargo Camiñano se alistó a pesar de que tenía dos bocas que alimentar, creo que murió en Teruel en el 37.

—¿Y qué fue de su familia?

—Su mujer abandonó la Villa poco después, nunca supimos ya nada de ellos. Su casa sigue en pie, aunque creo que está medio abandonada.

El inspector conocía bien por su madre la historia de su familia, y al escuchar ese testimonio sintió una gran ternura por su padre, un hombre que luchó por unos ideales, por una sociedad mejor. Por un momento pensó que había traicionado la memoria de su padre, pensamiento que intentó quitárselo de la cabeza, por esa razón desde que se incorporó a la policía como medio de vida, huyó de la incorporación a la Brigada de Investigación Social, él deseaba descubrir a los malhechores y asesinos, por ello, cuando iba a dejar la policía por motivos de conciencia se presentó la posibilidad de incorporarse al Cuerpo de Investigación Criminal, evitando así las acciones represivas llevadas a cabo por sus compañeros de la Social.

Antes de despedirse el cabo Calleja y el inspector intercambiaron impresiones. Por la conversación que mantuvieron los nuevos amigos, ahora sabían que el asesino tuvo tiempo para realizar obras en la casa y levantar ese tabique debajo de la escalera por su cuenta, al menos dispuso de unos tres días. El cabo Calleja según testimonios en el bar había descubierto que ese domingo veintiuno de septiembre, fecha de la corrida de toros, era el último día que en la Villa se disfrutaba de una fiesta para celebrar la vendimia, tres días sin trabajar, tiempo suficiente para realizar una fechoría de esa envergadura, por ello, dedujeron que no necesariamente ese tabique lo habrían realizado los albañiles que trabajaban en la casa, cualquier manitas podría haberlo realizado, aprovechando la ausencia de los mismos. Comentario que no ayudaba a la investigación en curso, de nuevo se alejaban las pesquisas, ahora que tenia localizado a un posible sospechoso, alguno de los albañiles.

El inspector Camiñano se dirigió a casa de Cirilo Besson, lo estaban esperando, el anfitrión era un gran cazador, en el abundante aperitivo que su mujer Camila les había preparado, el hombre no hizo más que hablar de su pasión, la caza, por eso se indignaba cada vez que veía esas trampas en el monte bajo donde caían las perdices ahorcadas de forma inhumana por el simple invento de unas soga con nudo corredizo realizado con pelos de cola de caballo y sujetos con un simple palo entre dos matorros, una forma canalla de hacerse con las perdices, como también era frecuente ver trampas con cola que dejaban atrapados a los animales, aunque aún odiaba más los cepos para liebres y conejos que por menos de doscientas pesetas encargaban a los herreros los desaprensivos furtivos. La prohibición de esos usos, no impedían que el monte estuviera lleno de esos artilugios, siendo origen de altercados entre los ciudadanos y de frecuentes denuncias a la Guardia Civil por esos hechos, que en general quedaban archivadas o en el fondo de los cajones sin más.

Cirilo Besson no aprobaba la caza a la espera del torcaz, una manera cobarde de enfrentarse a su víctima, sabiendo las costumbres de esos animalitos de bajar a las charcas al anochecer para beber, palabras que disgustaron al inspector, con estas historias rememoraba su infancia cuando acompañaba a su padre al monte para cazar y o que le disgustó más, el fue uno de esos furtivos cazadores, aunque por poco tiempo.

Cirilo Besson contaba hazañas de caza, que llegaron a aburrir al inspector, por la forma altiva en que contaba esas acciones cibernéticas, como la vez que mató a siete perdices, incluido el garbón que caminaban en fila india, escuchar esa dudosa acción le entristeció. Todo esas historias refrescó al inspector la memoria de su infancia y la primera vez que disparó una escopeta, cuando con unos diez o doce años su padre le dejó la escopeta grande y el retroceso del disparo le hizo una gran moradura en el hombro que ocultó con la esperanza de poder usarla.

Poco tiempo le duró esa ilusión por la caza al inspector, escuchando esas historias recordó que tan solo a un animal en su vida Camiñano había disparado, fue un encuentro de sentimientos enfrentados, primero las palpitaciones de su corazón cuando convenientemente escondido entre ramas cortadas vio posarse en un pino frente a la charca a un torcaz, jamás olvidaría el silencio del monte roto por el ruido de las alas del animal al posarse en un pino frente a una charca de agua, el corazón desbordado al ver al torcaz, el sigilo con el que apuntó y disparó, y la emoción contenida; a partir de ese momento todo se vino a bajo, sobre todo cuando fue a por su trofeo y tuvo entre sus manos al pobre animal, que aún vivo y caliente miró a su verdugo, fue la primera vez que disparó a un ser vivo y de alguna manera decidió que sería la última.

Comió bien el inspector, se nota que la mujer se esforzó en la cocina, presentó la típica comida de la zona, con un segundo plato de caza, conejo al ajillo, aunque bien pudiera haber sido conejo a los perdigones, por la cantidad de ellos y que no todos pudo separar, se nota que el pobre animal o los animales fueron cazados de sorpresa y muertos por un disparo a bocajarro.

La sobremesa fue algo más distraída, acompañado por la abundante variedad de licores que puso sobre la mesa y el puro habano que le ofreció el anfitrión. La incorporación de su mujer Camila que salió al rescate de la aburrida conversación de la caza hizo que no desesperara, el policía no tenía muchos recuerdos de su infancia, lo contrario que Camila que aseguraba tener al inspector en gran estima.

La mujer, villana de nacimiento y no habiendo abandonado nunca el pueblo recordaba que en alguna ocasión su padre hablaba de los Mancilla y su precipitada huida. De alguna manera su relato no difería mucho de lo escuchado por los hombres en el hogar del jubilado, aunque la mujer sí dio un dato nuevo, aseguraba que la madre del desaparecido y la suya se conocían, eran amigas, y que la señora de Mancilla estaba convencida que habían asesinado a su hijo, incluso ella imaginaba quien había sido y que no le hicieron caso, todo el mundo dio por bueno que el hijo había huido sin más. Camila deseaba retrotraerse a su infancia, revivir esa época llena de alegría y por ello volvía una y otra vez a los tiempos del pasado.

—¿Te acuerdas, Maxi, el día que tu padres te castigó por hacer experimentos con los gatos?, vosotros, los chicos, decíais que eran animales con siete vidas y por eso un día subiste a la *cambra* de la casa de tus padres al gato de tu vecina y lo lanzasteis desde la ventana. ¿te acuerdas?

—La verdad es que no recuerdo eso.

—¿Y cuándo en la escuela pusiste una cofaina de agua encima de la puerta del aula y bañó a doña Emilia?

—La verdad, no lo recuerdo.

—Sí, hombre, estuvimos una semana sin recreo por culpa vuestra.

—Vaya, lo siento.

—¿Y te acuerdas que dábamos el cambiazo en la merienda a los hijos de esa familia que venían en verano?, tú conseguías siempre esa barritas de chocolate que cambiabas por el taco de jamón que preparaba tu madre, nos volvía locos.

—De ese chocolate si me acuerdo, creo que se llamaba Lingotín. Mi madre decía que no podíamos comprarlo, era muy caro.

—No aburras al inspector con historias de niños —dijo el anfitrión como riñendo a su mujer.

—La verdad es que no me aburre su mujer, todo lo contario, prefiero esas historias de niños a esas otras de la caza, al fin de cuentas, los niños siempre dan sorpresa y me alegra saber que éramos eso, niños.

Cirilo Besson contrariado intentó disimular y cambiando de tercio decidió adular las actuaciones del inspector en el caso de la muerte de su padre y la resolución del mismo. El inspector sentía cierto agobio por una conversación que llegaba a su fin.

La velada se alargaba más de lo deseado, acabado el puro decidió llamar por teléfono a la comandancia de la Guardia Civil y preguntar por al cabo Calleja para que acudiera a su rescate, en quince minutos estaba debajo de la casa de los señores Besson. Al salir era de noche, no quedaba rastros de la última nevada, encontraron una tienda de comestibles abierta, Camiñano compró varias naranjas y una lata de anchoas Ortíz, en la calle vio en el escaparate unas sardinas en una gran caja redonda expuestas al público, le produjo recuerdos de infancia, muchas noches su madre le entregaba una sardina acompañada de pan como única cena, no pudo resistirse, regresó a la tienda y compró tres unidades. Antes de despedirse del cabo Calleja mantuvieron una conversación amigable.

—Gracias, querido Calleja, no sé que haría sin usted, sabe que la señora me ha dicho que la madre de Filiberto de Mancilla estaba segura que a su hijo lo habían asesinado?

—Las madres siempre tienen razón, que pena que no viva para contarlo y así terminamos con esta pesadilla.

—Ahora es usted el pesimista, eso no me gusta.

—¿Inspector, sabe montar a caballo?

—En la escuela de policías hice algunas prácticas, pero me temo que lo poco que aprendí lo tenga olvidado.

—Eso no se olvida, es como subir en bicicleta. Mañana se viene al cuartel, le damos ropa apropiada y acompañamos hasta Mas de Cabras a la patrulla de reconocimiento, van a estar tres días recorriendo la contornada ¿se anima?

—¿Usted está loco?, ¿quiere que me vista de picolo?

—No he dicho eso y además, ¿qué tiene de malo la Guardia Civil?

—No se ofenda, hombre, ¿y si acepto, que vamos a encontrar en la masía?

—No se lo va a creer, pero allí aún viven los caseros de cuando la finca era de los Mancilla.

—¿Serán muy mayores?

—La madre sí, debe tener unos noventa años.

El cabo Callejas y el inspector se despidieron en la puerta de su casa, con el compromiso de realizar esa excursión al día siguiente, dijo el guardia civil que el rey Baltasar, al día siguiente le regalaría una excursión a caballo dado que se celebraba la festividad de los Reyes Magos.

En casa se dispuso a encender la estufa, la sala comedor y cocina donde el policía hacía vida mantenía cierta templanza, al menos si se comparaba con el resto de la casa, el viejo sofá hacía de cama, de suerte que, comenzaba a sentirse a gusto en esos treinta metros cuadrados de sala con gran estufa y cocina, solo un pero encontraba en su nuevo domicilio, cada vez que tenía que ir orinar debía atravesar la región siberiana de la escalera para acudir al dormitorio donde estaba el cuarto de baño y de noche esa aventura no le gustaba nada.

Antes de tomarse una de esas sardinas en lata recién comprada y pelar la naranja se dispuso a escuchar música, puso la quinta del álbum con la integral sinfónica de Tchaikovsky, incluso animado levantó la batuta o menor dicho el palo de la leña elegido en algún momento puntual de la escucha. Luego en el sofá enroscado en mantas se durmió.

Tercer día

El inspector Camiñano esa noche durmió bien, se despertó solo una vez, creía haber soñado que iba a caballo y que en un momento determinado el animal se negó a obedecer, hasta convertirse en un burro que cogió el camino de vuelta hasta las cuadras a gran velocidad sin que él pudiera hacer nada para evitarlo. Al despertar pensó que quizás no fue un sueño esas imágenes vividas, sino simplemente recuerdos de la infancia.

El cabo Calleja una vez más llegó puntual, habían quedado a las siete de la madrugada, era de noche cuando se levantó el inspector, medio dormido escuchó que el guardia civil llamaba a su puerta, tuvo que esperarlo un rato, terminaba de levantarse, luego se fue a su desordenada biblioteca, desde que murió su padre acumulaba libros de forma convulsiva en el antiguo pajar. Camiñano seleccionó uno de los Quijotes que desde algún tiempo compraba en el rastro, tenía más de cien libros del desdichado caballero.

Camiñano le regaló el libro de parte del rey Baltasar, el guardia civil le prometió que se lo leería, el policía le aconsejó que no tuviera prisa, que era un libro para leer despacio, por capítulos, y que su lectura de un tirón era la causante de tantas deserciones, literatura para recrearse, no para devorar, una novela que a pesar de ser la más conocida del mundo, casi nadie la había leído por completo, quizás porque todos desde la escuela conocían antes de comenzar su lectura el desenlace final.

En el cuartel de la Guardia Civil el cabo Calleja entregó al inspector unas botas de montar y le asignó un caballo que aseguró que era el más manso y dócil que tenían, incluso las esposas de algún guardia civil se atrevían a montarlo sin casi conocimientos como amazonas. No se equivocó Callejas con el caballo de nombre Rudo, obedecía sin necesidad de picar espuela, ni tirar de las riendas, simplemente caminaba al compás de los otros caballos.

La expedición compuesta por tres guardias civiles y el inspector tomó el camino del norte hacia distintas aldeas que de forma puntual hacían un recorrido por el territorio. La ruta elegida estaba transitable a pesar de encontrar en el camino alguna placa de hielo, después de una semana sin nevar y con el sol bendiciendo los caminos, la nieve y el barro habían desaparecido. Antes de llegar al destino se detuvieron en una aldea donde el inspector observó que solo salió a saludarles un hombre mayor que dijo que hablaba en representación de todos.

—¿Por qué se esconden en nuestra presencia? —Preguntó Camiñano a Calleja, mientras los otros guardias civiles iban unos pasos delante de ellos.

—Aún tienen miedo de cuando hacíamos batidas en busca de algún maqui, en estas tierras murieron los últimos rojos rebeldes de la III Región Militar y que fueron ayudados por gentes de aquí, aunque de eso hace ya más de veinte años la población sigue contando historias, no siempre muy acertadas de nosotros.

—Mi padre era rojo —dijo Camiñano sin más.

—Ya lo sabemos, pero eso a estas alturas entendemos que no es un delito, mi abuelo paterno también se apuntó a la milicia, yo diría que, lo que ocurría en aquellos tiempos era que no tenían para comer, esa era la verdadera identidad de la mayoría de la población cuando se desató la barbarie.

—¡Vaya!, espero que no le escuchen sus superiores.

—Las cosas están cambiando, y la verdad es la verdad en cualquier sitio.

Cuando llegaron a un cruce de caminos que indicaba Más de Cabras el cabo Calleja y el inspector se despidieron de la pareja de guardias civiles, estos siguieron su camino rumbo a la siguiente aldea. Eran gentes dispuestas a dormir al raso si fuera necesario, aunque en general descansaban en las casas de los alcaldes pedáneos o ciudadanos de confianza que acogían a la Benemérita los tres largos días que vivían fuera del cuartel.

Conforme se fueron acercando a Más de Cabras una sensación de soledad invadió al inspector, al llegar cerca de las casonas esa impresión se agudizó por la desolación y abandono del lugar. La casa principal se encontraba medio derruida, a la derecha de la misma una casa de menor altura parecía que se mantenía en pie, por la chimenea salía humo, al menos esa estaba habitada, el viaje no era en balde.

Al llegar a la masía dos perros salieron al encuentro de los visitantes ladrando, estos se callaron a la voz de su amo, un hombre que salió al encuentro dijo que se llamaba Jesús Jarillo, aparentemente sobrepasaba los cincuenta años, quizás sesenta, de tez morena, ojos hundidos, algo encorvado y hablar titubeante, vivía en esa casa con su madre desde que nació, allá por los años veinte, no recordaba su edad exacta, ni tampoco la de su madre, inmediatamente pensaron los visitantes de que se trataba de los caseros de los Mancilla.

Jesús Jarillo les invitó a entrar a su humilde casa, abrió una puerta de dos piezas antes de introducirse en un local, en el mismo había pocos utensilios, una mesa de madera sobre el suelo de tierra prensada, tres sillas, un estante rústico con cacharros de cocina, un botijo, dos jarras de loza decoradas con motivos florales de esas llamados traperas y debajo de los estantes una cantarera con dos cántaros grandes. Destacaba en la sala junto a la mesa un estante de madera con una bonita y gran radio Vanguard, al fondo una chimenea encendida donde se dibujaba la figura de una anciana junto a un caldero a su lado.

Jesús Jarillo les presentó a su madre, era verdaderamente una anciana con una mirada viva y serena, se quedó mirando al guardia civil con curiosidad, sus ojos brillaban en la semioscuridad de la sala, su hijo después de presentarla dijo que era hora de descansar, luego la cogió entre sus brazos y con pasos cortos se dirigieron a la habitación, la dejó sobre la cama tapándola con varias mantas.

—Perdone que no les ofrezca nada, —dijo Jarillo— hace años que ni vino tengo, a pesar de que en la bodega me lo ofrecían gratis.

—¿Y dice que vive aquí desde que nació? —Preguntó el cabo Callejas, que tomó la iniciativa de la conversación.

—Así es, señor.

—¿Y cómo se las arregla para vivir tan alejados de todo el mundo y con su madre? —el hombre al escuchar la pregunta se relajó, explayándose en contar una vida casi idílica, del que estaba orgulloso.

—Aquí tengo de todo, cada año ayudado por gente de la aldea próxima mato un cochino, que cuido personalmente y entre mi madre y yo hacemos embutido que dejamos en orzas, salamos y desecamos los jampones y los colgamos en el altillo, del cerdo ya lo saben que se aprovecha todo, tengo dos cabras que dan leche, incluso mi madre antes hacía queso, ven esa puerta con una malla de alambre, allí hay un montón de conejos y ya habrá visto las gallinas, incluso he llegado a tener dos pavos reales.

Tras una breve pausa siguió hablando Jarillo.

—De algo que estoy muy orgullosos son de las colmenas, producen mucha más miel de la que puedo consumir en cien años. A doscientos metros de aquí está la fuente de abajo y por ello tengo un montón de huerta para plantar pepinos, tomates…, y le recuerdo que alrededor de la fuente de arriba hay un olmo gigante y muchos árboles frutales, cerezos, nísperos, perales… !Ah! y si han observado frente a la puerta sigue funcionando el viejo horno, una vez a la semana hago pan, ¿quieren probarlo?

—Escuchándolo nos da la sensación que usted vive en el paraíso.

—Y es cierto, señores, ya les digo que no nos falta de nada, además desde hace unos años Federico con su furgoneta nos trae aceite, arroz, azúcar, sal... ¡Ah!, y yo le doy garbanzos, miel, los huevos de los últimos días y alguna otra cosa que me sobra y así no pago nada, desde que descubrí que los garbanzos se pagan bien en el mercado ya no intenta engañarme.

—¿Y cómo se portan los propietarios de la finca?

—Son gente buena, yo solo me ocupo de cuidar el material con los que trabajan los viñedos y campos y que guardan en los corrales que hay detrás de casa, cerca de las antiguas eras, ni siquiera tengo que trabajar las tierras, como antaño hacía mi padre.

—¿Y qué le pasó a su padre? —prosiguió preguntando el cabo Callejas, mientras el inspector escuchaba.

—Sufrió un accidente.

—¿Recuerda cómo pasó?

—Yo era muy pequeño, solo recuerdo que mi madre me encontró debajo de la escalera y me dijo que padre había muerto.

—¿Y supo por qué murió?

—Me dijeron que fue un accidente de escopeta.

—¿Y qué pasó después?

—Sé que la señora Mancilla a mi madre le decía que podíamos vivir en su casa grande de la Villa, ella como asistenta, pero madre se negó.

—¿Esa bancada de ladrillo que hay junto al lado del horno la ha hecho usted?

—Sí, señor.

—¿Es usted albañil?

—No, señor, de joven trabajé de peón un tiempo.

—¿Quién le enseñó?

—Hace ya muchos años, no recuerdo bien su nombre.

—¿El señor Piqueras?

—Ya le digo que no recuerdo su nombre.

—¿Y qué sabe de Filiberto de Mancilla?

—El hijo de los Mancilla tengo entendido que huyó y que su madre desesperada estuvo muchos días buscándolo, ella decía que lo habían matado, pero al final sabemos que huyó muy lejos, dicen que incluso se llevó mucho dinero, nadie encontró su cadáver.

—Nadie lo encontró porque usted emparedó a Filiberto en el hueco de la escalera de la casa que tenían en la Villa.

—¡Eso es mentira!, ¡no sé de qué me está hablando!

—¿Y cómo sabe lo del dinero?, eso ha nadie se lo hemos contado.

Se produjo un prolongado silencio, al tiempo que cuando vieron que con gran dificultad la madre se acercaba hasta la mesa donde estaba su hijo y acariciándole le dijo con tierna voz, como solo las madres saben hacerlo.

—Déjalo, hijo, no huyamos más de esa pesadilla, necesitamos decir la verdad, liberar nuestras almas de esas cadenas que nos han atormentado tanto tiempo, no te preocupes, seguro que por fin hallaremos descanso.

—Madre, ¿usted sabía lo que le pasó a ese desgraciado?

—Desde antes de que ocurriera, hijo, cuando te pegó ese hombre al querer defenderme te escondiste debajo de la escalera y viste como luego mató a tu padre. Yo fui la responsable de tu acción, no supe disimular o no quise disimular mi odio mientras creciste, sabía que cuando ese hombre me forjó tu estabas presente y nunca hablamos de ello, entonces lo sensato hubiera sido huir contigo, olvidarlo todo, pero la rabia me consumió también a mí y sin hablarnos los dos vivíamos para hacer justicia y no me defraudaste, lo que pasa es que nuestros corazones no eran los de unos asesinos, y por ello hemos sido condenados para siempre.

—¿Si eso es así, por qué no lo denunciaron? —preguntó algo enfadado el guardia civil.

—Me amenazaron con quitarme al único hijo. —respondió la mujer.

—Madre, ¿qué nos ha pasado?...

Acto seguido el hombre abrazado a su madre se puso a llorar como un niño de seis años. Al cabo Calleja se le hizo un nudo en la garganta. Camiñano en esta ocasión más reflexivo después de una larga pausa dijo.

—Señora, veo que escucha demasiado radionovelas de media tarde, de esas que tanto gustan a las mujeres como a usted, pero no me creo ni una palabra de lo que dice, a usted le ha pasado como a don Quijote, que de tanto escuchar dramones de esa envergadura se ha identificado como una de las víctimas de las muchas que aparecen, pero la verdad es que ustedes no son capaces de matar ni una mosca. Nos vamos cabo Calleja, aquí estos señores están algo turutas y nada más nos retiene por estos andurriales.

Cuando se despidieron de los Jarillo la mujer sonriente pidió permiso al inspector, quería besarle, este se fundió en el abrazo con la mujer, tuvo la sensación de escuchar los latidos de un corazón acompasado con el suyo, luego con un simple adiós se despidieron de Jesús Jarillo que en silencio observaba a su madre, al verla sonreír sus ojos se iluminaron.

Durante un largo tiempo el cabo Calleja y Camiñano mantuvieron un silencio que ninguna quería romper, cabalgaban observando un paisaje de ondulantes cañadas, verdes pinares y firmamento limpios, escuchaban el silencio de la montaña a veces interrumpido por el graznido de tres cuervos, y respiraban el olor de la naturaleza con fuerza. Al final cuando dejaron el paisaje montañoso y comenzaron a ver los campos tristes y feos de los viñedos a consecuencia del frío invierno, el cabo Calleja se decidió a hablar.

—Muy ingenioso, Máximo, con esa salida del Quijote.

—Qué salida ni que niño muerto, tengo que decirle que debe leer el Ingenioso Hidalgo de la Mancha, ahora no tiene excusa, es la historia más verdadera jamás contada, insisto que usted debería leerlo y así comprender que a esa mujer lo ha ocurrido como a nuestro caballero.

—Vamos, Máximo, que no somos unos niños, le felicito por esa salida, es la mejor manera de acabar esa historia tan triste. ¿Se da cuenta?, a nada nos hubiera conducido sacar la verdad, entre otras cosas, porque el delito está prescrito, por no decir las dificultades para acumular algunas pruebas.

—Y aún es más difícil si encima ese Jarillo no cometió ningún delito. Esa confesión es toda una fabulación de su madre trastornada por esas radionovelas. No es el primer caso que esto ocurre, ¿usted ha escuchado alguna serie en la radio?, hay mujeres que viven pendiente del horario de la novela, y el relato de la madre de Jarillo no difiere mucho de las narraciones de la radio. Sin ir más lejos, la semana pasada, la mala de la novela, de acuerdo con su amante forjaron un plan para librarse de la justicia simulando que ella muere, de suerte que la enterraron viva de acuerdo con su amante, por cierto, tan malo como ella y que este tenía que desenterrarla y así huir juntos, pero el infortunio quiso que al amante lo mataron antes de desenterrar a la mujer, ¿se da cuenta la muerte de la mala?, de eso se trata, de crear situaciones extremas, donde los malos son castigados, por ello la mujer ha contado esa historia, influida por esas radionovelas, estoy seguro, todo se lo ha inventado y que incluso se lo cree.

—Sobre todo si es verdad, vamos inspector, déjelo ya…, lo dicho, bien está lo que bien acaba.

Conforme se aproximaban a la ciudad, los ya amigos hablaron de lo divino y lo humano, también de los proyectos del joven cabo, estaba preparándose para un ascenso a cabo primero, ilusionado con su trabajo a pesar de su condición militar era un joven optimista, y con proyectos de formar una familia con una muchacha que había conocido recientemente. Luego el cabo Calleja cambió de tema.

—Sabe que a su amigo, el capitán Castaño a veces no lo entiendo.

—¿Por qué dice eso?

—Su amigo es partidario de contemporizar, no suele implicarse mucho en las causas abiertas, incluso a veces dice que es mejor no remover la mierda, palabras textuales, con frecuencia no estoy de acuerdo con él.

—Sí, siempre lo he considerado un gran observador, y en el caso de los Besson ha sido su ayuda definitiva ¿o no estás de acuerdo?

—Sí, pero tenemos un caso estancado justo literalmente hace un año.

—¿De qué se trata?

—Del asesinato de un hombre en la cueva del Cristo, un local municipal que a veces lo usan los gitanos para sus fiestas con eso del cante y baile. Desde que apareció un hombre muerto en extrañas circunstancias está clausurada y no hemos avanzado ni un ápice en la investigación y justo hoy hace exactamente un año, lo mataron el día de Reyes.

—¿Y cómo murió?

—De la peor manera posible, empalado, ¿se da cuenta?

—¡Vaya, qué horror!, ¿y después de un año aún no tienen sospechosos?

—El hombre era de una aldea cerca y trabajaba de conserje en el nuevo Instituto de bachiller y de la noche a la mañana dejó el trabajo y unos meses después apareció muerto, es todo muy confuso y ya le digo, su amigo ha dado una especie de carpetazo.

—Podríamos haberle dedicado el tiempo al empalado y no al emparedado, ¿no piensa igual?

—Aún estamos a tiempo.

—Me temo que no, amigo Calleja, en dos días me vuelvo a mi rutina diaria.

Se acercaba la hora de comer, cuando Camiñano bajó del caballo sintió un gran alivio, estaba entumecido, acalambrado, dolorido por el frio, por la rigidez muscular, por los golpes en su trasero cuando en algún corto espacio del camino el caballo decidía por su cuenta dar algún trotecillo. Se despidió del cabo Callejo que se ofrecía a acompañarle una vez más con el Citroën 2CV de la Benemérita, le dijo que prefería ir andando. La distancia del cuartel de la Guardia

Civil hasta el hostal La Favorita no superaba el kilómetro. Al entrar en el comedor sintió un gran alivio, la temperatura del local era muy acogedora y su mesa preparada.

En el hostal La Favorita se repitió punto por punto el ritual de los días anteriores, ya tenía mesa fija, y silla asignada. Agustín tan amable como siempre le abrió una botella de vino, y le puso sobre la mesa una cazuela de barro con un arroz algo empastado pero con mucho sabor, parecido a un arroz al horno, pero de presentación algo más desastrada y caótica, a la vez más consistente y nutritivo si cabe, quizás por la cantidad de ingredientes cárnicos, los huesos de jamón, todos los tipos de embutidos, incluido el perro, mucha panceta, etc., además de los ya consabidos garbanzos, puerros, ojos…, asegurando Agustín que el caldo casero era el principal ingrediente después de horas en los fuegos.

En casa se dispuso a cargar la estufa, y envuelto en manta se durmió al instante. Había planeado su partida en dos días, a las ocho de la mañana. por ello dispuso otra maleta para la ropa sucia. Por la mañana iba a encontrarse con su amigo el capitán Castaño que regresaba con su familia despúes de tres días de vacaciones.

Como era de esperar el cabo Calleja llegó puntual al domicilio de Camiñano, asegurando que su amigo, el capitán, había llegado animado y que lo esperaba. Calleja le dijo que no le había informado a su capitán de las averiguaciones sobre el caso de los Mancilla, esperaba que fuera él quien lo pusiera al día.

El encuentro de los amigos fue celebrado con una copa de brandy y un puro habano, a la reunión fue invitado el cabo Calleja que rechazó el puro. En el despacho del capitán la conversación pronto se encaminó en esos días de investigación por la que se quedó en la ciudad Camiñano y los pasos que dio con el cabo Calleja.

—Bien, señores ¿han podido averiguar algo sobre ese Filiberto Mancilla?, ¿quién tuvo la sangre fría de emparedarlo?

—Parece que ese caso es un misterio, —dijo Camiñano de forma asertiva. —Hemos podido saber quiénes trabajaron como albañiles en la casa de los

Mancilla en esa época, algo que nos dio esperanzas de descubrir la verdad, pero dado que el asesinato se cometió en fiestas y que en los tres días que duraron las mismas los albañiles no trabajaron, no se les puede acusar de asesinar al señor Filiberto Mancilla.

—¿Entonces descartan a los albañiles?

—Al menos a los vivos, el señor Piqueras era el encargado de la obra y murió ya hace años, solo está vivo el tío Rana y no da el perfil de asesino, demasiada naturalidad en el relato y luego estaba un mozo de unos quince años, demasiado joven.

Al escuchar al policía, Calleja se revolvió de su asiento, él no hubiera sido capaz de mentir de esa forma, se quedó meditando antes de responder al capitán ¿y si tuviera razón?, luego descartó ese pensamiento, el inspector Camiñano era un embaucador.

—Bien, cabo, ¿usted qué piensa del asunto?

—Si el inspector dice eso, no soy nadie para contradecirlo, será verdad.

—Pues no se hable más, caso cerrado. Yo mismo redactaré el informe a la superioridad que con toda seguridad el asesino está muerto y en caso contrario las pesquisas nos han conducido a un punto muerto sin salida, ¿están de acuerdo?

De esta manera terminó oficialmente la investigación del caso del emparedamiento de Filiberto Mancilla.

De nuevo en su domicilio el inspector cargó la estufa y abrió un poco el tiro con el fin de conseguir mayor fuego, se dispuso a darse una ducha caliente, esa noche estaba contento, los recuerdos de infancia comenzaban a ser plácidos, dóciles. Al día siguiente retomaba las rutinas en la comisaría, durante esos día ni siquiera Casas le informó de novedades, estaba seguro que todo por allí estaba tranquilo.

Con muda limpia, y bien abrigado se dispuso a escuchar la obra del genial Tchaikovsky más universal, su sinfonía Patética, no pudo terminarla, una congoja sin explicación le hizo desistir, incluso cenó solo una naranja, sin saber porqué de golpe perdió el ánimo y el apetito. Enroscados en mantas se durmió.

Cueva del Cristo

Primer día

Máximo Vázquez Camiñano ese frío siete de enero se preparaba para volver a su rutina habitual, después de pasar seis días en su pueblo natal era hora de regresar a su trabajo y costumbres. Esa mañana recogió la ropa usada y la dispuso en una pequeña maleta para que su fiel Fátima la lavara. Una vez todo preparado para la marcha se dispuso a tomar un café y las sobras de tortas con magra que le quedaban, momentos después escuchó los golpes de la aldaba, miró su Patek Philippe, le extrañó la hora, había quedado con el cabo Callejas una hora más tarde, al abrir encontró al guardia civil algo alterado.

—Señor Camiñano, novedades, ¿se acuerda de lo que hablamos ayer de un hombre empalado?

—Claro, que pasa ahora.

—No se lo va a creer, han avisado a la comandancia desde el ayuntamiento de que han encontrado a otro hombre en las mismas circunstancias y en el mismo lugar.

—Explíquese.

—Lo que le digo, se ha cometido un nuevo asesinato y está íntimamente relacionado con el caso del año pasado, el crimen es muy posible que se cometiera ayer, en la cueva del Cristo, ¿se da cuenta?, el día de Reyes, igual que el del año pasado y ahora el asesino ha dejado un mensaje muy inquietante.

—Explíquese.

—Textualmente dice: regalo del rey Baltasar, ¿y sabe como se llamaba la anterior víctima?, Baltasar.

—Un caso apasionante, sin duda…

—Por eso vengo, mi capitán dice que no se puede ir.

—¡Pero eso es imposible!

—Mi capitán dice que no es imposible, acaba de llamar a la Jefatura de Policía, desde allí le dan permiso para que se quede.

—Sin contar conmigo…

—Cuentan con mi capitán, y dice que es amigo del comisario jefe, un tal Cañizares.

—Comienzo a pensar que ese capitán suyo es un abusón, ya conoce eso de no hay buena acción que no sea castigada.

—Pero a usted le gusta su trabajo, ¿o no es así?

—No me haga caso, quizás tenga razón, manos a la obra, ¿donde está esa nueva víctima?

—Acompáñeme, no está lejos de su casa —contestó Calleja entusiasmado.

En la cuesta del Cristo, muy cerca de una pequeña capilla del mismo nombre se detuvieron, frente a un portal un guardia civil vigilaba la entrada de una de las cientos de cuevas de la Villa, al llegar el inspector se cuadró y le invitó a que los acompañara al lugar de los hechos, tras bajar una escalera excavada en la roca y poco iluminada, el inspector y el cabo Calleja llegaron a un espacio subterráneo mágico, misterioso y con salas a distintos niveles, todos comunicados por pequeños pasadizos, espacios excavados en la piedra caliza por el hombre. Notaron cierto confort originado por la temperatura, mucho más templada que la del exterior, en un instante el termómetro había subido muchos grados. En la sala más grande rodeada de tinajas se presentó ante el policía una de las escenas más escabrosas o macabra que en su vida había visto, se trataba de un hombre atado por las muñecas a una de las tinajas, quizás la mas grande de todas, el hombre desnudo y de pie, sujeto por las cuerdas, tenía incrustado en el ano el palo de una horca de madera de cuatro dientes.

El inspector paralizado estuvo un buen rato callado observando la escena del salvaje crimen, no dijo nada salvo que le gustaría que le facilitaran una luz adecuada, en unos minutos un guardia civil encendió un potente foco de albañilería que iluminó la estancia, ya no tenía excusa para no detenerse en los detalles. El cabo Calleja y el inspector se miraron sorprendidos al comprobar que el hombre tenía una fuerte fractura en el hueso parietal, no muy lejos de la región occipital, herida que por sus características era más que suficiente para provocarle la muerte, a la vez que, observaron un reguero de sangre que llegaba hasta el pie de la escalera, donde claramente debió de producirse la agresión y por la espalda. La nota era terrorífica, estaba escrita con sangre presumiblemente de la víctima en la espalda que decía: regalo del rey Baltasar.

El inspector después de un largo rato observando las estancias, consiguió de alguna manera reconstruir los pasos del asesino. Luego se dirigió al cabo Calleja.

—¿Qué piensa de todo esto?

—Pues que es un claro acto de venganza. El hombre debió de recibir un fuerte golpe en la cabeza a traición y luego arrastrado hasta la tinaja donde lo desnudaron, lo ataron y fue empalado.

—Estoy de acuerdo con usted con la secuencia de los acontecimientos, pero ¿por qué habla en plural?

—Supongo que nadie quiere bajar a ese lugar de forma voluntaria, sabiendo que presumiblemente fue autor de un asesinato previo, por ello lo más probable es que lo forzaron entre dos o tres.

—A lo mejor no le quedó más remedio de cumplir órdenes, si estaba amenazado con alguna arma blanca o mejor aún, encañonado con una escopeta, con la que luego le golpeó. ¿se ha fijado en las huellas?

—No he visto ninguna.

—Mire ahí, junto a ese charco de sangre, se dibuja el toqueado de una suela de caucho, es una pena que sea el dibujo de unas Chirucas, seguro que usted tiene unas, como todos.

El cabo Calleja y el inspector esperaron al forense, este se desplazaba desde la capital y no llegó hasta el mediodía. Se presentó en el lugar de los hechos la doctora Calviño, durante ese mes tenía asignado los desplazamientos fuera de la ciudad en el Instituto. La mujer al ver el cadáver se quedó paralizada, no entendía tanta crueldad, aunque al comprobar la herida en la cabeza, de alguna manera sintió cierto alivio, esperaba que la muerte fuera por el traumatismo craneal y por lo tanto con menos sufrimiento que una muerte por empalamiento.

Conchín Calviño, una vez comprobado algunos requisitos, dijo que el hombre llevaba muerto unas veinticuatro horas, o sea, el día anterior y que procedía al traslado del cadáver al Instituto Anatómico Forense. Se comprometió a realizar la autopsia con urgencia, acto seguido la mujer aceptó gustosa la invitación de Camiñano para comer en el hostal La Favorita, asegurando el policía que no se arrepentiría.

No encontraron ningún documento de la víctima, ni siquiera prendas de su ropa, a pesar de ello, el mismo hombre que descubrió el cadáver, un empleado del ayuntamiento de la ciudad, dijo que estaba seguro que era Andrés Aliaga, su pelo rizado y pelirrojo lo hacía inconfundible, no se equivocaba el funcionario, momentos antes de desplazarse el cadáver a la capital acudió la esposa de la víctima, cuando destaparon su cuerpo la mujer se desmayó.

El funcionario municipal que encontró el cadáver esa mañana, cumpliendo con su primera jornada laboral después de una semana de fiestas, aseguraba que la cueva estaba cerrada y sin actividades desde hacia tiempo, en teoría nadie debió entrar a pesar de que eran muchas las personas que tenían llave de ella, era el encargado de gestionar las actividades dentro de la cueva y desde que sucedió el desgraciado suceso, hacía ahora justo un año estaba clausurada. El hombre no supo explicar muy bien las razones por las que bajó a la cueva, dijo que sintió como un presentimiento que le movió a comprobar que todo estaba en orden después de tanto tiempo cerrada, al ser el responsable de su mantenimiento.

Mientras Conchín Calviño se entretuvo anotando detalles del cadáver en espera de su traslado al Instituto, el cabo Calleja y el inspector estuvieron cambiando impresiones. El guardia civil se comprometió a entregarle el expediente abierto por la muerte de Baltasar Báguena al policía esa misma tarde y se lamentaba de que en un año no fueron capaces de descubrir quien hizo semejante atrocidad. Camiñano tenía claro que era necesario comenzar las pesquisas desde el primer asesinato cometido hacía un año, si querían llegar a conocer al autor del crimen que tenía ahora ante sus ojos. El descubrimiento del primero les conduciría al segundo con muchas probabilidades.

En esas cosas estaban y a punto de dejar el lugar de los hechos cuando apareció el capitán Castaño, saludó efusivamente a Camiñano, dándole las gracias por la labor tan encomiosa que estaba realizando para la Benemérita, luego medio en broma le aseguró que tenía para él un uniforme de gala con galones de la guardia civil, le dijo que estaría de lo más elegante y que sería, dado su apuesta figura y temple el más amado entre las mujeres. El capitán Castaño saludó a la doctora Concepción Calviño, y acto seguido dijo que se apuntaba a la comida del mediodía.

Conchín Calviño, la forense, esa mañana cuando se acercó hasta La Favorita se encontraba algo alicaída, el hallazgo de ese hombre muerto en circunstancias tan especiales le impresionó en demasía y así se lo hizo saber a sus acompañantes. Camiñano intentó animarla asegurando que Agustín tenía la solución para contrarrestar su estado de ánimo. Fuera por el vino, fuera por los muchos entrantes o la cálida acogida, pronto la mujer se encontraba más animada, participando de una agradable conversación, que con el segundo plato, un gazpacho a base de carne de liebre, sofrito con aceite virgen, de ajo, tomate, pimienta negra, *pebrella*, clavo…, todo ello envuelto en torta cenceña, hizo las delicias de los comensales y la doctora aseguró que era la primera vez que probaba dicho manjar y que estaba dispuesta a repetir en otras muchas ocasiones.

Antes de despedirse la doctora, el capitán Calleja le dijo que desde hacía unos meses en el cuartel habían conseguido un moderno invento llamado fax y que podían mandar pequeños documentos en menos de cinco minutos por la línea telefónica, así que esperaban los resultados de la autopsia, aunque estos fueran provisionales, lo más pronto posible.

Esa tarde como habían acordado, el cabo Calleja y Camiñano se reunieron para estudiar la estrategia a seguir. El joven guardia civil le facilitó todos los datos del asesinato de Baltasar Báguena, su autopsia revelaba una muerte despiadada, presumiblemente lenta y cruel, solo cabía la esperanza de que esta fuera menos gravosa si se dio el caso de un *shock* neurogénico provocado por el dolor del empalamiento, que le hubiera originado una parada cardíaca precoz, y no el fallecimiento por la hemorragia interna a consecuencia de los efectos de los desgarros viscerales, que le hubiera causado una muerte agónica.

Lo primero que hicieron fue analizar a las dos víctimas, Baltasar Báguena era un hombre joven, soltero con estudios elementales, que según rumores consiguió el puesto de conserje del Instituto de Enseñanza por la amistad de la familia con el alcalde, algunas voces hablaban de que tenía un comportamiento sexual errático, algo amanerado, aunque nadie jamás denunció a las autoridades su conducta. El cabo Calleja estaba convencido de que, por su condición de homosexual, sus superiores deseaban dar carpetazo sin preocuparles llegar a descubrir la verdad. En cuanto a la segunda víctima, la hallada ese mismo día, se sabía de tenía cuarenta años, casado sin hijos, oriundo de una aldea próxima a la Villa, agricultor y amante de la caza.

Las pesquisas que el cabo Calleja intentó realizar por su cuenta con el primer caso, el de Baltasar Báguena no eran secundadas por los superiores, incluso negaron los registros a las casas de los conocidos de la victima. Él estaba seguro que la muerte de Baltasar Báguena tenía relación con un viaje de fin de curso que hicieron los profesores y trabajadores del INEM a Palma de Mallorca con sus alumnos. Ese otoño la víctima ya no se incorporó al Instituto como conserje del colegio, renunciando a su trabajo. Según su hermana desde la excursión del colegio siempre estaba temeroso y triste, incluso se negaba a ir a la ciudad, solo acudía con su padre para trabajar las viñas, de hecho, esos meses, hasta que fue asesinado el día de Reyes, nunca salió de la aldea, ni siquiera quiso participar en la fiesta del quince de agosto tocando el acordeón como siempre hacía. Camiñano intrigado le preguntó al cabo Calleja.

—¿Y no pudo descubrir que le pasó a la víctima en ese viaje?

—Nada, inspector, los profesores no contaron nada especial.

—¿Y la familia?

—Su padre una tumba y media, solo su hermana que vive al lado, en la misma aldea fue la única que me contó que Baltasar no estaba bien, pero tampoco ella quiso contarme gran cosa.

—¿Tiene la lista de los que viajaron a Palma?

—Sí, ese es el problema, en total viajaron Baltasar Báguena, cinco profesores, y veintiún alumnos.

—¿Habló con todos?

—Solo con los profesores, y algún alumno.

—¿Algún sospechoso?

—Ninguno de los profesores manifestaron que ocurrieran cosas raras en el viaje, según ellos fueron tres días estupendos, pero no sé si ocultaban algún secreto…

—¿Tiene la lista de alumnos que fueron de viaje?, quizás habría que hablar con ellos y con sus padres. ¿Sabe si había algún Aliaga entre los alumnos?

—Aquí tengo la lista, no hay ninguno.

—Estoy seguro que a usted todo este asunto no le coge de sorpresa, querido Calleja y lo achaca a un claro motivo de homosexualidad, demasiados mensajes explícitos.

—Claro, por eso mis superiores, incluido su amigo, el capitán, no se han tomado en serio este asunto y me temo que sigan con la misma tónica. No se imagina las barbaridades que he escuchado a mi brigada cada vez que le hablaba de Baltasar Báguena, cosas como que, "lo tenía merecido por maricón", o que "poco le habían hecho".

—No me extraña, y lo que es más grave, amigo Callejas, nada hemos avanzado desde aquella famosa Ley de Vagos y Maleantes de 1954, que se promulgó incluyendo a los homosexuales como gente a perseguir por enfermos mentales e inmorales. Sin ir más lejos, en agosto del año pasado se promulgó otra ley sobre peligrosidad y rehabilitación social que en su artículo primero incluye como peligrosos a quien realice actos de homosexualidad, y en el artículo 6.3 establece los castigos a seguir para dichas conductas, como es el internamiento para su reeducación. Ya ve Calleja. poco hemos avanzado en estos asuntos, quieren que seamos viriles, violentos, vamos unos machotes, todo lo demás, mariconadas que hay que perseguir.

Sin darse cuenta se les echó la tarde encima, aún así, decidieron acudir al Instituto, dado que era el primer día de clase, con la esperanza de poder hablar con alguno de los profesores que, en el verano de hacía ya dos años, acudieron al viaje de fin de curso con los alumnos de sexto de bachiller.

Cándido Cabeza, encargado de la asignatura de Historia, fue uno de los profesores que acompañaron a los bachilleres al viaje a Palma, aseguró desde el primer momento que fue una excursión divertida, tranquila y sin incidentes reseñables, al menos que él conociera, incluso en esos cortos días hicieron una excursión en autobús a las cuevas naturales de Drach y Artá y en ningún momento dijo el profesor que los alumnos se apartaron del grupo más allá de lo natural. En el hotel las habitaciones se dispusieron por parejas de alumnos y por sexo y los profesores tenían habitaciones individuales...

—¿Báguena también tenía habitación para él solo? —preguntó el cabo Calleja.

—No lo recuerdo.

—Tengo contabilizados veintiún alumnos ¿alguno debió de dormir solo? —insistió el guardia civil.

—Ya le digo que eso no lo sé. Recuerdo que yo me ocupé de las actividades culturales y que de eso hace casi dos años, de ello se ocupó el profesor de matemáticas.

—¿Está aún en clase?, ¿podemos hablar con él?

—Ya no trabaja en el Instituto, le han contratado como profesor en el nuevo Centro de Orientación de Universidades Laborales, que se ha inaugurado justo hace tan solo tres meses. Aunque creo que sigue viviendo aquí, tiene un seiscientos y se desplaza junto con una profesora todos los días hasta el trabajo.

—¿Conocía a alguien que quisiera mal a Baltasar Báguena?

—La verdad es que fue un crimen espantoso, según me han contado, y lo que más rabia me dio fue que se cometiera en una cueva, una profanación de nuestros lugares más sagrados.

—¿A qué se refiere?

—¿Usted que cree?, las cuevas de la Villa son para nosotros el estandarte de nuestra identidad, nuestro mejor testimonio de una historia legendaria y esplendorosa, de la que tendríamos que estar orgullosos.

—¿Tan importantes son? —dijo Camiñano algo sorprendido, —mi padre intentó rehabilitar la que cae debajo de nuestra casa y que se prolonga hacia dos casas más abajo, pero después de comprársela al vecino que era quien disfrutaba de la entrada y abrirla por su casa con una escalera de caracol, al comprobar que el fondo de la misma estaba casi colmatada de escombros desistió de arreglarla y ahora esta abandonada.

—Lo que le digo, no apreciamos nuestra historia —dijo el profesor muy contrariado. —según trabajos del catedrático González Blanco, la primera ciudad subterránea de España fue la Villa, él fechó las cuevas en la Antigüedad Tardía, en el tiempo que va desde el siglo III d.C. hasta la invasión árabe. Solo siglos después y con la recuperación de la actividad en la elaboración del vino, junto al descubrimiento de las ancestrales cuevas, comenzaron de nuevo a usarse, a la vez se ampliaron y sirvieron no solo como bodega, también como despensa, refugio, silo, etc., de esa forma, hoy en día se puede ver una maraña de oquedades en la Villa, a las que se fueron añadiendo nuevos respiraderos, trullos, piqueras o la fabricación *in situ* de tinajas, hasta que de nuevo perdieron su utilidad cuando se concentró recientemente la vitivinicultura en los movimientos cooperativistas. Hoy somos testigos del triste espectáculo de su abandono. Por eso les digo que, nuestras cuevas son nuestra identidad, nuestra historia, nuestro saber y deben ser tratadas como se merecen.

—¿No cree que exagera?, tengo entendido que hay muchas en la península, está claro que estos dos asesinatos cometidos son un sacrilegio, pero no por cometerse en una cueva, sino porque la vida es sagrada.

—Hay muchas cuevas como usted dice, pero en ningún sitio las cuevas labradas por el hombre son tan antiguas, tan grandes, tan numerosas..., como en la Villa. Se nota señores que no aman la Historia y recuerden, sin ella estamos abocados a repetir errores del pasado, lo dicho, una profanación ¿qué pensarían de un asesinato cometido frente al sagrario?

—Insisto, creo que exagera una vez más, también serían un sacrilegio, una profanación si hubieran sido cometidos esos horrendos crímenes en cualquier otro sitio, no veo por qué es más grave en un lugar que en otro —dijo Camiñano, sorprendido por la pasión que Cándido Cabezas defendía su tesis.

—Veo que no entienden nada —replicó el profesor.

Poco más pudieron sacar a un hombre que cuando hablaba de la historia de su pueblo y más aún de las cuevas se volvía turuta, incluso le pidió a Camiñano que quería ver esa cueva de la casa de sus padres, estaba intentando sin mucho éxito hacer un registro de las mismas.

Se hizo tarde, al salir del Instituto era ya de noche y comenzaba a bajar la temperatura, antes de despedirse Calleja y el inspector retomaron la conversación.

—Bien, Calleja, creo que tendremos que dividir la investigación, usted se va a hablar con todos los familiares y allegados de Aliaga, yo volveré sobre los pasos de Baltasar Báguena y tendré una conversación de nuevo con los profesores.

—¿Mañana nos vemos a la hora de siempre inspector?

—¿Pero no le he dicho que dividimos frentes y esfuerzos?, usted por un lado y yo por otro, después de comer lo espero en La Favorita para hablar de los avances.

—Le recuerdo que los Báguena viven en una aldea, ¿no querrá ir andando?

—Ya lo sé, no se lo va a creer, pero la Vespino que compré de segunda mano el verano pasado funciona, amigo Calleja, ya soy libre.

Se hizo de noche y comenzaba a bajar la temperatura, se despidieron en la puerta del instituto. El inspector aprovechó una carnicería abierta para comprar una ristra de longaniza y luego en la tienda de comestibles de la plaza de la Villa una hogaza de pan.

En casa se dispuso a deshacer la maleta, puso leña en la estufa, abrió una botella de vino, calentó las longanizas, cortó un pedazo de hogaza, se enroscó en mantas y sin casi tiempo para coger una postura cómoda, fue visitado por Orfeo que lo estaba esperando después de un día de ajetreo.

Segundo día

Máximo Vázquez Camiñano esa mañana se acercó a la aldea donde vivía la familia del hombre asesinado hacía ya un año. En el único bar abierto dieron señales del padre de Baltasar Báguena, el inspector se acercó hasta el campo donde estaba trabajando, era un hombre de constitución fuerte, curtido por los años de agricultor y la exposición a las inclemencias del tiempo, sus ojos de mirada penetrante denotaban desconfianza, su piel quemada por el sol estaba oscurecida y con arrugas, unas manos grandes con callos, una posición curvada de su columna y una cierta actitud de cansancio denotaban una vida de trabajo y sacrificio. No se inmutó al ver al inspector y tras un breve saludo siguió en el campo retirando malas hiervas con su azada. Lo primero que hizo fue lamentarse de que tarde y mal llegaba la preocupación por investigar la muerte de su hijo, acusando a todo el mundo ante la indiferencia por la desgracia vivida de Baltasar y sobre todo la conducta de la Guardia Civil que nada hizo por investigar el caso.

A Benito Báguena, el padre de Baltasar, le había llegado ya la noticia de la muerte de Andrés Aliaga por medio de su hija, incluso de los detalles de su muerte, en la Villa corrió la información de ese hecho deleznable como la pólvora, demasiados testigos en la cueva antes de retirar el cadáver. El agricultor no intentó disimular que esa muerte posiblemente tal como le habían informado, tenía relación con su hijo y aún más, dijo que si él hubiera sabido de que ese Aliaga fuera el responsable de la muerte de su hijo, no hubiera dudado de matarlo con sus propias manos.

Durante todo el interrogatorio, que más parecía un monólogo, dada la poca atención e interés que el hombre puso a las preguntas de Camiñano, aseguró que el día de Reyes estuvo toda la mañana en el campo, comió con su hija y luego volvió al campo solo hasta el anochecer, también le dijo al policía que tenía escopeta, que siempre llevaba el mismo calzado, esas Chirucas del número cuarenta y tres, y que tenía un Renault Cuatro Latas, comprado de segunda mano hacía escasamente un mes, que compartía con su yerno para las labores del campo.

Benito Báguena se negó a acompañarle a su casa para escudriñarla, él nada tenía que ocultar, señaló su ubicación y dijo que estaba abierta, podía hacer lo que quisiera, no pudo resistir el inspector. En la vivienda, una sencilla casa de agricultores, encontró en la chimenea muchas ascuas y entre las cenizas le llamó la atención una hebilla, posiblemente de pantalón, ¿qué haría allí?, se la guardó en el bolsillo.

La hermana de Baltasar Báguena a la que todos conocían como la tía Ñoña, no se sorprendió por la presencia del policía, pero como su padre, ella al verlo también le recriminó su presencia.

—Ahora mandan gente desde la ciudad para investigar un asesinato, por lo visto mi hermano era un don nadie, alguien a no tener en cuenta y no merecía la atención de la Benemérita.

—Debo recordarle que la investigación no estaba cerrada y que el cabo Calleja seguía trabajando, parece que es un caso complejo y estamos seguros que a su hermano lo mataron varias personas y que posiblemente una de ellas fuera ese Aliaga

—Y a nosotros que nos cuenta, nada sabemos de ese Aliaga, yo solo conozco a su mujer, ayer oí por primera vez su nombre.

—Como comprenderá, son ustedes los máximos sospechosos de la muerte de Aliaga, ya estarán informado de como murió y por eso, muestra obligación es preguntar.

—Lo que nos faltaba, yo no comprendo nada, espero que castiguen a los asesinos de mi hermano y se dejen de tonterías. Pregunten a los profesores, y que ocurrió en ese viaje a Palma, mi hermano desde entonces no era el mismo.

En esas prácticas estaban cuando llegó el marido de Begoña Báguena, todos lo conocía como el tío Pito, era un hombre alto, fuerte, desgarbado, de temperamento nervioso y hablar entrecortado, su mundo era el campo, cuando le dio la mano al inspector notó una fuerza inusual y una palma de la mano de piel dura y callosa. El hombre contestó con amabilidad las preguntas del policía. El día de Reyes comieron en familia y luego fueron al bar de la aldea donde estuvieron toda la tarde viendo la televisión que la diputación habían regalado a los vecinos, y que a falta de espacio público habían puesto en ese lugar. Niños, adultos y ancianos se dieron cita esa tarde de fiesta alrededor del televisor, pocos faltaron a la reunión en el bar de la aldea, salvo Benito Báguena, el padre de Baltasar y algún que otro anciano con dificultades de movilidad.

Muy decepcionado quedó el inspector de la conversación de los máximos sospechosos de la muerte de Aliaga, nada que rascar, quizás el padre podría haberle ocultado algo, pero su actitud en todo momento tranquila y distante no lo señalaba especialmente como autor de la muerte del segundo empalado. Por otro lado, sentía cierto reparo en entrar en la vida de Baltasar de nuevo, su hermana le recordó al policía que nada tenía que añadir a lo que ya dijo un año antes al cabo Calleja, recordándole algo enfadada que se dirigiera sin más al guardia civil, él tenía anotado toda la declaración.

En el Instituto de enseñanza media preguntó por dos de los cinco profesores que tenía en la lista el cabo Calleja y que habían acudido al viaje de fin de curso, momento que, según la hermana de Baltasar Báguena, debió de ocurrir algo que ella no llegaba a adivinar. De la lista descartó a la profesora de Francés, no creía capaz a una mujer de semejante barbarie, también descartó de momento al profesor de Historia después de hablar con él el día anterior y el alegato a las cuevas como lugar sagrado, dando por bueno su inocencia.

En cuanto a Demetrio Domingo, el profesor de matemáticas, ese año se había dado de baja en el Instituto para trabajar en otra escuela, como era lógico no lo iba a encontrar allí. Preguntó por el profesor de Religión y por el profesor de Formación del Espíritu Nacional, que se llamaba Eusebio Escudillo. El inspector Camiñano fue informado en secretaría que don Eusebio una hora después de llegar al instituto se había marchado aduciendo que se encontraba indispuesto.

En el colegio solo pudo hablar con el sacerdote y profesor de Religión, le llamó la atención su disponibilidad a comprender la tendencia sexual de Baltasar Báguena, del que él mismo puso en conocimiento a las primeras de cambio, actitud poco normal dentro de la curia. Como era lógico pensar, achacó a la homosexualidad como una enfermedad que había que tratar, pero mostraba cierta condescendencia a esas tendencias que había que consolar, perdonar y tratar, pero lo que le obligó a eliminarlo de facto de la lista de sospechosos, fue cuando comprobó por sus compañeros de estudios que, durante los diez primeros días del mes de enero de 1970 el cura estuvo de peregrinación en Tierra Santa.

La fortuna esa mañana sin buscarla sonrió al inspector, quería sacar dinero en el banco Hispano Americano, esperando en ventanilla presenció una fuerte discusión de un hombre con el director de la entidad bancaria, era precisamente Eusebio Escudillo, el profesor de Formación del Espíritu Nacional, que exigía cancelar la cuenta y recoger todos los ahorros. Camiñano se quedó perplejo escuchando la conversación, hasta el punto que dejó la cola al ver que el hombre se marchaba enfurecido y corrió a su encuentro, se presentó como inspector de policía, tenían que hablar.

Se sentaron en un banco de la avenida, al sol, a pocos metros del Hispano Americano, Camiñano entró a saco, la reacción del hombre al presentarse como policía y de la criminal, fue altamente sospechosa.

—¿Se ha enterado de lo de Aliaga, tengo entendido que eran buenos amigos?

—Escudillo se quedó de piedra, y después de un prolongado silencio se decidió a hablar.

—Claro que sí, íbamos a la misma escuela.

—¿Y del conserje que fue asesinado el año pasado también era amigo?

—¿Ese depravado?, ¿usted que cree?, gente de esa calaña no tiene derecho a vivir, poco le pasó.

—¿Qué ocurrió en el viaje de fin de curso del año pasado?, es fundamental que me cuente su versión y así cotejarla con la mía.

—¿Que le han contado?, seguro que todo son mentiras de ese desgraciado, el amiguito de Baltasar, otro depravado como él.

—¿A quién se refiere?

—¿A quién va a ser?, a Demetrio Domingo, los pillamos desnudos en la cama, ¿se da cuenta?

—Pero eso son cosas que pasan entre adultos y con consentimiento, le recuerdo que ya en la antigua Grecia muchos hombres eran bisexuales, no veo el problema y además no hacen daño a nadie.

—¡Ja!, eso es lo que usted se cree, corrió la voz como la espuma y a la mañana siguiente todos los alumnos que fueron al viaje conocían la noticia, ¿cómo que no va a lastimar?, ¿qué mensaje damos a los jóvenes?, hacen daño y mucho, si no pregúnteselo al pobre sobrino de Aliaga.

—¿Qué debo preguntarle?

—El depravado de Báguena lo sedujo, y dicen que los vieron juntos a escondidas en varias ocasiones.

—Quizás solo eran amigos.

—Claro, amigos, y con los pantalones bajados, vamos inspector no se haga el tonto.

—¿Y por qué no lo denunciaron a las autoridades? Creo que cometió un terrible error, no debieron matar a Baltasar Báguena, tengo pruebas.

El inspector Camiñano jugaba desde hacía tiempo con el truco de los hechos consumados y en esta ocasión una vez más funcionó. Tras un largo silencio, Eusebio Escudillo, el profesor de Formación del Espíritu Nacional se derrumbó, allí mismo en el banco de la avenida confesó unos hechos que hacía un año sucedieron en la cueva de Cristo, asegurando que solo siguió las instrucciones de Andrés Aliaga, se conocían desde niños y le propuso que debían dar un escarmiento a ese desgraciado de Báguena, nunca pensó, según sus palabras, que llegara Aliaga a ser tan cruel con él.

—¿Y cómo hicieron para que Báguena bajara a la cueva?

—Aliaga falsificó la letra de su sobrino, recuerdo incluso que cogió una libreta suya y arranco una hoja con apuntes, añadiendo en el reverso un mensaje que decía que lo esperaba en la cueva del Cristo, tenía llaves e iban a estar solos. Le juro inspector que nunca imaginé la violencia con la que trató a Bágue-na, Aliaga creía que era mi amigo, habíamos quedado en darle un escarmiento, avisarle para que nunca más se acercara a su sobrino, nada de lo que ocurrió al final me lo esperaba.

—Pues para darle un escarmiento, parece ser que se esmeraron.

—Le juro inspector que quedamos solo en eso, un aviso para que se le quitara las ganas de lastimar a los chicos, la idea era desnudarlo, atarlo a una tinaja, pasar la noche allí y dejar un claro mensaje: "eso te pasa por bujarrón". Sabíamos que al día siguiente los Fernández Montoya tenían una juerga flamenca y que todo la Villa se daría por enterado. No sé qué le pasó a Aliaga, de repente se volvió como loco, cogió la horca que estaba en la pared y la introdujo en el culo con gran violencia una y otra vez, lo juro inspector, yo intenté detenerlo, pero fue imposible, estaba enfurecido, me asusté mucho, recuerdo que me fui, lo dejé solo, le juro que se volvió loco.

—¿Que hicieron con la ropa?

—¿No le he dicho que lo dejé solo?, me fui horrorizado, no volví a hablar con Aliaga desde entonces...

El profesor Escudillo no pudo resistir más, a plena luz del día el hombre con la cara oculta entre sus manos comenzó a gemir como un niño y a lamentarse una y otra vez qué sería de él. Cuando estuvo algo más calmado, le entregó al inspector un sobre que le habían dado en la conserjería del instituto, en el interior un papel con sangre, sin ningún mensaje, dijo que al abrirlo le entró pavor y había planificado huir a casa de su hermana a la capital, ahora todo era inútil y temía por su vida.

El inspector Camiñano acompañó a Eusebio Escudillo al cuartel de la Guardia Civil. Comprendía Escudillo que ya nada podía hacer para su defensa que no fuera jurar que él fue engañado. El brigada lo conocía, eran amigos y de alguna manera afines ideológicamente, fue él quien le tomó declaración, desde el primer momento el profesor de Formación del Espíritu Nacional insistía que él solo quería asustar a Báguena. Camiñano dio orden de entregar el sobre para que fuera remitido con urgencia por valija al Instituto

Anatómico Forense para el análisis de la sangre. El inspector se retiró a comer antes de que el detenido pasara a las dependencias carcelarias con la acusación de cómplice de asesinato.

Cuando entró en el comedor del hostal sintió una agradable sensación de bienestar, el local embadurnado de olores culinarios y bendecido por una temperatura más que agradable por la gracia de una estufa de leña a todo rendimiento y los vapores de la cocina, invitaba al optimismo y más aún, después de pasar la mañana con un frio que se había incrustado hasta sus huesos, debido a la dichosa Vespino, era el momento de relajarse.

Agustín al ver al inspector lo recibió con un saludo efusivo y le dijo que se alegraba de tenerlo un día más como invitado, su mujer le guardaba una sorpresa, dos días anteriores había preparado en escabeche unas codornices recién cazadas. Después de servirle una rica sopa de ajos muy caliente, algo que agradeció, Agustín le puso un plato con tres codornices escabechadas que estaban muy buenas, no se equivocaba el camarero, su fuerte sabor las hacía especialmente ricas, fuera por el vinagre, el vino blanco, la pimienta negra y demás especies, que fueron muchas ... o fuera la forma de cocinar en cazuela y a fuego lento, al que acompañó dos días de reposo, hizo que no dejara ni un huesecillo sin pelar en el plato.

No tardó el cabo Calleja en llegar al hostal, antes de saludarlo se encaró con él con grandes aspavientos. Camiñano le dijo que se calmara, le invitó a sentarse y pidió a Agustín la botella de Terry y dos copas, luego le ofreció un Chesterfield, el guardia civil dijo que eran demasiado finos para su gusto, y sacó una cajetilla de Celtas Cortos.

—¿Cómo lo ha hecho, señor? —Preguntó Calleja exhalando una bocanada de humo del cigarrillo, —un año detrás del asesino y usted a la primera de cambio, se hace con él.

—Debo recordarle que la detención de Escudilla ha sido pura casualidad, créame. Ya tenemos resuelto el asesinato de Baltasar, ahora queda esclarecer el segundo, el de Aliaga.

—Usted es muy modesto, ¿ahora que hacemos?, estoy a su disposición.

—¿Ha podido hablar con la familia de Aliaga?, ¿qué dice la viuda?

—Nada en particular, dice que no entiende lo que ha pasado, que su marido era un hombre normal y que además de escuchar sus lloros nada he podido sacarle.

—¿No le extrañó que esa noche no durmiera en casa?

—Sí, pero dijo que no era la primera vez que no iba a dormir a su casa.

—¿Y sabia la razón de su ausencia?

—Creo que lo sabía, pero no me lo quiso decir, estuvo todo el tiempo llorando, no le salían las palabras, aunque no sé porqué, yo pienso que Aliaga se iba de putas.

—¿Ha podido hablar con algún otro familiar?

—Estaba su sobrino, desde que murió su madre, el muchacho vivía con ellos, el padre emigró a Alemania y desde entonces el hombre solo viene en verano.

—¿Le ha dicho algo en particular?

—Nada especial, salvo que lo encontré muy raro, esquivo, huraño, algo ocultaba.

—Y tanto, amigo Calleja, ese joven es el origen de todo, estaba liado con Báguena y su tío quiso hacer justicia.

—¿Cómo sabe eso?, me sorprende inspector, no sé para qué quiere que le ayude.

—Se equivoca, Calleja, usted es necesario, hay que buscar pruebas para este último crimen, debe escudriñar la ropa de Aliaga o alguna de las pertenencias, preguntar a los villanos si ese día de Reyes observaron algo extraño, debe ir a ese posible puticlub, ¿hay muchos en la zona?, preguntar si alguien deseaba su muerte, si debía dinero...

—Le recuerdo, señor, que el primer motivo por lo que Aliaga fue asesinado es la venganza, sino ¿por qué ese mensaje en la espalda?

—¿Y si el asesino conocía su secreto?, que mejor manera de desviar la atención hacia otro lugar.

—¡Odo!, tira usted con balas y eso que ya me he dado cuenta que no lleva arma.

Camiñano y el cabo Calleja durante más de una hora estuvieron hablando de los pasos que dieron durante esa mañana, sobre todo se explayó el inspector con el testimonio de Escudilla, y la confesión que este hizo como coautor del asesinato de Báguena con Aliaga. Camiñano informó al guardia civil que era necesario encontrar al amigo de Báguena, el profesor de matemáticas, volver a hablar con el joven sobrino de Aliaga, ocuparse de nuevo de la familia de Báguena, tanto del padre, como del yerno, gente ruda, noble, del campo, pero a la vez o quizás por ello, no debieron digerir bien una muerte de esas características tan cruel.

Estando a punto de marchar los nuevos amigos, cuando se presentó el capitán Castaño en el hostal La Favorita, el comedor en esos momentos estaba vacío de comensales, Calleja al ver a su capitán, algo ruborizado se levantó y se cuadró ante su superior.

—Tranquilo, Calleja, veo que está haciendo una labor encomiable ayudando a mi amigo y además es la primera vez que lo veo con una copa de brandy entre sus manos y con uniforme, creo que hace progresos y honor a las más preciadas costumbres de nuestra amada Benemérita.

—No haga caso al capitán, Calleja y sigamos con lo nuestro, le dijo el inspector al cabo...

—Perdona, Maxi, antes de seguir hablando debo de darles la enhorabuena por la detención de Escudillo, la verdad es que nos ha alegramos descubrir a esos asesinos, nadie se merece una muerte así por muy maricón que sea.

—Gracias, Camilo, pero como le decía al cabo, ahora debemos centrarnos en el asesinato de Aliaga el día de Reyes, pensamos como más lógico que, el móvil debió ser casi con seguridad la venganza y que estamos sobre la pista de la familia de Báguena por un lado y luego de momento hay dos personas unidas a Báguena, que de alguna manera debieron sentir un gran odio a quien lo mató, su antiguo amante, el profesor de mates y que se cambió de trabajo al ser descubierto en la cama con Báguena, con el cual aún no hemos hablado y al sobrino de Aliaga que parece ser que fue la última conquista de víctima.

—Ese muchacho lo veo muy joven para cometer un acto de tanta violencia —dijo Calleja algo perturbado.

—¿Qué edad tiene? —Preguntó el capitán.

—El año pasado terminó el bachiller superior y no ha seguido estudiando, debe tener unos diecisiete años —contestó el cabo algo indeciso.

—A esa edad, amigo Calleja se puede cometer cualquier acto por violento que sea, ¿no recuerda el asesinato del viejo Salchicha?, ese caso que se produjo precisamente en su tierra, le pusieron ese nombre a la víctima, porque encontraron su cuerpo esparcido por un antiguo matadero en tres trozos y porque nunca supieron su verdadera identidad, pero sí descubrimos a su asesino, un muchacho de quince años.

Siguieron los amigos en una entretenida conversación de sobremesa, durante otra larga hora debatieron temas varios, muchos de ellos sin relación alguna con el asunto que les ocupaba. El capitán confesó que echaba de menos las comidas con amigos y más las de La Favorita, pero desde que llegó su mujer, ya no tenía excusa para comer fuera y envidiaba la libertad del inspector, lo que originó una discusión sobre las ventajas de una vida en familia o la de un hombre solitario, no hubo acuerdo, cada uno defendía la vida del otro, como despreciando lo que a cada uno le ha tocado vivir.

La tarde se les echó encima, era la hora de despedirse, organizaron la faena, el cabo Calleja debía volver sobre sus pasos y hablar con el joven sobrino de Aliaga, luego se acercaría por un puticlub cercano a la población y preguntar por Aliaga. El inspector intentaría localizar al profesor de matemáticas, tenía un teléfono al que había llamado en un par de ocasiones sin recibir respuesta, lo intentaría más tarde. El capitán Castaño dijo que les echaría un cable, si no fuera por las muchas obligaciones que tenía pendientes, pero que estaría atento a los avances de la investigación y que no dudaran de su lealtad y ayuda, había que poner alto la institución, ningún asunto sin resolver, dijo levantando la copa de brandy.

Desde el mismo hostal el inspector llamó a Demetrio Domingo, en esta ocasión pudo hablar con él, no se sorprendió de la llamada, quedaron para el día siguiente, cerca del Instituto. Al despedirse del cabo Calleja el inspector le pidió que acudiera a su rescate a las nueve de la mañana, eso de moverse en invierno en Vespino no había sido una buena idea, le confesó, temía lo peor, puesto que a la libertad y autonomía que daba un vehículo de dos ruedas, le acompañaba la tiranía de enfermar sin miramiento.

Cuando llegó a casa aparcó la Vespino en la entrada y decidió no cogerla hasta el buen tiempo, encendió la chimenea, abrió una botella de vino, al tiempo que notó un escalofrío, mal asunto, pensó, se enrolló en mantas y sobre el sofá alcanzó el nirvana en pocos minutos.

Tercer día

Despertó Camiñano envuelto en mantas y cubierto de un sudor frío. Al abrir los ojos no tenía claro la razón de un estado tan lamentable, no sabía si era el comienzo de los síntomas de un fuerte refriado o simplemente consecuencia de una más de las muchas pesadillas que con frecuencia le acompañaban al sueño. Recordaba al despertarse que bailaba un vals con una bella mujer, pero no era música de los hermanos Strauss, sino que se trataba de la dance Macabre, obra de Camille Sant-Saënt, reconocía a su pareja, era la bonita y bien proporcionada figura de la forense Conchín Calviño quien bailaba con él, que por momentos se trasformó, antes de despertar, su bello cuerpo en una figura cadavérica. Saltó del sofá y se dispuso a pesar del frío reinante a ducharse, no le quedaba muda limpia, más razón para esa ducha reparadora, cuando iba a prepararse un café escucho la aldaba de la puerta, faltaba media hora para que llegara el cabo Calleja, cuando abrió allí estaba él, pulcramente vestido con su uniforme de guardia civil y dispuesto al trabajo.

—¿Otra vez usted, es que no descansa?

—Señor inspector, hay novedades, la mujer de Aliaga ha llamado esta madrugada, dice que el joven Elías, su sobrino, ha intentado suicidarse esta noche, menos mal que lo descubrió a tiempo y llamó al médico. Dice su tía que se tomó todas las pastillas que encontró en casa y no se sabe cuánto vino bebió a la vez.

—¡Pero hombre, para eso me llama!

—Es que se lo llevan a la consulta de un especialista en la capital, les he dicho que esperasen para hablar con él y por eso pensé que estaría bien que se acercara.

Al joven Elías lo encontraron no del todo recuperado de los efectos de la intoxicación farmacológica y alcohólica, sin saber muy bien el médico cuanto de responsabilidad tenía la una o la otra. Se conocía que había tomado casi una caja entera de Librium, un fármaco que tomaba su tía para los nervios, junto a otros de menos toxicidad, como Optalidones, Calmantes Vitaminados, incluso bicarbonato, se notaba que el joven no era un experto en eso de suicidios, en cuanto al vino, al estar en una garrafa de tres litros, la mujer que no bebía, no pudo saber la cantidad ingerida.

El médico del pueblo que atendió al joven dijo que, después del lavado de estómago estuvo durmiendo muchas horas y vigilado por un practicante y la propia tía, por ello, debían de ser breves si querían hablar con él, puesto que era muy posible que no estuviera en condiciones y que incomodarlo le lastimara en su estado de ánimo, ya de por sí debilitado. Se equivocó el médico en cuanto a las ganas de hablar del muchacho, que desde que vio al guardia civil mantuvo una conversación extraña, llena de altibajos, con una verborrea más propia de un borracho que bajo los efectos de los tranquilizantes, y sin casi preguntar, nada más ver al cabo Calleja se puso a hablar.

—No quiero vivir, el mundo es una mierda, mi padre es una mierda, mi tío Andrés una mierda y media, si no fuera por mi tía, me habría suicidado hace tiempo, la pobre no se merecía ese trato con el bastardo de su marido, desde que murió mi madre solo ella y Baltasar me querían, ahora mi tía será libre y no tendrá que esconderse de ese hombre malvado.

—¿Quiere decir que le maltrataba su marido?, —preguntó Calleja algo intrigado.

—Déjenlo ya, ¿no ven que Elías no está bien?, ¿a qué viene esa pregunta? —Se encaró la mujer al cabo Calleja enojada.

—Perdone, mujer, pero tenga en cuenta que estamos buscando al asesino de su marido.

—No te preocupes, tía, estoy bien, contestaré a estos señores, tienen que conocer la verdad, mi tío era un sádico, solo tiene que ver la espalda de mi tía, no hace ni dos semanas que la lio a correazos con ella ese desgraciado, a mí también me pegó una vez, cuando le contaron que me habían visto con Baltasar, desde entonces me llevaba a trabajar al campo diez o doce horas, incluso me dejaba allí y él se iba, amenazándome de contárselo a mi padre si no seguía trabajando hasta el anochecer, decía que así me haría hombre.

—¿Elías, tú sabias quien mató a Baltasar?, ayer no quisiste hablar conmigo sobre ese asunto.

Su tía, que del llanto desconsolado del día anterior, pasó a un comportamiento sereno y moderado esa mañana, de nuevo intervino en la conversación, pero esta vez con síntomas de enfado, cogiéndole la mano a su sobrino contestó con energía.

—Se acabó, ¿No creen que ya es demasiado?, mi sobrino está enfermo, ¿no se dan cuenta?, tendrán que esperar a que vuelva de la clínica psiquiátrica, opinión que fue refrendada por el médico.

Al despedirse de casa de Andrés Aliaga, el inspector miró su Patek Philippe, tenían el tiempo justo para hablar con Demetrio Domingo, el profesor de matemáticas, habían quedado con él en un bar cerca del Instituto, el hombre llegó puntual, se sentaron en una mesa del bar, el inspector dijo que llevaba casi veinticuatro horas sin probar bocado, pidió que sirvieran para el centro un par de bollos, invitó a que se animaran a comer, el inspector tenía hambre y en poco tiempo se comió uno entero.

—¿No me habrán citado aquí para verle comer, señor inspector? —preguntó Domingo con expresión de extrañeza.

—Usted sabe muy bien por qué le hemos llamado —contestó Calleja, mientras el inspector seguía comiendo.

—Pues si no se explican mejor...

—No se haga el tonto, sabemos que Baltasar y usted mantenían una relación amorosa por decirlo de alguna manera.

—Baltasar y yo éramos amigos y desde que me fui al Centro Laboral no lo volví a ver, lamenté su mala suerte, pero creo que Baltasar era un poco alocado y no intentaba disimular sus instintos y eso en la época en que vivimos no es bueno.

—¿A quién intenta engañar?, ustedes eran más que amigos y sabemos que se vieron después de abandonar el Instituto en varias ocasiones, —Una vez más el inspector jugó al *poker*.

—Sí, lo vi después de dejar el instituto en varias ocasiones, pero un día me dijo que estaba enamorado, que no lo molestara más y desde entonces no lo volví a ver.

—¿Conocía a la nueva pareja de Baltasar?

—Me temo que sí, fue alumno mío, es menor de edad y creo que eso lo condenó a muerte, yo intenté por todos los medios convencerle de que estaba cometiendo un error, que nunca debía ir con gente joven, pero él no me escuchó, ¿supongo que sabrán que Aliaga, el hombre que han encontrado muerto era el tío de Elías?

—¿Cree que ha sido el muchacho el asesino?

—No lo creo, eso es cosa de ustedes, yo solo sé que Baltasar y Elías se veían con regularidad, incluso poco antes de su muerte.

—¿Por lo que veo seguía usted a la pareja?

—No, exactamente, me lo contaba mi hermana, era amiga de la tía de Elías, la mujer de Aliaga.

—¿Qué hizo el día de Reyes?

—Estuve en casa todo el día preparando las clases, ya sabe que empezaron ayer.

—¿Tiene usted Chirucas?, ¿qué número calza?

—Pues claro que tengo Chirucas, como todo el mundo que le gusta el campo, y uso un cuarenta y uno ¿por qué lo pregunta?

El profesor Demetrio Domingo se despidió del inspector y el cabo Calleja asegurando que, si la nueva víctima Aliaga, había sido el responsable de la muerte de su amigo Baltasar se lo merecía. Antes de despedirse se lamentó que por su tendencia sexual estaban estigmatizados y terriblemente maltratados por la sociedad, no eran unos delincuentes como todo el mundo pensaba, le dolía esas leyes injustas contra ellos.

Demetrio Domingo mostrando una gran tristeza y casi llorando manifestó que algún día saldría el sol para ellos y no las verjas de oscuros calabozos como ahora eran condenados cada vez que intentaban declarar su homosexualidad y puso el ejemplo del Titi, que hacía de su espectáculo y sus canciones como "libérate" una lucha reivindicativa, a pesar de las burlas constantes de un público malvado que acudía al teatro Ruzafa para pitorrearse de él.

El informe provisional de la autopsia, tal como había prometido la doctora Calviño, llegó puntual, nada especial aportaba salvo un detalle que quizás ayudara a la investigación, el golpe en la cabeza debió realizarse muy probablemente con una escopeta, dado que encontraron pequeñas restos de material de caucho compatible con el que se usa en la cantonera de las culatas, de esta manera, encañonado Aliaga debió de bajar hasta la cueva sin poner resistencia, lo que ocurrió después era fácil adivinar.

Antes de retirarse a comer el inspector, el capitán Castaño le entrego un fax que acababa de recibir, en él se informaba de lo hallado dentro del sobre que fue entregado a Escudilla para intimidarle, no era sangre humana como en un principio se pensó, sino simple sangre de gallina, confirmado según estudios de Briles y cols.

El inspector intercambió unas palabras con el capitán Castaño, este le informó que había recibido presiones desde la mismísima capitanía para liberar a Eusebio Escudilla, no en vano era el profesor de Formación del Espíritu Nacional. Le enseñó una carta del gobernador militar manifestando que era uno de los héroes de la Falange, su valor y entrega por los valores patrios estaba más que demostrado y no debían retenerlo por más tiempo, recordando en la misiva que su testimonio dejaba dudas sobre la intencionalidad de cometer un homicidio. Camiñano ante la sorpresa de su amigo, el capitán Castaño, dijo que le importaba un pito lo que hicieran con Escudilla, a él solo le interesaba descubrir la verdad, luego cada uno que se las apañase con su conciencia.

El inspector quedó con el cabo Calleja para que lo recogiera en La Favorita después de comer. A las dos de la tarde se presentó en el hostal con poco apetito, él, que no almorzaba nunca se había comido esa mañana una tarta magra entera y otra media, por eso, cuando vio a Agustín le dijo que en esta ocasión fuera comedido en servir. No le hizo caso el camarero, ni tampoco el policía hizo ningún esfuerzo por evitar el rico plato que dejó en la mesa frente a sus propias narices, al ver el crujiente y buen aspecto del conejo al ajillo acompañado aparte con un pisto de cebolla, calabacín, pimento rojo y verde, tomate, aceite, sal y laurel. No pudo resistirse y dejó los platos limpios como una patena.

No tardó en llegar el cabo Calleja, este se cuadró, el inspector se dio por vencido, ya no le dijo nada por el saludo marcial, antes de que pidieran la botella de Brandy la tenían en la mesa con dos copas, acompañados de unos turroncillos a base de miel, almendra, pan rallado y zumo de naranja envueltos en unas obleas, que desaparecieron en unos minutos. Camiñano sacó un Chesterfield, Calleja un Celta Corto.

—¿Qué le parece el asunto?, ¿quién de los cuatro o cinco sospechosos cree que ha matado a Aliaga? —Le preguntó Camiñano al cabo.

—¿Cinco?, yo solo pienso en dos, por un lado, el yerno ayudado por la hermana de Baltasar y por otro su amante, el profesor de mates, ese tal Domingo, para mí están descartado el joven Elías y su tía.

—No descarte a nadie, incluso recuerde al padre de Baltasar que, aunque es posible que tenga más de sesenta años está en la lista, en asuntos de asesinatos muchos son los móviles que pueden llegar a conducirlos, desde amores despechados a venganzas por lastimar a seres queridos como sería el caso del padre, como digo, todo es posible amigo Calleja, incluso la esposa de Aliaga que ayudada por el chico, es sospechosa, los dos tenían razones para odiar a Aliaga, y recuerde que en menos de veinticuatro horas, la mujer pasó del llanto y sentirse desvalida, según me contó usted, a estar esta misma mañana segura, decidida y con coraje.

—Entonces, ¿qué camino tomamos, inspector?, como usted nos ha pedido, los muchachos han registrado las casas del padre y la hermanas de Baltasar Báguena, no han encontrado nada, en estos momentos se dirigen a registrar la de Domingo, aunque no sé qué pueden encontrar allí.

El inspector al escuchar eso del registro en busca de la ropa de Aliaga, como si le hubiera picado un tábano, más aún, una víbora, saltó de la silla y se fue directamente a las perchas del comedor donde estaba colgado su chaquetón, se había olvidado por completo de la hebilla que encontró entre las cenizas de la chimenea de Benito Báguena, allí estaba en uno de los bolsillos, con una sonrisa en los labios dijo a Calleja.

—Ya sé que vamos a hacer, primero nos terminamos esos turroncillos que tienen muy buena pinta, luego nos tomamos otra copa de brandy cada uno, nos fumamos un par de cigarrillos y al final vamos a visitar a la viuda y su sobrino.

—Yo no debería beber, estoy de servicio, ¿y si viene como ayer el capitán?

—Descuide hombre, es una orden.

La viuda de Aliaga y su sobrino se encontraban en su domicilio de vuelta después de la visita al psiquiatra, al joven Elías el médico le había recetado una fuerte medicación antidepresiva. Cuando llegaron a casa de la viuda el inspector y el cabo Calleja encontraron a los guardias civiles que terminaban el registro y se disponían a retirarse, con un saludo militar informaron al cabo que en el domicilio no había restos de ropa con sangre y habían requisado la escopeta y el permiso de armas de Aliaga. Su viuda se dirigió a inspector con un tono severo y enfadado.

—¡Esto es el colmo!, matan a mi marido, mi sobrino casi se suicida y ustedes vienen ahora con el cuento de que somos unos asesinos, no lo aguanto más, son ustedes unos malvados chapuceros, menos mal que Elías está durmiendo desde que llegamos de la visita con el psiquiatra y no se ha enterado de nada.

—No se ponga así, mujer, es pura rutina, así de una tacada la dejamos tranquila y para siempre, me alegro que esté bien su sobrino —manifestó el inspector antes de encenderse un nuevo cigarrillo.

—¡Cómo que está bien, está fatal!, el médico dice que debe estar todo el tiempo vigilado y tomarse una medicación muy fuerte, no sé cómo me las voy a arreglar.

—Verá que con el tiempo todo se arregla. Otra cosa, ¿reconoce esta hebilla?, ¿era de algún cinturón de su marido?

—Es igual que la del cinturón de cuero que le regalé por su santo hace escasamente un mes, justo el treinta de noviembre, me costó muy caro, de marca, la dependienta de la tienda me dijo que era un modelo exclusivo del mejor fabricante y el muy malnacido lo usó contra mi…, —a la mujer por un momento se le llenaron los ojos de lágrimas, se repuso enseguida.

—Entiendo. ¿El cinturón lo compró en el pueblo?, ¿recuerda la tienda?

—Claro que sí, enfrente de la farmacia.

—No sabe la que nos ha ayudado, le deseo lo mejor y gracias.

Desde ese instante de la confesión de la viuda el inspector era otra persona, estaba algo inquieto, sentía cerca el momento de atrapar al asesino, le pidió al cabo Calleja que debían acudir a esa tienda de ropa donde compró la viuda el cinturón, quería asegurarse. La dependiente dijo que ese modelo de hebilla era de un cinturón de la marca Miguel Bellido que habían recibido por primera vez en la temporada de otoño invierno, asegurando que de los cuatro que recibieron, posiblemente por su precio solo se había vendido uno, no recordaba bien a quién.

Los acontecimientos a partir de ese momento se precipitaron, una vez más, un pequeño objeto iba a ser determinante para dejar al descubierto al asesino. En el camino a la aldea con el coche oficial de la Guardia Civil, Camiñano le dijo a Calleja los pasos a seguir, es posible que Benito Báguena se negara a confesar su crimen y quizás esa prueba de la hebilla no fuera tan determinante como para condenar al asesino, dado que es un objeto bastante común, por ello tendrían que esperar a los resultados de pruebas científicas, como echar mano de huellas dactilares del sobre que mandó a Eusebio Escudillo con la hoja manchada, o incluso de la horca que usó para amedrentar al coautor del asesinato de su hijo, o quizás incluso sería necesario buscar restos hematológicos en las Chirucas, algún resto en la culata de la escopeta ya requisada o registrar el Renault cuatro latas de nuevo.

En casa de Benito Báguena encontraron a su hija que esta vez daba muestras de un enfado monumental. Al ver al inspector se encaró con él de malas maneras.

—No puede ser, ustedes son unos mal nacidos, no pueden hacernos eso, ¿miren cómo han dejado la casa?, se aprovechan de un hombre indefenso para atropellarlo de esa manera.

—Vamos, mujer, hoy todos están contra nosotros, no creo que sea para tanto, si quiere le ayudamos a poner orden mientras esperamos a su padre. Supongo que estará en el campo.

—¿Dónde va a estar?, es su vida.

—Una pregunta capciosa, nada especial, ¿recuerdan que comieron el día de Reyes?

El cabo Calleja sorprendido se quedó pensando como la mujer, pero ella, por distinto motivo, respondió con rapidez, era una buena cocinera y le gustaba guisar, por ello no hizo un gran esfuerzo para recordar la comida.

—Sí, lo recuerdo, comimos un guisote que hice a base de carnes, patatas y verduras, que por las tierras de mi marido le llaman Tojunto, estaba buenísimo, no quedaron ni las sobras, ¿por qué lo pregunta?

—Simple curiosidad, ¿supongo que el guisado llevaría gallina, la que su padre le regaló ya escaldada, desplumada y separadas las vísceras del animalito?

—¡Cómo sabe eso!

El cabo Calleja preguntó al inspector cuando se despidieron de la hija de Báguena que se trajinaba con eso de la gallina, Camiñano recordó que el hombre no conocía el fax que esa misma mañana al capitán Castaño le había entregado, al leer el fax el joven guardia civil no pudo contener la risa.

Encontraron como era de suponer en el campo a Benito Báguena, al verlos los miró con indiferencia y les dijo mientras no dejaba de cavar.

—Otra vez aquí, ¿no se dan por vencido?, ayer usted, hoy esos guardias civiles que han puesto la casa patas arriba y sin saber que buscaban, se han llevado mi escopeta y ahora ustedes vienen de nuevo, ¿no ven que estoy trabajando?

—Venimos a detenerlo por la muerte de Aliaga, ¿lo que quisiéramos saber es como supo quién era el asesino?, ¿quién le informó de ello?, ¿fue Domingo o el muchacho con el que se veía su hijo últimamente o quizás su hija que era amiga de la viuda de Aliaga?

—¿Qué importa eso?, fuera, quién fuera, todos y ninguno, a los sádicos solo hay que mirarles a los ojos, usted no conoció a Aliaga, de haberlo visto, estoy seguro que un hombre como usted, no le hubiera pasado inadvertido su presencia e instintos asesinos, simplemente me contagié de su mismo espíritu, todo lo demás ya lo sabe. —dijo tranquilamente Benito Báguena dirigiéndose con la mirada a los ojos del inspector.

—Debe acompañarnos.

—Tendrán que esperar a que termine, esas malas yerbas deben ser extirpadas de raíz si no queremos que el mal inunde las viñas.

Acto seguido continuó trabajando, no pudieron trasladarlo a Benito Báguena a la comandancia de la Guardia Civil hasta que comenzó a anochecer.

Después del natural revuelo de los primeros días tras conocerse la noticia de la detención de Benito Báguena, la ciudad volvió a su pulso normal, como si nada hubiera sucedido.

Camiñano cuando llegó a casa estaba contento, al día siguiente recuperaría su rutina habitual, cargó de leña la chimenea, abrió una botella de vino y puso a todo volumen el último disco de la integral sinfónica de Tchaikovsky. La sinfonía número seis, una de sus preferidas a pesar del gran desasosiego que le ocasionaba. Una vez más, escuchando el adagio lamentoso del último movimiento sintió una gran congoja que se agudizó al recordar a Benito Báguena y su hijo Baltasar, víctima este último de una sociedad cruel, que, como el propio compositor de la sinfonía Patética, tuvo que esconder su condición de homosexual ante las convencionalidades de una sociedad despiadada, hipócrita y farisea.

Calleja esa mañana no se adelantó y llegó puntual a recoger al inspector, pasaron primero por el banco Hispano Americano y luego por el hostal La Favorita, quería saldar la deuda de sus muchas comidas. Agustín le dijo que estaba pagada, este mantuvo el secreto de quien se había hecho cargo de su cuenta y le aseguró que el cobro había sido el de siempre. El hombre no hacia un detenido listado de las consumiciones, cobraba lo mismo por comensal y día, fuera esta abundante o discreta, de alimentos caros o baratos, comieran mucho o poco..., el inspector se quedó pensando, no adivinó quien era ese ente generoso, dio las gracias a Agustín, besó a su mujer, que ya de buena mañana estaba entre fogones, deseándole salud por hacer felices a tanta gente. Cuando cogieron el vehículo oficial en dirección a la estación se dirigió al cabo Calleja.

—Se da cuenta, Calleja, este Agustín es un adelantado a su tiempo.

—¿Por qué lo dice, señor?

—Por la minuta que en el comedor ha implantado, lo que los extranjeros llaman *buffet* libre, se come hasta reventar siempre por el mismo precio.

—¡Vaya!, no lo había pensado, señor.

—Podría dejar de llamarme señor, ya somos amigos ¿no le parece?

—Si, señor, perdone, sí, Máximo, es un honor para mí ser tu amigo

—Y para mí, Calleja, y para mí, sé que llegará muy alto en la Benemérita.

Caza menor

Primer día

El inspector Máximo Vázquez Camiñano después de nueve días fuera de casa, llegó dispuesto a tomar una confortable ducha, al salir de la misma se pesó, había engordado tres quilos en esos días, lo peor fue que tuvo que guardar cama, la fiebre, la tos, los sofocos y la falta de oxígeno llegó a preocuparle en demasía y le obligó a consultar a un médico que le recetó la fórmula clásica de las tres A, antibiótico, antiácido y antiinflamatorio, tipo corticoides. Tuvo que hacer reposo, que fue posible por la inestimable ayuda de su fiel Fátima, todos los días acudió la mujer a su rescate preparando la comida y otras labores domésticas. El inspector se encontraba tan mal antes del tratamiento que, aprovechando los días sin fumar, hizo la seria promesa de no volver a coger un cigarrillo en su vida, le enfermedad le hizo perder el apetito y en poco tiempo sin proponérselo recuperó su peso habitual.

Una vez repuesto, Camiñano no tuvo que enfrentarse a ningún caso de homicidio durante el resto del mes, por ello disfrutó de cierta tranquilidad y sosiego, algo que aprovechó para escuchar música, leer algún libro atrasado, contemplar el mar y comer los martes en Casa Lola, incluso organizar su vestuario algo desgastado.

Con frecuencia desde que desapareció Cuqui de su vida, se acordaba de la joven Francisca Fernández García, no se atrevía a llamarla. Un día aprovechando las rebajas anunciadas a bombo y platillo, se dirigió a Lanas Aragón con la esperanza de encontrarla como de casualidad, no era la primera vez que acudía a los grandes almacenes, nunca se atrevió a tan siquiera saludarla, en esta ocasión estaba decidido a verla, se acercó a la sección de perfumería donde ella trabajaba, le dijeron que se había ausentado un momento; sin saber muy bien que camino tomar se acercó a la sección de caballeros, se compró ropa interior, dos pantalones y una chaqueta informal.

Al salir de los grandes almacenes se encontró con Curra, el corazón le dio un vuelco, después de un saludo formal y dos besos, la mujer le propuso que la acompañara a tomarse un cortado, aprovechando su rato de descanso; estuvieron hablando amigablemente de cosas irrelevantes. Camiñano le sugirió que debían comer juntos en la playa, en Casa Lola, un martes, el que quisiera, no se arrepentiría, ella no se comprometió, dijo que los martes eran laborables, se debía a su trabajo y agradeció la invitación. Al despedirse de la mujer y a pesar de un beso cariñoso que le regaló, casi en los labios, se fue entristecido, no era la forma como imaginaba el encuentro, comenzaba a sentir unas ganas irrefutables de estar con ella, era una mujer de su tiempo, elegante, decidida, atractiva y deseable.

La mañana, sábado treinta de enero, al despertar el inspector puso en su equipo Hi-Fi música de cámara, preparándose un café, escuchó el teléfono, era el capitán Castaño, necesitaba su presencia con urgencia, se había producido un accidente de caza mortal del hijo de los Montés, un afamado empresario de la comarca, lo esperaba a las once del mediodía en la estación, debía darse prisa.

—Vamos a ver, Camilo, ¿qué me dices?, ¿no es un accidente?, te recuerdo que la otra vez me recogiste en la estación y luego, "si te he visto no me acuerdo", solo te vi en las comidas.

—Te prometo que esta vez te ayudaré con la investigación, la mujer de la víctima está histérica y dice que han asesinado a su marido. En esta ocasión te invitaré a comer al hostal La Favorita.

—¡Vaya por Dios!, más vale tarde que nunca.

—¿A qué te refieres?

—Olvídalo, dime que piensas.

—Yo solo he pensado en llamarte, ya sabes la fama que has cogido por estas tierras, tus tierras, la tierra Bobal, como a ti te gusta señalarla, incluso no he sido yo solo quien ha pensado en ti, el cabo Calleja, dice que estás obligado a venir.

Máximo Camiñano, tomó la decisión, cogería el primer tren, arregló la muda que con tanto cuidado había lavado Fátima y que él estuvo a punto de tirarla al contenedor, era lana gruesa de primera calidad, sobre todo esos calzoncillos largos hasta los tobillos. Cerró la maleta, cogió la Vespa y en poco tiempo estaba en la estación esperando al tren.

El capitán Castaño le dio un abrazo al bajar del convoy, Calleja se cuadró y saludó a Camiñano como de costumbre, éste con un gesto de desaprobación le ofreció la mano.

Camino a Mas de Olla, el capitán Castaño explicó a Camiñano la situación con la que se enfrentaron esa mañana. En el cuartel se recibió la llamada de Marcela Manzano, una mujer que Castaño conocía, esposa de la víctima, estaba dispuesta a denunciar el asesinato de su marido, hablaba en serio, por ello, el capitán tomó la decisión; primero, de llamar a su amigo; y segundo, para curarse en salud, comunicar las sospechas al Instituto Anatómico, incluso antes de presentarse en Mas de Olla para un primer reconocimiento del lugar.

Los guardias civiles explicaron que, a pesar de la llamada de la mujer y la advertencia de que no movieran el cadáver, la orden o llegó tarde o no hicieron caso, porque el padre al ver a su hijo en tierra se abalanzó sobre él abrazándolo y desesperado, a pesar de algunas voces en desacuerdo, lo trasladaron a casa. El capitán Castaño dio la orden a las unidades de la Beneméritas desplazadas hasta la finca que hicieron una pequeña batida por los alrededores y por supuesto, requisaron hasta nueva orden toda la munición, las escopetas y demás armas de la finca, ante ciertas reticencias de algunos, que no entendían muy bien dicha orden y el beneplácito de la recientísima viuda, que no dejaba de decir que a su marido lo habían matado, a pesar de ser increpada por algunos presentes, como su padre, don Melecio, o su suegro, Mauro Montés, los dos amigos y socios de Montzano S. L.

Como ya se sabe, desde la estación el policía y los dos guardias civiles fueron directamente a Mas de Olla. Una masía rodeada de zonas boscosas, alguno viñedos y campos de secano. Se detuvieron en unos edificios, todos de piedra, que destacaban sobre un montículo despejado de arbolada. Mas de Olla fue construida hacía casi un siglo por la familia Montés y cuidada por un casero apellidado Molina, todos lo conocían como tío Mina, su padre ya fue casero de la masía, vivía tío Mina con María, su mujer, y la hermana de esta, Mercedes, llamadas las Pobres, todo el mundo las confundían por su gran parecido, carácter y vestimenta, de suerte que, salvo la anfitriona y su hija Misericordia que las conocían bien, el resto de la casa y los invitados les llamaban indistintamente María Mercedes, algo que ellas asumieron con aparente normalidad.

Desde hacia unos diez años el último fin de semana del mes de enero, se reunían en Mas de Olla las familias Montés y Manzano, socios a medias de Industrias textiles Montzano S.L. Eran días muy señalados para las dos familias, aprovechando la temporada de caza y haciéndola coincidir con la fiesta onomástica el día treinta de Martina Más, esposa de Mauro Montés y anfitriona de Mas de Olla y un día después celebraban el santo de Marcela Manzano, la esposa del primogénito de los Montés, por lo que les unía esos días a las familias algo más que simple amistad e intereses mercantiles.

Esa mañana de sábado, lo que iba ser un día de gran jolgorio y fiesta en Mas de Olla, se convirtió en un drama sin precedentes. Marcial, el primogénito del industrial Mauro Montés, anfitrión y dueño de la mitad de la empresa Montzano S.L., había sido abatido por un disparo de escopeta, parece ser que de forma accidental, según todos los presentes, salvo su mujer que insistía de que eso no era posible.

Dentro de la confusión reinante que se produjo en los primeros momentos de la llegada de los guardias civiles, el capitán Castaño intentó poner orden en donde no lo había. Lo primero que el inspector hizo fue ver el cadáver, que en esos momentos estaba expuesto en el gran salón y rodeado de mujeres desconsoladas.

Camiñano se acercó hasta la víctima, pidió quedarse solo, no cabía la menor duda que la causa de la muerte era un tiro de escopeta y dado las características del impacto, este se produjo a muy corta distancia. El inspector se puso unos guantes y se dispuso a examinar la herida detenidamente, esta se localizaba sobre la región supraclavicular y se extendía hacia la base del cuello en su región anterior derecha, presentaba un gran destrozo a ese nivel, con una herida de unos cinco a siete centímetros con pérdida de sustancia, que debió provocarle una intensa hemorragia, observó también varios pequeños orificios de salida a consecuencia posiblemente de perdigones perdidos en la región posterior del cuello, prácticamente al mismo nivel de la herida, aunque estos algo ladeados a la izquierda.

Estuvo el inspector un buen rato sin decir nada, observando la herida y la ropa que portaba el cadáver, al menos seguía con las mismas prendas de vestir con las que salió esa mañana de caza. Marcial Montés vestía un chaquetón grueso de color marrón, pantalones de pana y botas camperas, en el cuello destacaba un pañuelo verde oscuro que estaba parcialmente perforado por el impacto del disparo, el chaquetón estaba manchado con tierra, le llamó la atención que en la hombrera izquierda tenía incrustada una ramita con una espina de aliaga, apuntó en su pequeña agenda algunos detalles, era de imaginar que el impacto de la escopeta le produjo la muerte casi instantánea.

Tarde y mal llegó el forense de guardia ese sábado al lugar de los hechos, mejor dicho, no llegó, dado que delegó en el médico rural designado a la aldea próxima a la finca y que con la milonga del forense de que no era necesario desplazarse hasta el lugar, asegurándole que un médico formado estaba preparado para asumir las responsabilidades en los casos de imposibilidad de desplazamientos. El joven licenciado intentó por tres veces convencer por teléfono al forense, éste, una y otra le repitió los mismos argumentos. El médico envuelto en un marrón para él desconocido y ante la confusión reinante quedó bloqueado, la sugerencia del inspector de llamar a una ambulancia y dar la orden de trasladar el cadáver al Instituto Anatómico Forense lo salvó de una situación muy embarazosa y se la tomó a pies juntillas, se negó a firmar el certificado de defunción, ante una situación que se le escapaba de las manos hizo lo que el inspector le sugirió.

El policía pidió información de quien encontró el cuerpo de Marcial, se presentó un hombre de unos treinta años, dijo llamarse Modesto Manzano, hermano de Marcela, la reciente viuda, y cuñado de la víctima. Modesto era de pequeña estatura, constitución enclenque, ojos claros y saltones. Vestía uniforme completo de cazador y presentaba un ánimo muy decaído y alterado, confesó que al ver a Marcial en el suelo muerto sintió un gran desconsuelo. Explicó al inspector que después de haber escuchado tres tiros comenzó a llamarlo por si necesitaba ayuda, pensaba que habría herido alguna perdiz, él no llevaba nunca perros y como a veces las perdices al sentirse heridas se escondían entre matorros o se desplazaban huyendo, pensó que podría ayudarle a buscarlas.

Camiñano pidió a Modesto Manzano, que los acompañara al lugar del trágico suceso, no necesitaba ningún otro testigo de momento, así que se dispusieron a recorrer el terreno acompañados por el cabo Calleja. En el Dos Caballos de la Benemérita, en unos quince minutos se presentaron en una zona llamado partida de los Ahorcados, un terreno dentro de la finca de monte bajo, ondulante y con pocos pinos.

En el trayecto, antes de abandonar el furgón, Modesto Manzano les dijo que escuchó tres disparos al poco tiempo de comenzar la cacería y por ello supuso que su cuñado había levantado una banda de perdices, los agentes se informaron de que esa mañana organizaron la batida de caza a modo de ojeo o más exactamente al gancho, seis cazadores sin contar con tío Mina que iba sin escopeta y con los perros de caza, un podenco viejo que llamaba Zampón con poco olfato, dado su edad avanzada y un galgo joven llamado Comerías.

Modesto Manzano explicó la disposición con la que partieron para la batida en busca de alguna banda de perdices, a él le había tocado el extremo izquierdo y a su lado, a su derecha, iba algo más retrasado Marcial antes de morir, por el centro se colocaron el anfitrión, Mauro Montés y su padre Melecio, que con frecuencia se ponían a hablar y no hacían caso de la caza, con ellos iba tío Mina y los perros, la galga Comerías y el podenco viejo. En el lado derecho se dispuso primero Manuel Martín, el amigo de Marcial y por último en el extremo el concuñado de la víctima Mario Mogollón; desde hacía unos años batían esa zona de la misma manera y tenían experiencia en cómo comportarse en todo momento, asegurando que mantenían siempre la distancia de seguridad mínima, unos doscientos metros, de suerte que, recorrían en cada batida un kilómetro de flanco, por lo que siempre tarde o temprano levantaban alguna banda de perdices.

Cuando detuvieron el vehículo, el hombre indicó el lugar exacto donde encontró a Marcial en el suelo, Camiñano le pidió que se tomara su tiempo, que se relajara, debía contar todos los detalles que pudiera recoger, era muy importante para cerrar el caso, no poniendo en duda en ningún momento de que la muerte de Marcial había sido un desgraciado accidente.

El lugar donde fue hallado el cadáver estaba en un sendero donde se apreciaba un gran charco de sangre. Modesto Manzano señaló como encontró a la víctima, estaba seguro de su posición, bocabajo, con los brazos separados del cuerpo, el inspector le preguntó dónde estaba la escopeta, señaló la izquierda de la víctima estando en posición de decúbito prono, insistió en ese detalle el policía, Modesto Manzano en eso no tenía dudas, dado que él se colocó a la derecha de su cuñado para darle la vuelta e intentar reanimarlo, en ningún momento tocó la maldita arma homicida hasta que llegaron los demás, avisados por sus gritos.

En el sendero, casi a los pies de Marcial Montés se encontraba una piedra grande, Modesto dijo que nadie quiso tocarla, por ello seguía allí desde que llegó él y los demás. Camiñano se detuvo para observar detalles, como las huellas, muy complejas por la cantidad de gente que en el lugar se presentó en tan poco tiempo, luego se quedó mirando el angosto sendero lleno de matorrales a sus lados, en el camino, a nivel de donde se produjo el presunto accidente encontró una aliaga y varios romeros algo aplastados, como si hubieran sido pisados más de una vez, quizás, pensó el inspector, que era lógico, dado que, varios testigos acudieron a la angustiosa llamada de Modesto juntándose todos en un lugar tan estrecho. Por último, se acercaron hasta un pequeño corral de piedra semiderruido que estaba a menos de veinte metros del sendero, en él habían huellas de animales y pisadas humanas, nada especial le llamó la atención, tampoco lo esperaba.

De vuelta el furgón de la Guardia Civil a Mas de Olla encontró al capitán Castaño algo contrariado, se había hecho tarde para comer, había dado orden de que nadie podía abandonar el caserón, al menos durante el fin de semana, habido cuentas que, se habían reunido para unos días no les iba a faltar provisiones. En el coche camino al hostal La Favorita entablaron nueva conversación.

—¿Qué piensan de estos hechos? —preguntó Camiñano a los guardias civiles.

—Todo apunta a ser un accidente de caza, —se apresuró a responder el capitán Castaño—, no es el primero ni será el último, todos los años nos informan por estas fechas de este tipo de decesos, con la coletilla de que no perdamos mucho tiempo en seguir pistas que luego no conducen a nada. Ya te digo, Maxi, que si no hubiera sido por la histérica de la viuda no te hubiera llamado, pero ya sabes tenía ganas de verte.

—¡Un carajo, Cándido!, tú lo que no quieres es trabajar y por ello delegas, debo decirte que no está claro la teoría del accidente. ¿Usted que opina, Calleja?

—Hay algo que no me cuadra, no sé si es por las familias, por el karma que rodea la casa o por la intuición, pero no lo tengo claro, por otro lado, la secuencia de un accidente es bastante coherente, el hombre escuchó el vuelo de la perdiz, disparó una vez, repuso un cartucho volvió a disparar, fue entonces cuando se dispuso a correr para atrapar las pieza y tropezó con la piedra que encontramos en el sendero, y para protegerse en la caída usó la escopeta a modo de bastón, apoyándose sobre él y disparándose accidentalmente.

—¿Y no ha notado nada extraño?

—Quizás me ha llamado la atención que cuando miró usted la herida no estuviera quemada la piel por la pólvora, ni tampoco la ropa.

—¡Ese es mi hombre!, déjese de intuiciones, ni de karmas, y vayamos a los hechos, no cabe duda que se ha producido un asesinato, lo demuestra detalles como el que acaba de decir. El disparo no se produjo a bocajarro, como sería presumible en el caso de accidente, sino que al menos había un metro de distancia entre el arma homicida y la víctima, pero hay otros muchos detalles, en general no se recarga la escopeta hasta que se realizan los dos tiros y la víctima repuso un nuevo cartucho con el primer disparo.

—Hay más cosas —prosiguió Camiñano, —el hombre se calló hacía atrás, en contra de lo que parece, he observado que había una rama de aliaga con pinchos en el hombro izquierdo del chaquetón de la víctima, y al lado del sendero he reconocido los matorros en los que calló, uno de ellos una aliaga con pinchos igual al hallado en el chaquetón, ¿sigo?

—Tienes mucha imaginación, Maxi, datos todos ellos interesantes, pero no contundentes, ya sabes, en un cazador no es extraño encontrar restos de pinocha y cualquier otra cosa relacionado con la vegetación, te recuerdo que se sientan, incluso se tumban en el terreno para descansar.

—Claro, pero no sobre cardos o aliagas, y al principio de la jornada. Hay más, amigo Camilo, no cuadra en absoluto el lugar donde se encontró la escopeta, que según el cuñado, y te recuerdo que fue el primero en acudir al lugar, nos ha asegurado que estaba a la izquierda de Marcial Montés y debería estar en la derecha, dada la trayectoria de la herida.

—No lo veo, no lo veo…

—¿Y si te dijera que se escucharon tres disparos y que solo hemos encontrado dos cartuchos?

—¡Eso es imposible!

—Ya te digo que es posible, esa piedra grande en el camino ha sido una idea estúpida, hazte el ánimo, aquí hay trabajo.

El capitán Castaño algo contrariado dijo que era hora de tomarse la vida en serio y qué había que centrarse en una buena comida. El cabo Calleja dejó a los amigos en la puerta del hostal, no quiso participar en la comida a pesar de las insistencias de sus superiores, él dijo que volvería dos horas después para recogerlos y así volver a Mas de Olla.

Dado los contundentes menús del mediodía del hostal La Favorita, el inspector al entrar al comedor decidió que sería más prudente en el comer, no deseaba volver a casa de nuevo con tres kilos de más, pero poco o nada hizo para reprimirse de las delicias de la cocinera y la buena atención de Agustín, de suerte que, el policía se dejó llevar, recordando una frase que repetía su suegro, "lo bueno de las tentaciones es caer en ellas".

El cabo Calleja puntual a su cita recogió a Camiñano con la intención de acudir de nuevo a Más de la Olla. En el camino informó el guardia civil de las escopetas requisadas para su observación, un arsenal más propio de un cuartel de la Guardia Civil que de una finca de campo, en total recogieron once, todas con sus permisos de armas en regla. El anfitrión tenía tres, todas de marcas famosas y caras, como una Benelli antigua y muy pesada, con unos bellos grabados metálicos de bosque y aves en el cajón de mecanismo y madera noble para el guardamano y la culata, también su socio y amigo, Melecio Manzano tenía otra similar. Los demás participantes de la cacería tenían su propia escopeta, menos la víctima que tenía dos, una Aya fabricada en Éibar de cañones superpuestos, que es con la que salió de cacería y otra de cañones paralelos o yuxtapuestos que dejó en el armario.

El cabo Calleja se dedicó antes de acudir a la cita con el inspector en revisar las escopetas, e informó al policía que la de Marcial que no usó en la cacería, el cañón de la derecha estaba sucio. Ese día por lo que todos aseguraron y pudo comprobar Calleja, ninguno de los participantes que acudieron a la batida habían disparado antes de producirse el desgraciado incidente, solo se habían escuchado los tres tiros que presumiblemente hizo Marcial Montés antes de morir, por ello los cañones de todas las demás escopetas estaban limpios o casi limpios.

En cuanto a los cartuchos requisados, el cabo Calleja dijo que en la masía tenían más que en el cuartel, muchos reciclados y que todos los demás era de la mima marca, calidad, calibres... también habían de posta, apropiados para cazar jabalís, animales que comenzaban a hacer estragos en los rastrojos y terrenos agrícolas. Calleja destacó que entre los muchos cartuchos destacaba un buen número de ellos rellenos de forma artesanal, eran inconfundibles, los hacía el casero, tío Mina, para uso propio, a la vez este confesó que los usaba Marcial Montés, la víctima. Por último, miró los cartuchos en la recámara de la escopeta del muerto, algo que ya el inspector sabía, eran los reciclados por el tío Mina, no encontraron ni cerca ni lejos el tercer cartucho, un misterioso asunto.

A medio camino a Mas de Olla el vehículo de la Benemérita pinchó una rueda, con la desgracia añadida de que el gato estaba en malas condiciones, de una manera u otra, se les hizo de noche antes de reanudar el viaje, al inspector se les fue la gana de seguir con la investigación, de suerte que, a instancias suyas tomaron el camino de vuelta, "mañana será otro día", dijo al cabo Calleja; al llegar a la ciudad el policía compró un bollo y unas sardinas saladas o de bota. En casa se dispuso a encender la chimenea y a repasar el ajetreado día, comprobó que tres eran los sospechosos del homicidio si descartaban a los padres que, aunque fueron a la cacería, estaban en teoría lejos de la víctima y en principio. el padre o su socio eran hombres aparentemente respetable y se supone como dijeron que andaban juntos. En esos pensamientos estaba el inspector Camiñano cuando le invadió un fuerte cansancio y tras varios bostezos seguidos, envuelto en mantas se durmió.

Segundo día

Vázquez Camiñano, esa mañana se despertó como nuevo y con ganas de acudir a Mas de Olla, no tardó en aparecer el cabo Calleja, en esta ocasión, sin su capitán que se excusó por estar indispuesto.

Camino a la masía entablaron una conversación sobre caza, armas y costumbres. El cabo Calleja manifestó que durante años la actividad cinegética había sido un complemento importante de subsistencia en la comarca, dado la pobreza en la que se movía la población y que la Guardia Civil siempre hizo vista gorda ante el empleo de todo tipos de trampas para cazar animales, en principio prohibidas, como eran los cepos, las sogas, o el uso de liga o cola, lamentándose de ese nuevo movimiento de los señoritos de la ciudad que luchaban contra la caza y que no habían vivido en el campo.

Llegando el cabo Calleja y el inspector a Mas de Olla adelantaron a un sujeto en Mpbylette, era el casero, el tío Mina, que montado en su motocicleta iba dirección a la masía; al llegar dijo que ese domingo todos estaban en misa en la parroquia del Carmen salvo Melecio Miguel, el hijo mayor de don Melecio Manzano, estaba en la andana, pintando un cuadro que comenzó el día anterior, antes de la desgracia, y que quería terminar para regalárselo a la anfitriona, doña Martina.

El tío Mina manifestó su tristeza, apreciaba a don Marcial, siempre se comportó bien con ellos, lo conocían desde niño y su muerte fue un duro golpe. No entendía bien lo que había pasado, don Marcial era uno de los más prudentes en las cacerías, siempre llevaba la escopeta abierta y cuando se disponían a recorrer los campos mantenía el seguro. El tío Mina se ruborizó al confesar que desde hacía años recargaba los cartuchos usados, siempre con perdigones del número siete, que él consideraba más adecuados para diversificar la caza y no solo a la perdiz, tenía en el señorito Marcial a su mejor cliente, él aseguraba que eran mejores que los que se ponían en venta en las armerías, por ello, Marcial solo usaba esos cartuchos.

Cuando hablaron con María, la esposa de tío Mina y Mercedes su cuñada, poco o nada sacaron en claro, las mujeres desconsoladas por el acontecimiento, no podían casi ni hablar, apreciaban a Marcial Montés, y más a doña Martina, la madre de la víctima, no era justo que una mujer tan buena tuviera que pasar por ese trance, este domingo debían celebrar su santo y habían preparado un gran banquete, ahora no sabían que hacer.

Camiñano aprovechó el teléfono de pared de la masía, llamó al Instituto Médico Forense con el mensaje urgente para su amigo Calvo de que debía informarle del número de perdigón de la herida de Marcial, y comunicársela a la mayor brevedad posible, por faz al cuartel de la Guardia Civil o preguntando por él en la finca.

Antes de que llegara las familias intercambiaron unas palabras con Melecio Miguel Manzano, era el primogénito de la familia Manzano, se presentó con una sonrisa; de constitución atlética y bien plantado, nada tenía que ver, en cuanto al físico, a su hermano Modesto. Melecio Miguel vestía elegante, de maneras educadas y hablar tranquilo, cordial y animoso. Manifestó desde los primeros compases de la conversación que se mostraba enemigo de la caza, por ello desde hacía años no participaba en dicha actividad, afirmando que tarde o temprano la sociedad prohibiría o pondría vetos a esa actividad, sobre todo la caza con el uso de perdigones, que con frecuencia dejaba a los animales malheridos con el consecuente sufrimiento.

Melecio Miguel dijo que los ratos libres los dedicaba a la pintura. Justo el día anterior, mientras desayunaban antes de la cacería, le pidió a tío Mina que le trajera el lienzo en blanco ensamblado en un bastidor y la caja de pinturas que había olvidado en el coche de su hermano, estaba inspirado y cuando todos se fueron a cazar, él se encerró en la andana y comenzó a pintar un cuadro que quería regalar a la madre de la víctima por su santo, ahora no sabía que hacer; en los momentos difíciles, como el que estaban viviendo, se refugiaba en la pintura y en la música, ambas aficiones le ayudaban a evadirse de los problemas, por ello decidió seguir pintando ese bodegón y aislarse del mundo.

Melecio Miguel invitó al cabo Calleja y al policía que le acompañaran a la andana para ver el cuadro. El tema de la pintura era un bodegón que copió al natural de las cosas que había dispuesto en una mesa con un mantel rojo; una jarra cerámica de Manises pintada con motivos florales, de esas que llamaban traperas, unos ajos, tres cebollas dispuestas sobre la mesa y un puchero de barro cocido. El hombre explicó que donde estaba el puchero, había tres perdices que antes de conocer el terrible accidente había comenzado a esbozar, en general era una buena copia de los objetos que estaban en la mesa, salvo detalles en apariencia sin importancia, que una vez más anotó el inspector en su libretita. Melecio Miguel insistió en la diferencia de luminosidad del cuadro pintado antes del desgraciado accidente y lo que pintó luego, mucho más tenebrista, a la vez que retiró las tres perdices y así evitar recuerdos que tuvieran que ver con la caza.

Los agentes decidieron entrar en materia y Calleja le preguntó.

—¿En el supuesto de que su cuñado Marcial hubiera sido asesinado, usted por quién apostaría?

—¡Qué me están diciendo!, no entiendo la pregunta, a mi cuñado nadie lo asesinaría y menos un familiar, todos lo queríamos, olvídense de ese supuesto.

—¿No tenía enemigos?, ¿de verdad se llevaba bien con todos ustedes?

—Claro que sí, bueno…, con su amigo los vi discutir el día que llegamos.

—Se refiere a su amigo Manuel Martí.

—¿Quién si no?

—¿Sabe la razón de la discusión?

—Hablaban de su mujer, no pudo adivinar nada más.

Antes del mediodía las familias se reunieron en el vestíbulo de la masía, seguían consternados, no entendían que les retenía allí. Camiñano aún no había informado del asesinato, por lo que se presumían que Marcial había padecido un accidente, el inspector, y dada la violencia de la muerte, manifestó que era bueno para todos conocer cómo había ocurrido tal desgracia. Ante la insistencia del padre de Marcial de marchar a la ciudad, y preparar el entierro, el inspector le pidió paciencia, solo sería hasta mañana al mediodía, a fin de cuentas, no iban a entregar el cuerpo de Marcial, hasta terminada la autopsia.

Camiñano junto al cabo Calleja pidió a la viuda de Marcial que le acompañara a un apartado de la casa, ella era la única que insistía del asesinato de su marido con el disgusto de la familia. Marcela Manzano era una mujer de su tiempo, de buena presencia y figura bonita, solo le afeaba una nariz aguileña y su mandíbula inferior demasiado pequeña, vestía bien y ceñida para destacar su figura. Conversó con los agentes de forma más tranquila que el día anterior, le ofreció un cigarro al inspector, este lo aceptó, no sin antes quejarse de que no tenía voluntad para dejar de fumar, luego Calleja sacó un Celtas Corto y ofreció fuego a sus acompañantes.

—¿Por qué sospecha que su marido ha sido asesinado? —Preguntó Calleja a la mujer.

—No es una sospecha, estoy convencida de ello, anoche mismo me dijo que si no fuera por su padre, amante de la tradición y esa cacería era una de ellas, él no hubiera ido, tenía miedo, desde hacía un par de meses sentía que estaba amenazado de muerte.

—¿Podría explicarse mejor?

—Ese es el problema, que nunca me dijo la razón por lo que temía por su vida, la noche del viernes, antes de acostarnos, lo noté extraño, triste, con miedo, creo que no durmió, estaba muy nervioso y confuso.

—A lo mejor por eso tuvo el accidente.

—No lo creo, era el hombre más prudente que he conocido.

—¿La empresa de sus padres iba bien? —siguió interrogando Calleja, mientras el inspector seguía con sus dichosas notas.

—Creo que no, un día me dijo Marcial que, o tomaban medidas drásticas y aceptaban nuevos capitales para reflotar la empresa o posiblemente Montzano S.L. se iba al traste. Y ese es el problema.

—¿De qué problema habla?

—Mi padre y mi suegro estaban de acuerdo con Marcial y querían hacerlo director general de la empresa, por eso mis hermanos se enfrentaron a mi marido.

—Por lo que nos cuenta, sus hermanos los convierte en sospechosos.

—¡Qué dicen, imposible!, mis hermanos no son capaces de matar una mosca.

—Entonces… ¿quién ha matado a su marido?, solo nos quedan, su amigo Manuel Martí o su cuñado Mario Mogollón Mir.

—Usted lo ha dicho, mi cuñado es un hombre del que siempre he sospechado, desde que lo conozco ha pretendido medrar en la empresa, es economista y se aprovecha de sus conocimientos para criticar a mis hermanos y a mi marido, es un osado, se cree que lo sabe todo y me temo que no es trigo limpio; mi marido me contaba que con frecuencia discutía con él.

—¿Qué lío, no le parece?, el problema es que de todos los que participaron ayer en la caza, Mogollón era el más alejado de su marido, veremos que se puede hacer.

El inspector y Calleja cuando dejaron a la viuda pidieron a Mario Mogollón, el marido de Misericordia Montés, hermana de la víctima, que por favor se atuviera a hablar con ellos. No se equivocaba la mujer al comentar que Mogollón era un hombre osado, desde el primer momento manifestó la razón del porqué estaban los agentes, él también había llegado a la misma conclusión, su concuñado Marcial había sido asesinado, y no murió accidentalmente; por ello, Mogollón se adelantó a las preguntas de los agentes, tenía una buena coartada, cuando sonaron los tres disparos dijo que él saludaba a un agricultor que con un tractor estaba labrando una viña y precisamente hablaron a gritos de la cacería y los tiros, aún más, se ofreció a acompañar a los agentes hasta ese viñedo y de esta manera averiguar quién el día anterior estaba en aquel campo, presumiblemente fuera ya de la finca. Calleja siguió el interrogatorio.

—Otra cosa, puesto que parece que lo sabe todo y da por seguro que la muerte de Marcial es por un asesinato, ¿Quién lo ha asesinado?

—Eso tendrán que adivinarlo ustedes, pero les voy a ayudar, los veo algo desanimados, los abueletes descartados, ellos van a la cacería por caminar un rato por el campo, disfrutar del aire libre y hablar entre ellos, hace años que casi nunca disparan ni un tiro, y antes que ustedes llegaran, fui yo quien me encargué de sus escopetas y ya le digo que miré los cañones, limpios como patenas. Así que si por móvil fuera, les aseguro que son los hermanos Manzanos los que tienen más razones para matar a su cuñado, Marcial se estaba haciendo con la simpatía de los abueletes y era evidente que en poco tiempo se iba a hacer cargo de la empresa.

—¿Y qué me dice del amigo de Marcial?

—¿Quién, Manuel Martí?, el amante de su mujer, pues ahora que lo dice...

Estando con Mogollón se acercó una mujer que aparentaba algo más de veinte años, de bonito rostro y entrada en carnes, era Misericordia Montés, hermana de Marcial, esposa de Mogollón, ella sí iba de luto riguroso, y presentaba unas intensas ojeras, a pesar de ello se esforzó por causar buena impresión al inspector.

—¿Usted es Máximo, el inspector de policía?

—Si, señora y usted Misericordia, la hermana del difunto, le acompaño el sentimiento.

—Gracias, inspector, pero…, ¿sabe que he oído hablar mucho de usted?

—Supongo que mal, como siempre.

—¡Qué va, inspector! No sabe lo que le aprecia mi amiga Curra.

—¿Quién, Francisca Fernández? —el policía mostró un semblante de curiosidad, acompañada de una sonrisa.

—Claro, nos hicimos amigas cuando estudiamos mecanografía, desde entonces somos inseparables. Siempre que nos vemos habla de usted, dice que es el hombre más interesante que conoce.

—Creo que exagera. Dígame, Misericordia, ¿qué piensa de todo esto?

—Qué voy a pensar, inspector, estamos desolados...

Nada más pudo escuchar de la joven, desde ese momento no paró de sollozar, la dejaron en su pena, no sin antes darle las condolencias repetidamente.

Camiñano y el cabo Callejas se disponían a abandonar la masía cuando se acercaron los propietarios de Industrias Montzano S.L. Sus semblantes eran de tristeza extrema y la actitud de ambos de reproche, la razón de dicha conducta se debía a que les habían llegado comentarios de que Marcial había sido asesinado, algo que no les cabía en su entendimiento. Camiñano dudó un momento que camino tomar, al final decidió que era mejor revelar sus sospechas, prometiéndoles que harían todo lo posible para desenmascarar el misterio. Las palabras del inspector cayeron como un jarrón de agua fría en los hombres, sobre todo en Mauro Montes, padre de la víctima, no solo se negó a contestar a las preguntas, sino que les pidió que los dejaran solos, que necesitaban descansar y que nada de lo hablado debían conocer sus mujeres.

Camiñano miró su Patek Philippe, era la hora de comer, así que sin más preámbulos le dijo a Calleja que se iban. En el camino a la ciudad entablaron de nuevo conversación los agentes del orden.

—¿Qué le parece inspector? El mayor de los hermanos Manzano, Melecio Miguel parece que tiene una buena coartada, no acudió a la cacería y el hermano pequeño de los Manzano, Modesto, el que descubrió el cadáver, sabemos que no disparó la escopeta, los cañones de la misma estaban limpios, de suerte que, los que cree la viuda que son los culpables están descartados.

—Por esa regla de tres, amigo Calleja, según usted, ninguno de los que acudieron a la cacería sería el asesino, nadie disparó su arma, salvo la víctima.

—Ahora que lo dice, que lío, ¿no le parece?

—¿No se ha parado a pensar que el amigo Modesto pudo limpiar el cañón después del disparo?, tuvo tiempo de sobra para hacerlo, como cualquier otro antes de presentarse al lugar del homicidio, ¿se acuerda del corral a escasos metros del lugar donde encontraron a Marcial?, si el asesino fue uno de los que estaban más lejos pudo ocultarse allí después de matarlo, y acudir después, con tiempo para limpiar el cañón, le recuerdo que no es muy difícil, con un simple trapo y una varilla, incluso de caña fina; otra cosa es limpiarlo bien, ya sabe que se necesitan artilugios especiales, como un parche con disolvente, y cepillos ex profeso. Cuando llegue al cuartel repase el alma de los cañones, pueden quedar pequeños restos, que por las circunstancias lógicas la limpieza no habría sido exhaustivo.

—¡Vaya, eso no lo había pensado!, descuide inspector, cuando llegue me pongo al trabajo.

—Pero hombre, si no me acompaña, al menos coma usted Calleja, coma usted.

En el hostal La Favorita, le presentaron una olla podrida que no pudo rechazar al ofrecimiento de Agustín por repetir. Esperando al cabo Calleja le entró unas ganas locas por fumar de nuevo, desde que le ofreció un cigarrillo Marcela Manzano no hacía más que pensar en el tabaco, así que se echó la manta al cuello, pidió un cigarro puro a Agustín y se dispuso a saborearlo, momentos después entró Calleja que le reprochó su poca voluntad.

—No es usted el más apropiado, cabo, creo que fuma más de un paquete diario —le contestó Camiñano algo enfadado.

—Dos paquetes, inspector, pero yo no he decidido dejar de fumar, el día que lo haga será para siempre.

—Ya veremos, ¿qué sabe del capitán?

—Desaparecido, dicen que está en misión importante en la ciudad.

—Lo dejaremos por imposible, vamos a tomarnos una copa, mientras usted se fuma tres o cuatro cigarros y yo este puro.

—¿Y no pregunta por los cañones?

—!Ah!, los cañones. ¿Qué ha averiguado?

—Todos limpios, bueno… salvo el de Mario Mogollón, que sí tenía pequeños restos, era como si no se hubiera limpiado bien o lo hubiera hecho con prisas. Por otro lado, un agente de la Benemérita ha hablado con el agricultor con el que dijo entablar conversación con Mario Mogollón, dice que el hombre lo vio cazando, pero que en ningún momento escuchó un tiro y menos tres, claro que iba en el tractor.

—Vaya Calleja, por fin tenemos alguna sospecha fundada, ese Mogollón tiene un móvil, una mala coartada y el cañón poco limpio. Habrá que hacerle de nuevo una visita.

Salieron del hostal casi anocheciendo, se dirigieron a Mas de Olla, Les recibió el galgo Comerías y el podenco Zampón ladrando, el tío Mina fue el primero en salir del caserío, este les dijo que el ambiente era de desolación en la familia, y que un gran silencio recorría las estancias. A pesar de esforzarse su mujer y su cuñada en preparar una caldereta de cordero de un animal recién sacrificado, sobró más de la mitad del guisado del mediodía.

El hombre daba signos de consternación, asegurando que Marcial más que señor y dueño de la finca era su amigo. El casero les confesó que era don Mauro, el padre de la víctima, quien se ocupaba de comprar los cartuchos nuevos para todos, nadie más traía munición; el anfitrión prefería los cartuchos con perdigones del número ocho para la caza de la perdiz, influido por el consejo de un amigo, el dueño de la armería Villaplana. Al finalizar la temporada tío Mina les explicó que se desplazara hasta la ciudad en tren para devolver todos los cartuchos sobrantes, por lo que tenían garantizada una buena conservación de la pólvora. El viaje a la armería lo aprovechaba él para comprar por su cuenta pólvora suelta y perdigones.

El tío Mina aseguró que durante la caza recogía todos los cartuchos usados, para luego reutilizarlos. Siempre compraba un calibre de perdigón número siete y de 2,5 mm, distinto al que usaban el resto de cazadores, solo don Marcial y él utilizaban ese número de perdigón. Por ello, llevaba en la recámara dos cartuchos reciclados el día de su muerte. También informó el casero que el difunto era con mucho el mejor cazador de todos y no solo por puntería, que también, sino por criterio, prudencia y conocimientos, por ello se sorprendió de su muerte; dijo también que la razón de que usara ese calibre de perdigones era por su mayor versatilidad, dado que, con buena puntería, como era su caso, era mejor para el torcaz, la liebre o el conejo. Por último, dijo que el señorito Marcial se presentaba en la finca sin avisar con frecuencia y se iban a cazar juntos, por ello, además de conocerlo desde niño, poco a poco fueron entablando una amistad rota por el desgraciado accidente, luego ya no pudo contar más cosas, interrumpida la conversación por la emoción creciente.

Los agentes preguntaron por Mario Mogollón, les dijeron que después de comer se había ido a caminar por la finca y no había regresado. Al final se hicieron con el huidizo Manuel Martí, mantuvieron una corta conversación con él; negó desearle ningún mal a Marcial, era su mejor amigo, se conocían de niños; negó ser el amante de Marcela, la mujer de la víctima; y negó en resumen, que él tuviera nada que ver con la muerte de su amigo, dudando en todo momento con signos cada vez de mayor inquietud y nerviosismo de que alguien lo hubiera o hubiese matado.

Antes de marchar de Mas de Olla se acercaron hasta el salón, allí estaban las mujeres de la casa rezando el rosario, incluidas las caseras. En otro extremo, en la gran chimenea encendida se encontraban en sillones orejeros el anfitrión y su socio Melecio, estaban en silencio, como estatuas vivientes, al acercarse el inspector a ellos, Melecio hizo un gesto como de despedida, dando a entender que no deseaban entrar en conversación; las mujeres seguían rezando, y cerca de una ventana estaba ya el cuadro terminado de Melecio Miguel con una pequeña dedicatoria, "a Martina Más, con todo el cariño del mundo"; el inspector se acercó a mirarlo, tocó la pintura, repasó el bastidor y dijo a Calleja que el amigo Melecio Miguel era todo un artista, dado que en menos de dos días y en condiciones tan adversas, había pintado un cuadro tan interesante.

Antes de marchar los agentes de Mas de Olla, Misericordia Montés salió a despedirse del inspector, su expresión era de preocupación y sufrimiento, su marido, Mario Mogollón, se había marchado a pasear por el monte después de comer sin despedirse y sin saber nada desde entonces, algo poco habitual en él. Con una expresión más amable le dijo Misericordia dirigiéndose al inspector, que esa tarde había hablado de nuevo por teléfono con su amiga Curra y que ella le había animado mucho, y, palabras de su amiga, que estaba segura de que Cami llegaría a descubrir la verdad. Comentario que por momentos hizo soñar al policía, no cabía duda que era ella, desde la primera vez que se conocieron así lo llamaba.

La noche se echó encima, en casa, el inspector tuvo el tiempo justo de abrirse una botella de vino, encender la chimenea, probar un poco de bollo y escuchar uno de los pocos discos que en casa de la Villa tenía, un disco medio olvidado, se trataba de las cuatro estaciones de Vivaldi, música que de alguna manera, sin disgustarle, nunca la elegía. Escuchando el cuarto concierto, *L´inverno*, con el largo de su segundo movimiento, se quedó profundamente dormido.

Tercer día

Máximo Vázquez Camiñano se despertó de madrugada con una de esas pesadillas que a veces lo atormentaba, a pesar de la estufa encendida toda la noche, la sala no superaba la temperatura de doce grados, por ello, sintió al despertar un fuerte escalofrío, estaba sudado y con sensación de ahogo; acostado en el sofá, envuelto en mantas, recordaba el macabro sueño y como era lanzado con algo parecido a una catapulta al vacío, de suerte que su cuerpo comenzaba a dar volteretas, sintiendo un gran vértigo y angustia, a la vez, estando en el aire, veía brillar un pequeño objeto metálico en un lugar derruido y abandonado que pronto reconoció, era el corral cerca de donde fue abatido por un tiro de escopeta Marcial Montés, lo que más le impresionó fue que el pequeño objeto brillaba en el centro de un grupo de cuervos que temerosos no se atrevían a acercarse.

Camiñano al levantarse tuvo una premonición, se dio una ducha caliente, se puso muda nueva y colocó en el hornillo la vieja Magefesa, se dispuso a esperar al cabo Calleja, se sentía optimista a pesar del maldito sueño.

El guardia civil Calleja no entendía la razón de volver hasta la zona donde se produjo la muerte de Marcial Manzano. El inspector le pidió que primero había que ir al cuartel y pedir refuerzos para rastrear de nuevo la zona, le recordó a Calleja que, "cuando no se sabe bien lo que se busca, no se ve lo que se encuentra", y ahora tenían claro lo que había que buscar, que no era otra cosa que, el misterioso cartucho del primer tiro y aún dijo más, estaba convencido que era de cartón color rojo vinoso, como los comprados por el anfitrión de la masía y no como los usados por la víctima de color verde, esos mismos que se encontraban en la cartuchera y en la recámara de su escopeta.

Desde el cuartel de la Guardia Civil Camiñano llamó al Instituto Anatómico Forense, localizaron de inmediato a su amigo Calvo, después de los saludos cordiales, se le escuchó decir al forense.

—Tú te has vuelto chaveta, Maxi, ¿para qué quieres saber cuántos perdigones tiene el pobre hombre?, cien, doscientos, ¿qué más da?

—Creo que ha habido una confusión, no quiero saber la cantidad de perdigones, sino el peso y el calibre o diámetro de uno de ellos, yo quiero saber si es del siete con un diámetro de 2,5 o del ocho de menor calibre.

—Anda listillo, eso ya lo sé, descuida, los paso a balística, te llamo pronto. ¡Ah!, y lo mataron a más de un metro de distancia. Dile al padre del difunto que se ponga y así acuerdo el traslado a partir del mediodía de ese pobre hombre.

Los guardias civiles acompañados por el inspector se acercaron hasta el terreno donde murió Marcial Manzano con la orden de rastrear de nuevo el mismo, incluso se dieron instrucciones para que removieran si era preciso todo el estiércol del corral, tenía la intuición el inspector que, entre los escombros o enterrado en cagarrutas de ovejas estaría el dichoso cartucho, dando por hecho que lo encontrarían y advirtiendo que debían de tomar precauciones para conservar las huellas del mismo.

El inspector Camiñano y el cabo Calleja al llegar a Mas de Olla no fueron bien recibido y no solo por Comerías y Zampón, que les ladraron de manera especialmente cansina, detrás de los perros apareció el casero tío Mina para calmarlos, desde el primer momento los animales mostraron clara animadversión por los agentes, sobre todo por lo del tricornio y el uniforme verde. Tío Mina a preguntas del inspector aseguró que esa motocicleta guardada detrás del porche era de uso personal, pero que con frecuencia la cogía el señorito Marcial para ir a la ciudad o para coger el tren y de forma esporádica algún que otro invitado, no le supo decir si fue usada con seguridad en los últimos días, aunque era posible, dado que él siempre la dejaba muy pegada a la pared.

Ese lunes los huéspedes de la finca tenían prisa para abandonarla, querían preparar el funeral como se merecía el primogénito de don Mauro Montés y atrapados en la finca comenzaban a dar síntomas de enfado, impaciencia y desespero. El inspector informó al padre de la víctima y a su esposa Martina que esa misma mañana podrían partir, solo había que esperar a una importante llamada.

Misericordia Montés, la amiga de Curra y esposa de Mario Mogollón, se acercó al inspector, quería hablar con él a solas, entre lloros y súplicas confesó que su dolor era doblemente intenso, ya no era solo por su hermano muerto, ahora su marido, encerrado en sí, acusaba a su familia de que querían hacerle responsable de una muerte que él no había cometido, sobre todo culpaba a su hermana Marcela, por ello, el hombre se había encerrado en la habitación sin querer hablar con nadie, incluso hacía responsable a ella de dichas sospechas, la mujer dijo que su esposo, nunca se había comportado así y rogaba al inspector que tenía que hacer algo, estaba segura de su inocencia. Camiñano intentó animarla, le dijo que no se preocupara, que era algo pasajero, asegurando a Misericordia que pronto el hombre recuperaría esa alegría con la que hacía gala. Misericordia Montés algo más calmada agradeció las palabras de ánimo del policía.

Esa mañana se fueron reuniendo la familia Montés e invitados alrededor de la chimenea que con tanto esmero los caseros atentos al fuego mantenían permanentemente encendida; la sala conservaba una temperatura muy agradable, dado que ese lunes soleado, primer día de febrero, la temperatura exterior marcaba seis grados.

Melecio Miguel Manzano estaba esa mañana animado e invitó a Camiñano y al cabo Calleja a que observaran el cuadro, frente al mismo, iluminado por la luz de la mañana insistió en comentar una vez más, que el alma de todo artista se veía reflejado en su obra y por ello, los estados de ánimo influían con fuerza en la misma. Mirando la pintura les preguntó a los agentes.

—¿Ustedes notan cambios en la obra?

—Yo personalmente creo que la zona de la derecha, donde está el puchero lo veo como más oscuro —contestó Calleja.

—Exacto, veo que es usted observador, esa Olla está pintada como les dije sobre unas perdices, que dado las circunstancias las he quitado, después de conocer el desgraciado accidente.

—Lo que yo no entiendo es, ¿cómo pintó unas perdices si en ese momento no tenía ninguna como modelo?, y otra pregunta que me hago y me crea dudas, ¿cómo en menos de tres horas, que fue el tiempo máximo que tuvo para pintar hasta que recibió la noticia, realizó más de medio cuadro? —dijo el inspector, dejando durante unos segundos en el ambiente un silencio extraño.

—Bueno…, usted sabe que son muchos años acudiendo a este lugar y he visto miles de perdices, por otro lado, solo estaban esbozadas en espera del retoque definitivo, en cuanto a que pinté medio cuadro, también debe saber que cuando uno está inspirado y fluyen las energías es fácil avanzar rápido.

—Sí, eso debe ser. Otra cosa, ¿esa pintura en algún momento la expuso al sol o esta noche ha estado cerca de la chimenea?

—¿No, por qué lo dice?

—Por nada, hombre.

Modesto Manzano, que había hallado muerto a su cuñado Marcial, confesó al policía que en toda la noche no pudo dormir, no entendía lo que estaba ocurriendo, sugiriendo al inspector una y otra vez que era muy posible que estuviera equivocado, Camiñano le animó y en cuanto a eso de no poder dormir no era un caso único, estaba seguro que en la masía, esa noche nadie había pegado un ojo.

Manuel Martí el amigo de Marcial Montés, esa mañana estaba algo nervioso y se le vio caminando cabizbajo y a paso ligero por las afueras de la masía, en un momento determinado se acercó hasta el inspector y cogiéndole del brazo le rogó que le acompañara, necesitaba hablar con él. Manuel Martí le dijo que le había ocultado un importante hecho y que tarde o temprano iba a descubrirse, por ello, confesó al policía que desde hacía un año era el amante de Marcela Manzano y que estaba preocupado, dado que, desde la muerte de su hermano, ella se negaba a hablar con él, era muy posible que Marcela sospechara de que él fuera el asesino, le rogaba casi suplicante que le creyera, él siempre apreció a Marcial y ahora estaba avergonzado de traicionar su amistad, pero insistía que nunca, nunca pensó de que sus problemas se fueran a resolver con un asesinato.

En estas cosas y otras parecidas estaban el cabo Calleja y el inspector en Mas de Olla cuando sonó el esperado teléfono, el inspector Camiñano escuchó de su amigo el forense lo que quería oír, los perdigones hallados en el cuerpo de Marcial Montés eran del número ocho sin ninguna duda, el diámetro del perdigón era de 2,3 mm, incluso habían pesado diez perdigones y daban la cifra exacta de 0,71 gramos. Luego se puso el padre de Marcial para hablar a donde remitían el cuerpo de su hijo y así organizar el funeral.

Como si todo fuera rodado esa mañana, los guardias civiles mostraron al inspector un cartucho rojo vinoso envuelto en un sobre de plástico, de los que ese año compró don Mauro Montés en la armería Villaplana. A pesar de las prisas que a todos los presentes les entró para marchar a la ciudad, al enterarse de que en unas horas podrían por fin velar el cadáver, y organizar un funeral como se merecía Marcial Montés para el día siguiente, Camiñano les dijo que era el momento de hacer una importante revelaciones y que debían estar todos presentes, por ello, el cabo Calleja tuvo que acercarse hasta la habitación del matrimonio Mogollón, dado que a su mujer, Mario Mogollón no le hizo caso. Una vez reunidos todos, Camiñano con voz potente hizo un relato de lo sucedido esa fría mañana de sábado en la finca de Mas de Olla.

—Lamento comunicarles a todos ustedes que Mario Montés fue asesinado con toda seguridad, son muchas las pruebas que así lo atestiguan, no me explayaré en los detalles, solo decirles que a Mario nunca pudo descargársele la escopeta accidentalmente, dado que le dispararon a más de medio metro de distancia y no a bocajarro, como hubiera sido en caso de un accidente; las heridas de la piel sin pólvora son concluyentes, pero aún hay más, la dirección de los proyectiles, o la forma como se encontró la escopeta no encajan con un accidente, debo decir que quien lo mató no era un experto en el arte de preparar un escenario creíble.

Tras un breve receso, prosiguió hablando el policía.

—El primer sospechoso debía de ser usted, señor Modesto, era el que más cerca estaba de la víctima y por lo tanto con mejor acceso sin que nadie lo viera, se mostró desde el primer momento muy nervioso, tenía motivos para hacerlo desaparecer desde que su padre y su socio, el padre de la víctima, estaban dispuesto a nombrar a Marcial como nuevo director general de la empresa...

—Eso no es cierto, usted me está acusando de... —gritó Modesto Manzano muy alterado.

—Tranquilo, hombre, no lo estoy acusando de nada, todo lo contrario, solo le he dicho que fue el primer sospechoso. Cuando hablamos con usted adivinamos que era imposible que fuera un asesino, sus sentimientos lo delataron y nos dimos cuenta de que no ocultaba ninguna información, todo lo contrario que Manuel Martí, nos mintió en un principio, no vamos aquí a revelar sus secretos, solo les diré que él tampoco mató a su amigo Marcial, hemos descubierto su coartada sin que usted lo supiera; según nos contó don Mauro Montés cuando se escucharon los disparos, al cruzar un rastrojo lo vio a más de medio kilómetro del lugar de los hechos. Así que nos quedan el primogénito de los Manzanos, Melecio Miguel y Mario Mogollón —tras un respiro, prosiguió el inspector señalando a otro de los presentes. —Usted, Mogollón, nos ha intentado engañar con pruebas si no totalmente falsas al menos apañadas, eso de saludar al agricultor justo cuando escuchó los disparos era una buena idea de ser cierta, pero el hombre a usted lo saludó unos quince minutos antes de escucharse los disparos, vamos cuando se posicionaron al comenzar la batida y debe saber que él no escuchó ningún tiro de escopeta al tener en marcha el tractor, algo que no cayó en su cuenta, usted que lo sabe todo; pero hay más, le pongo en conocimiento que antes de comenzar una cacería, sea al ojeo, al gancho, a la espera, al rececho o de la índole que sea, hay que limpiar el alma de los cañones de las escopetas y la suya la encontramos con suciedad o no la limpió bien antes de salir de caza o no la limpió bien después de que disparara a su cuñado Marcial, pero debo decir...

—Vamos ahora resulta que soy un asesino por el hecho de no limpiar bien la escopeta —dijo Mogollón muy alterado, cortando la palabra al inspector, —pues se equivoca, la limpié y es testigo Modesto, que fue quien me dejó su trapo y su varilla, muy pobre inspector, muy pobre son sus pruebas contra mí.

—Tiene razón, porque no es tampoco usted el asesino.

—El cabo calleja que había estado atento a las reacciones de los asistentes comprobó como Melecio Miguel Manzano cada vez se sentía más incómodo y amenazado. Por momentos el guardia civil pensó que saldría huyendo por la puerta, por ello cubrió la salida. Melecio Miguel al escuchar las últimas palabras del inspector se dirigió a él.

—¿No estará insinuando que el casero es un asesino?

—No exactamente, señor Manzano, tío Mina estuvo en todo momento con su padre y don Mauro Montés y le recuerdo que no llevaba escopeta.

—¿Entonces fue su hermana Misericordia, instigada por su marido?

—Tampoco, amigo Manzano, es usted muy atrevido y ya le digo que las mujeres todas estuvieron juntas en la cocina esa mañana hasta que conocieron el deceso.

—Pues tuvo que ser Martí o quizás yo me inclino por Mogollón, ¿sabía que de joven era un gran corredor?, ¿No ha pensado que quizás fuera algún enemigo suyo que, sabiendo eso de la cacería, se acercó por la finca esa mañana, y aprovechó el momento para ajustar cuentas?

—No se esfuerce, también eso lo hemos estudiado, pero no hay huellas de nadie más que las de ustedes.

—Pues no lo entiendo, tendrán que buscarlas.

—Eso hemos hecho, la cosa es bastante sencilla, usted es el asesino.

—¡Está loco, señor, rematadamente loco!, dile Marcela que yo estuve todo el tiempo en la andana pintando —gritó Melecio Miguel al escuchar esa afirmación tan rotunda del inspector.

—Eso sería una buena coartada, si no fuera porque hay una salida al exterior desde la andana sin pasar por la casa.

—¿Está insinuando que fui hasta el lugar donde estaba mi cuñado y lo maté?, le recuerdo que yo no tengo llave de los vehículos, vine con mi hermano Modesto, no tengo ni idea de usar un arma, Marcela, por favor, díselo al policía ese.

—Efectivamente, ni tiene idea de armas y no tiene llaves de los coches, ni falta que le hizo, le sobró coger esa Mobiylette que tanto cuida tío Mata, pero cometió un error garrafal, o mejor dicho otro más, al dejarla separada de la pared.

¡Y qué!, podría alguien haberla movido.

¡Exacto!, usted la movió y algo más, viajó hasta el punto donde mató a su cuñado, esta mañana hemos recorrido de nuevo el lugar, ¿y sabe que hemos descubierto?, huellas de las ruedas de esa motocicleta cerca del lugar de los hechos.

¿Y qué?, tío Mina se pasa la vida recorriendo esos caminos, ¿cómo no iba a encontrar huellas de esa motocicleta en el corral.

¿Cómo sabe lo del corral?, según usted nunca ha estado en ese lugar —dijo Camiñano ante un hombre acorralado.

En esos momentos el ambiente era de gran consternación, la madre de Marcial Montés comenzó a sollozar arropada por Misericordia que seguía absorta por los acontecimientos, Melecio Miguel viéndose acorralado volvió a la carga con voz cada vez más agresiva.

¿Y qué me dice del cuadro?, explíqueme cómo es posible pintar medio cuadro en dos horas, díselo hermana, tú lo viste antes de que nos dieran la mala noticia.

—Eso también fue otro error garrafal, enseñar ayer ese cuadro, pensando que le ayudaría a tener una coartada, enseguida nos dimos cuenta de que no pudo pintarlo esa mañana, le recuerdo que el óleo necesita al menos veinticuatro horas para secarle, y usted mismo hace un rato me aseguró que ni lo puso al sol ni junto al fuego.

—Pues mire, ahora que lo dice, lo dejé en la ventana de la andana y recuerdo que le daba el sol. Tío Matas, dígale a ese señor que me trajo el lienzo en blanco, lo había dejado en el coche de Modesto, cuénteselo al inspector.

—No insista más, está perdido, el lienzo que trajo estaba cubierto con un trapo blanco y grapado al bastidor, ni siquiera se preocupó de retirar alguna grapa que quedaron sobrantes, unas sobre el trapo y otras sobre la madera del bastidor, y aún hay más, la jarra de agua, esas que por aquí llaman traperas, y que pintó usted, según dice esa mañana, no era la misma que había expuesta en la mesa, su tema floral la delataba.

—Tonterías, todo tonterías, no tienen pruebas contra mí, usted delira, necesita un chivo expiatorio y la ha tomado conmigo.

—En eso de las pruebas dice la verdad, todas ayudan a saber que es usted un asesino, pero quizás con un buen abogado se puede librar del garrote vil, pero me temo que no va a ser así y lo siento, no por usted, sino por todos ustedes, porque a la pérdida de Marcial Montés, ahora se suma otra desgracia aún más dolorosa si cabe, y es tener un hijo asesino, debo informarles que hemos encontrado el cartucho homicida, justo con el que mataron a Marcial, en este cartucho estoy seguro que estarán sus huellas dactilares, señor Melecio Miguel, usted se tomó la molestia de limpiar el arma por fuera, y ocultar el cartucho, pero dudo que lo limpiara, y otra cosa, ¿no sabe que cuando se dispara un arma deja en el alma del cañón suciedad?, se nota que no es usted cazador. No entiendo cómo se puede planificar un asesinato con tanta antelación y luego cometer errores garrafales, como no dejar el cartucho en el bolsillo del difunto, claro que estoy seguro que no sabía que hacer con él, supongo que al ver la cartuchera llena, se deshizo del mismo de la peor manera posible, cerca del lugar, con lo grande que es el campo. Por cierto, ¿Me enseña el hombro?

En la sala por momentos se escucharon exclamaciones de desesperación, sobre todo de las mujeres que no pudieron soportar tanta tensión al ver como los guardias civiles se llevaban a Melecio Miguel esposado.

Antes de abandonar Mas de Olla Camiñano y el cabo Calleja, se acercó Misericordia y su esposo cogidos del brazo, Mario Mogollón les dio la mano a los agentes en silencio y Misericordia un beso sentido en la mejilla a Camiñano.

El cabo Calleja en esta ocasión aceptó comer en La Favorita, una vez más Agustín no defraudó, con los cafés, las copas de brandy y los cigarrillos se les escuchó decir a los amigos.

—Tendremos de nuevo que hablarnos de tú, ahora que estamos libres de protocolos e investigaciones engorrosas, ¿qué te parece, Calleja?

—Como en los viejos tiempos —dijo en broma el cabo.

—Eso, como en los viejos tiempos, al menos hace ahora un mes que ya no nos tuteábamos.

—Lo que no entiendo, amigo Máximo, ¿es por qué en todo momento has hablado en plural en casa de los Montés?, el mérito es solo tuyo, yo no sospeché del asesino hasta el último momento, el hombre había preparado una coartada perfecta.

—Como ves, querido Calleja, no tan perfecta, ese plan, a pesar de haberlo planeado con tiempo, pienso que fue una chapuza, te recuerdo que en los detalles están las respuestas, no lo olvides y debo decirte que tu colaboración ha sido determinante para atrapar a ese desalmado.

Antes de abandonar la Villa, se acercó Camiñano a su casa, puso la basura en una bolsa, hizo la maleta, cerró la general del viejo cuadro eléctrico, cerró el grifo del agua y vació las cañerías por miedo a que se congelasen y se dispuso a partir, acompañado por el cabo Calleja se dirigieron a la estación.

Una vez en el tren de camino a casa, el inspector tuvo la sensación de que descarriaban debido al ruido escandaloso de las llantas sobre las vías, la velocidad del mismo cada vez más acelerado, el bamboleo exagerado de los asientos, los momentos de oscuridad por los túneles por los que pasaban, etc., y que venció el convoy un fuerte desnivel aparentemente descontrolado de más de quinientos metros en pocos kilómetros. Menos mal que al llegar al llano la velocidad del tren se calmó, quizás en demasía, dado las múltiples estaciones en las que se detuvo. Después de las casi dos horas de viaje para recorrer menos de setenta kilómetros, el inspector, una vez en la ciudad, tuvo deseos de besar la tierra, se contuvo.

Ese lunes estaba contento, cuando llegó a casa anochecía, se dio una larga ducha caliente, se puso ropa cómoda, se fue directo al estante de música en busca de una de sus sinfonías preferidas, la tercera de Sibelius, obra en tres movimientos. Desde los primeros compases de las cuerdas bajas del allegro moderato, Camiñano de pie, en medio del salón, batuta en mano, sintió una fuerte emoción, el original y poco común lenguaje de la obra que trasciende la mente humana, sus compases mágicos y sus ensoñadoras motas musicales, dejó al policía un poso de serenidad y un ánimo renovado.

Finalizados los últimos compases del quebrado acorde del metal del tercer y último movimiento y antes de sentarse en el sofá, sonó el teléfono, al escuchar una voz de mujer el corazón le dio un vuelco, era Curra.

—Buenas noches, inspector, Misericordia me ha contado lo sucedido esta mañana, creo que nunca podrá agradecerle lo que hizo.

—No hice nada especial, Curra, solo cumplíamos con muestra obligación.

—Cami, ¿aún está en pie la invitación para comer en el chiringuito que tienen tus amigos en la playa?

—Pues claro, mañana es martes y tendrá el mejor pescado del mundo.

Lo que ocurrió el día siguiente y el resto de la semana es cosa algo confusa, se sabe que ese martes fueron en Vespa hasta Casa Lola, que luego dieron un largo paseo por la playa, que Curra por primera vez en muchos años pidió una semana de vacaciones, aprovechando la menor actividad en los grandes almacenes una vez finalizada la temporada de rebajas, que se vieron todos esos días, en barca por el lago próximo a la ciudad, en lo alto de la torre de la Catedral, en la buñolería de moda, etc., y que siempre estaban alegres y felices.

Algunos vecinos aseguraban que durante esa semana en casa del inspector no se escuchó música, e incluso hay quien dijo que le acompañaba a su casa una mujer de figura despampanante, dejando en las zonas comunes de la finca un aroma a orquídeas, lavanda, jazmín..., muy sensual, que algunos reconocieron como un perfume de Esteé Laurel. Esto de la mujer en casa del policía, no se sabe a fe ciega, bien pudiera ser invención de algún vecino, que intentaba explicar por qué no se escuchaba en la finca música.

Entre viñas y capirotes

Viernes Santo

Máximo Vázquez Camiñano durante un largo período, después de regresar de su pueblo natal, disfrutó de cierta tranquilidad en la comisaría, al no tener que enfrentarse a ningún caso de homicidio, nada que ver con sus compañeros encargados del orden público, que día sí y día también, tenían que acudir a manifestaciones cada más numerosas y organizadas, sobre todo en los distritos universitarios.

Quien estaba cada vez más alterado en la comisaría era Calatrava, desde que asesinaron a su amigo Melitón Manzanas sufría arrebatos de ira y presentaba un carácter irascible e inestable, luego nada de las amenazas se cumplían, haciendo bueno el refrán de: perro ladrador, poco mordedor.

—¿Se da cuenta a donde vamos a parar?, Camiñano.

—¿De qué tengo que darme cuenta, señor?

—¡De qué va a ser!, se ha perdido la autoridad, se aprovechan del estado de salud de muestro generalísimo Franco, nunca debió ceder al chantaje, esos asesinos de ETA se han salido con la suya, qué amnistía ni que puñetas, al paredón, a la horca, al garrote vil, ¿se da cuenta, Camiñano? Y hay más, mucho más.

—¿A qué se refiere?

—¡No se entera, hombre de Dios!, el mundo se desmorona, desde que esos listillos han tomado el poder, aprovechando la edad de nuestro Generalísimo, todo va a peor; ese Tarancón, un rojo, después de lo que Franco ha hecho por la Iglesia... Ahora las mujeres quieren trabajar, ¿y a los hijos quién los cuida?; Nadie se esfuerza, solo reclaman derechos y no quieren obligaciones, ¿qué le parece esa moda de emigrar a las ciudades?, que se pudra el campo, y claro, luego vienen las protestas, que si no tienen viviendas, que si no tienen trabajo... ¿y esas extranjeras que vienen para enseñar no sé qué?, cómo si nuestras mujeres no valieran diez veces más, ¡qué se queden en su tierra!, Camiñano; ¿y que le parece ese principito con cara de lelo?, yo no lo veo, no lo veo, no sabe ni leer y me temo que como buen Borbón volverán a las andadas, solo quieren medrar y aprovecharse de la gente, ¡ah!, y follar, sobre todo follar.

—¿Y qué propone usted?

—¿Cómo que qué propongo?, a estas alturas aún no lo sabe, devolver el poder a los patriotas, esos deben liderar España, la Falange, Camiñano, la Falange, apoyada por los militares, única manera de que se devuelva la paz y el orden, como la que hemos disfrutado tantos años, mano dura, eso propongo, ayer mismos unos desalmados pararon un camión de Coca Cola frente a la Facultad de Medicina y subieron las cajas de bebidas hasta el tejado, menos mal que nuestra policía armada hizo bien su trabajo y han pescado a más de cien delincuentes, ¿se ha enterado Camiñano?, ¡cien rojos!

—Sí, algo he oído, aunque debe saber que en Europa nos miran como bichos raros.

—Envidia, Camiñano, mucha envidia y luego está Rusia, que no perdona que los hallamos vencido, usted sabe muy bien que aleccionan a jóvenes dándoles dinero y diciéndoles mentiras.

—Cuando hablo de Europa, no me refiero a la URSS, sino a Italia, a Francia, a...

—¿No será usted un rojo de esos?, mire que lo empapelo.

Cándido Calatrava, se acercaba poco por la comisaría, cuando hacía acto de presencia, contaba la misma cantinela; después de unos años de relativa tranquilidad, desde el asesinato de su amigo, el comisario Melitón Manzanas y años después el comienzo en Burgos del Consejo de Guerra a los asesinos de su amigo, Calatrava cada día daba más síntomas de impaciencia, nerviosismo y enfado, de suerte que, nadie intentaba molestarle, solo Caballero, un hombre de pocas luces, tartamudo y de padre falangista seguía el juego a Calatrava, atreviéndose en algunas ocasiones alzar el brazo a la manera nazi, con la venia de su superior, en vez del saludo militar al uso.

Camiñano se dejaba llevar por el devenir de los días; escribir informes insulsos sobre robos sin intimidación; pasear por el rastro los domingos, a veces acompañado de Casas que comenzaba a sentir por las fotografías antiguas una curiosidad creciente;

acudir a la escollera del puerto donde se pasaba horas mirando el mar, o escuchar música a última hora de la tarde.

El viernes de Dolores de ese año, Camiñano recogió una carta urgente y certificada remitida por su prima Catalina, en ella informaba de una malísima noticia, su padre estaba muy enfermo, el hombre era tío del inspector, el hermano menor de la familia, padecía un cáncer que lo estaba consumido por días, y ese año por primera vez desde que cumplió dieciocho años no iba a poder acudir a los actos procesionales de la Semana Santa de la ciudad. Junto esa desgraciada noticia, Catalina le notificaba el deseo de su padre para que asumiera el relevo de tan importante tradición familiar, dado que era el único varón de los Camiñano y que desde el siglo pasado siempre estuvieron representados en la cofradía del Santísimo Ecce Homo, que tenían su sede y guardaban su imagen en la iglesia de El Salvador, en la Villa de la ciudad.

Camiñano organizó la partida a su ciudad natal informando en la comisaría de su ausencia por unos días, Casimiro Casas al enterarse de la razón de la ausencia de su jefe inmediato, le entraron ganas de acompañarle aunque solo fuera para asistir a una procesión, estaba informado que era la más auténtica de toda la región por su austeridad y respeto, y no solo eso, deseaba acudir a La Favorita y comprobar por sí mismo, después de escuchar innumerables veces al inspector los guisotes que en ese lugar se hacían. Así que organizaron la marcha en el coche del oficial Casas hasta la ciudad natal del inspector a primera hora del Viernes Santo.

Cuando Camiñano presentó a Casas a su prima Catalina, éste se quedó absorto, no imaginaba que la mujer fuera ni tan joven, ni tan guapa, Camiñano le explicó a su ayudante que su padre y su tío se llevaba más de diez años, y que además éste último, casado por segundas nupcias, tuvo a Catalina siendo ya mayor.

Catalina Vázquez Capella era una joven guapa, su pelo castaño y rizado contrastaba con unos ojos vivos, grandes, claros, sin saber muy bien si eran grises o azules, su nariz respingona y una boca pequeña y muy sensual la hacía especialmente atractiva, tenía mofletes que se mostraban con frecuencia coloreados, sobre todo en el frio invierno que no desmerecía su belleza, dado que le daba una gracia especial; su cuerpo con dieciocho años recién cumplidos era ya de una mujer formada, o dicho de otra forma, el de una joven hecha y derecha, resaltando sus contornos femeninos, como unos pechos bien definidos, dentro de una figura fina y grácil; era de trato agradable, confiado, algo vergonzosa, de voz templada y palabras atolondradas, destacaba su sonrisa siempre presente y su alegría contagiosa, estar cerca de ella invitaba al optimismo. Catalina tuvo que dejar los estudios, a pesar de sus excelentes notas, para cuidar a su padre enfermo, algo que no le supuso un gran sacrificio, era una joven que maduró precozmente.

Una vez realizados los saludos protocolarios, Camiñano se quedó hablando un buen rato con su tío. Catalina en su carta no exageró un ápice al decir que su padre ya no podría procesionar esos días, hacía tan solo unos meses que había visto a su tío por última vez, y sabía que estaba enfermo, pero nunca imaginó un deterioro tan rápido, al verlo encamado, demacrado y tan débil le produjo gran tristeza.

Su tío le contó que su hija había preparado todo para que tomara la responsabilidad de seguir la tradición, y los hermanos de la cofradía del Santísimo Ecce Homo esperaban la incorporación inmediata del policía si lo deseara o desease; su tío había llegado al cargo de mayordomo después de una vida dedicada a la hermandad, que desde su condición más humilde de hermano de carga, penitente o costalero ejemplar, después de más de veinte años llegó al cargo actual, del que se sentía orgulloso. Camiñano le prometió integrarse en la cofradía como penitente mientras viviera y así seguir la tradición familiar.

Casas por momentos se sentía cada vez más optimista, algo que no pasó desapercibido a Camiñano, su ayudante se empeñó, dado que esa misma noche, después de la procesión del Santo Entierro partía a la ciudad debían comer en el hostal La Favorita, insistiendo a Catalina que debía acompañarles, la joven se ruborizó al escuchar la propuesta, pero su padre le dijo que ya era hora que se dejara de ocuparse las veinticuatro horas de él, así que se arregló y se dispuso a salir a comer con su tío y su apuesto ayudante.

La conversación entre tío y sobrino esa mañana se alargó por más de una hora, fue mucha la información que quedaba pendiente entre ellos y que por las circunstancias de la vida no salieron a la luz. Su tío habló de su hermano como nunca lo había hecho, al ser diez años mayor cuidaba de él, quizás por eso lo recordaba con celo y cariño. El hombre informó al inspector que su padre fue uno de los fundadores del movimiento cooperativista y colectivista que comenzaba a hacer furor en la España de la República, de manera que en el año de 1935 un grupo de agricultores, entre ellos Máximo Camiñano, el padre del inspector, fue un miembro destacado a la hora de fundar el Sindicato Agrícola Vinícola, germen del que treinta años después, sería una de las cooperativas vitivinícolas más importantes por su calidad, número de afiliados y coherencia, llegando en el año que estaban, a más de dos mil socios.

Camiñano por motivos distintos y fáciles de adivinar, siempre intentó estar alejado de la historia familiar y más de la vida de su padre, pensaba que asumir la realidad era demasiado dolorosa. En esta ocasión decidió que era su obligación escuchar el testimonio en primera personal de un testigo de los hechos que garantizaba la verdadera realidad histórica de aquellos años tristes.

Su tío esa mañana, a pesar de su estado crítico, al ver a su único sobrino sentado junto a su cama y dispuesto a escucharle, tuvo el irrefrenable deseo de contar la historia de la familia, para él, su hermano, el padre del inspector, había sido un referente en su vida, un hombre valiente, decidido e inteligente, a pesar de que solo tenía estudios primarios pronto destacó en los movimientos asociacionistas, siendo miembro destacado de la UGT.

Máximo Camiñano deseaba como nadie hacer justicia en las graves y profundas desigualdades que existían en una España pobre y analfabeta, anhelaba sobre todo una redistribución en el reparto de las tierras, por eso era defensor de la reforma agraria que el gobierno de la II República inició nada más comenzar su periplo; la tierra para quien la trabaja, esta debía de estar ocupada según las capacidades, voluntades y compromisos familiares, eliminando de pleno los grandes latifundios que no conducían a otra cosa que a perpetuar la injusticia y la pobreza. Su tío confesó la desesperación de un hombre que había pasado del optimismo más radiante en los primero años de la proclamación de la República a la realidad más triste unos años después, al ver como todas las esperanzas puestas en la reforma agraria que tanto prometía, quedara al final en agua de borrajas.

Confesó su tío a Camiñano que su padre adelantándose a su tiempo fue uno de los promotores del movimiento de colectivización y cooperativismo, actividad que cambió por otra, la de miliciano, al ser interrumpida el orden constitucional abruptamente en el año de 1936 por el golpe contra la vida y la legalidad por los fascistas. Máximo, el padre del inspector, desde el primer momento no dudó de defender la constitución de la República con las mismas armas que sus agresores.

Las noticias que llegaban del frente de batalla a manos de su hermano en ese primer año de guerra fueron pocas, y para el inspector, entonces un niño de once años aún menos, éstas, siempre por cartas, el policía nunca se atrevió a leerlas, su tío las guardaba debajo de la ropa en el último cajón de la cómoda, como si de un objeto valioso y robado se tratara; esa mañana, cuando se dispuso a leerlas, en un principio con ánimo y resolución lo hizo en voz alta, circunstancia que duró poco, la emoción primero, acompañado de un sentimiento de afecto creciente, pronto se convirtió en desasosiego por no decir de rabia, lo que hizo que a las primeras líneas de lectura desistiera de seguir en voz alta; un silencio recorrió la estancia hasta que levantó sus ojos nublados por la emoción, nada dijo cuando dejó de nuevo las misivas en la cómoda, donde desde el año 1937 estaban guardadas.

El testimonio de valentía y compromiso de su padre en defensa de unos valores que se perderían irrefutablemente si retrocedía en el campo de batalla, le condujo, víctima de unos ideales, a la muerte. Su acto de valentía en el campo de batalla en el frente de Teruel, ahora dejaba incógnitas, y escuchó su tío decir en voz baja al inspector: ¿para qué, padre?, ¿para qué, tanto sufrimiento?, al mismo tiempo que sentía una voz en su interior que decía: para todo hijo, para todo.

Camiñano después de preparar y probarse túnica, capa y capirote de la hermandad, y comprobar que le venía como anillo al dedo, se despidió de su tío y acompañado de Casas y la joven Catalina se fueron a comer a La Favorita. Agustín tenía preparado un menú especial, recordando a los presentes que era día de abstinencia, por ello de primero había preparado una sopa de ajos y de segundo un plato de bacalao a la tradición castellana, a base de vegetales y de tubérculos como ajos, cebollas y patatas. mezclándolo todo con un revuelto con huevos, y que su mujer mejoraba añadiendo verduras, como puerros y espinacas o legumbres tipo garbanzos, a la manera de un potaje de vigilia, de suerte que el plato resucitaba a un muerto.

Casas estaba feliz, repitió el potaje y sorprendió al inspector por su locuacidad y especial simpatía, al mismo tiempo que la joven Catalina reía sus gracias, estaba claro el motivo de dicho comportamiento de su ayudante y su joven sobrina.

La sobremesa se hubiera alargado si de Casas dependiese, pero las nuevas obligaciones apremiaban, había que estar a media tarde en la Iglesia de El Salvador, y aún había que vestirse; su sobrina tenía dispuesto todo y con las instrucciones precisas dadas por su padre para la presentación en la cofradía. Ese día iba a procesionar con cirio pascual delante de la imagen del Ecce homo, con el tiempo se había comprometido a acudir a los tres ensayos al años siguiente con el fin de ser costalero.

Catalina presentó a Camiñano a varios de sus nuevos hermanos de la cofradía en la iglesia de El Salvador, todos lamentaban que ese año y por primera vez no pudiera estar presente su tío, al mismo tiempo que daban la bienvenida al recién incorporado nazareno; a pesar del nerviosismo de los preparativos momentos ante de salir en procesión, Camiñano tuvo la ocasión de intercambiar unas cortas palabras con el hermano mayor, don Iluminado Iranzo, un hombre alto y corpulento, a la vez que activo, simpático y locuaz, el hombre saludó a Camiñano, sabía que era policía, aunque no lo relacionó con la brigada criminal, ni con los sucesos acaecidos en la región; también tuvo ocasión de conocer al párroco o preste, y a Ifiginio Iglesias, secretario de la cofradía, con él entabló una larga conversación sobre las dificultades que desde antaño padecía la hermandad y que siempre era bienvenido gente nueva; el hombre de constitución pícnica y semblante pletórico parecía bastante tranquilo y sí relacionaba a Camiñano con los aconte-cimientos que ocurrieron en la región. Por otro lado, el policía recordaba que Iglesias era también el secre-tario de la moderna cooperativa creada unos cinco años antes a partir de doce pequeñas, formando así una de las más importante por volumen de cultivo y actividad mercantil, y de la que era socio el policía al heredar los terrenos de la familia, Camiñano nunca recibió dinero por la explotación de esas tierras por unas razones u otras, aunque tampoco dejaron de suministrarle puntualmente las botellas del Vino de la Reina.

Todo estaba dispuesto para salir en procesión, Camiñano era uno de los primeros y al aparecer el Santísimo Ecce Homo en la plaza se produjo un silen-cio atronador, con sonido del replique de los tambo-res comenzó a descender la imagen desde la Villa hasta la iglesia del Carmen donde se concentraban todas las hermandades.

La procesión del Santo Entierro, eje central de la Semana Santa de la ciudad, dejó en el inspector una sensación extraña, entre el recelo y el escepti-cismo del principio, a un recogimiento progresivo, de suerte que no entendía bien que le estaba pasando; en esas dos horas de procesión, pasó por su mente toda su vida, y de simple observador en un principio, poco a poca se fue introduciendo en su disfraz de nazareno, olvidándose, o mejor aún, aislándose del mundo exterior, todo a su alrededor se había trasformado en algo sin vida, y la gente, cada vez más numerosas, era como seres inanimados, mientras él, encerrado en sí mismo, se hacía preguntas cómo: ¿Qué había hecho con su vida?, ¿de verdad estaba cumpliendo con sus expectativas?...

Camiñano al finalizar la procesión quiso despedirse de los cófrades que había conocido, por ello esperó dentro de la iglesia al lado de la puerta para saludarlos, a pesar de una tarde primaveral y templada, el ralentí de la noche comenzaba a sentirlo en los huesos el policía. Al final, solo quedaban en la iglesia don Iluminado Iranzo, hermano mayor de la cofradía y el secretario Ifiginio Iglesias, junto a otros dos hombres que no le habían sido presentado hasta ese momento. Al señor Iranzo fue al primero que saludó, iba acompañado de un tal Iván Inoa, del que dijo era el capillero, y del señor Izquierdo, el priostes, los dos fueron presentados al policía. Camiñano se dirigió a ellos para darles las gracias por la cordial acogida y desearles las buenas noches.

Al salir de El Salvador, encontró a Casas y a su sobrina esperándolo. Catalina estaba emocionada, desde niña conocía la importancia para su padre de la Semana Santa y saber que su tío recogía el testigo de dicha tradición le produjo mucha alegría y satisfacción. Casas le pidió a Camiñano, dado que al día siguiente no iba a trabajar, si tenía un hueco en su casa, en eso estaban, cuando el señor Iglesias, secretario de la hermandad, con claros síntomas de angustia y con gritos de desesperación, se le escuchó decir, una y otra vez: ¡está muerto, Iván está muerto! A partir de ese momento, lo que iban a ser tres días de tranquilidad, reposo y contacto con la familia, para Camiñano se transformó en una rutina de trabajo al que nunca hacia ascos.

El inspector, acompañado de Casas y la atrevida Catalina, acudió hasta el lugar que señalaba señor Iglesias. Todos los presentes corrieron hasta donde el secretario indicaba que encontró a su amigo muerto, acto seguido, Camiñano al ver el cadáver dijo que nadie debía tocar nada, era policía y además de la criminal.

Efectivamente, en el pequeño retrete con la puerta abierta yacía un nazareno en decúbito prono, o boca abajo, no había sangre a su alrededor, ni aparentes señales de lucha, el hombre se encontraba junto a la poceta o sanitario en un rincón de la sacristía y con una única herida en el costado izquierdo, a nivel del corazón, debió ser por una arma blanca afilada y larga, sin provocar en la ropa de la víctima un desgarro importante, solo un pequeño orificio y lo más curioso, no había sangre ni en su túnica, al menos apreciable, ni a su alrededor. La víctima era Iván Inoa del que no hacía ni diez minutos que Iluminado Iranzo, el hermano mayor de la cofradía lo había presentado a Camiñano como el capillero, y por ello encargado de cerrar la iglesia.

Una vez tomado las primeras notas, de inmediato el inspector, adivinando la oportunidad que le presentaba el caso, y sospechando que este sería pronto descubierto si se tomaban bien las diligencias pertinentes, con voz seria y asertiva se dirigió a los asistentes y dijo.

—Señores, lamento decirles que deben permanecer juntos hasta que procedamos a un exhaustivo examen de sus prendas y registro en la iglesia, vamos a ponernos a las órdenes de inmediato del capitán Castaño, amigo personal mío, insisto, debemos permanecer juntos.

Camiñano mientras esperaba a la Guardia Civil cruzó unas palabras con Catalina, la mujer daba síntomas de congoja, le confesó su sobrina que la víctima era amigo de su padre y que con frecuencia se veían, Camiñano le dio un beso de despedida, prometiéndole que acudiría a su casa al día siguiente, Casas se ofreció a acompañarle.

La extrañeza, o quizás no tanto, se la llevó el inspector al comprobar que el capitán Castaño no se presentó, delegando una vez más de sus responsabilidades, lo cierto es que al ver al cabo Calleja, ahora ascendido a cabo primero, se alegró; después de un momento de sorpresa y acompañado de un abrazo sincero, de inmediato tomaron cartas en el asunto, los guardias civiles procedieron en primer lugar al registro personal de los tres cófrades, que ante la situación se encontraban atónitos por lo sucedido y sin casi medios para reaccionar y más aún, cuando Camiñano les explicó que desde ese momento, dadas las circunstancias eran los únicos sospechosos de un delito de asesinato. Como era de esperar, nada encontraron en el registro personal de los tres sospechosos y tampoco en una primera búsqueda del arma homicida en la iglesia, que debido a la herida en el tórax de la víctima, que se presumía profunda por la muerte tan fulminante, el arma no debía ser pequeña y no podría andar muy lejos.

Dado la hora y aplicando el bueno y sabido refrán de, "por las noche todos los gatos son pardos", el inspector propuso: primero, llamar al Instituto Anatómico Forense para que se presentaran lo más pronto posible por la mañana; segundo, que se requisase la túnica, capa y capirote de todos y cada uno de los presentes menos la suya, para analizarlos en el departamento forense; tercero, suspender *sine die* las procesiones del Santísimo Ecce Homo y todo acto religioso en la Iglesia de El Salvador, precintando la misma, al menos mientras durase la investigación; cuarto, que quedaban a la disposición de la Guardia Civil los tres sospechosos en todo momento y por ello localizables; quinto, la vigilancia de la Guardia Civil permanente en la iglesia de El Salvador y alrededores hasta nueva orden; sexto, desear las buenas noches a todos menos al asesino, dado que se enfrentaría desde ese momentos a sus propios demonios; y por último, decidió que, aunque durmiera tres o cuatro horas, no estaba dispuesto a renunciar a escuchar ese Viernes Santos su obra favorita.

Hacía más de quince años que jamás había faltado a su cita con la Pasión según San Mateo de J.S. Bach el Viernes Santo, por ello, se llevó a la Villa el álbum con sus tres discos, junto a un libreto con la traducción al castellano y unos cascos que facilitara la audición, dado la antigüedad de su equipo. Camiñano un año más, sintió que el corazón en momentos puntuales se le encogía, sobre todo con ciertas arias.

Casas estaba feliz, por ello, no protestó por dormir en el sofá de la sala en casa de Camiñano, no sin ante felicitarle por tener una sobrina tan simpática y guapa, darle la enhorabuena por tener una casa tan auténtica, congratularse por conservar la estructura original de la misma, aplaudir las tradiciones de su pueblo tan auténticas y dar las gracias por acogerlo como si de un hijo pródigo se tratara.

Sábado Santo

El resto de la noche de ese Viernes Santo, el inspector Vázquez Camiñano la pasó en duermevelas, había estado todo el tiempo entre los sospechosos cuando sucedió el apuñalamiento y por ello su mente repasaba todos y cada uno de sus movimientos y los personajes de la cofradía que esa tarde noche habían desfilado en la parroquia de El Salvador, una vez terminada la procesión. Estaba claro que la muerte de Iván Inoa se produjo cuando en la iglesia casi todos los penitentes y nazarenos se habían marchado a sus casas, recordaba que él mismo al finalizar la procesión, unos veinte minutos antes del trágico suceso, tuvo que hacer cola para el uso del urinario de la sacristía, después se fue despejando la iglesia, quedando solo los cuatro responsables máximos de la cofradía, Iranzo, el hermano mayor, Izquierdo el prioste, Ifiginio Iglesias, el secretario que dio el grito de alarma, y la víctima, el capillero, que en principio, dado el cargo que ostentaba, era el encargado de cerrar la iglesia.

Camiñano se pasó la noche dando vuelta en la cama pensando, poco a poco fue construyendo un relato coherente. Cuando se quedaron solos los hermanos responsables de la cofradía, nada hacía sospechar el funesto desenlace; lo cierto es que el policía esa noche estaba especialmente animado y hablador, y preguntó a los cuatro miembros de la hermandad del Santísimo Ecce Homo, a veces en grupo, a veces por separado muchas cosas, por ello, hizo un especial esfuerzo para ir recordando el desarrollo de esos quince minutos últimos, antes de encontrar el cuerpo de Iván Inoa.

Camiñano quería saber el funcionamiento de una cofradía, como se gestionaba, que hacían el resto del año, cuantas reuniones preparatorias convocaban, que relación tenían con la parroquia y la diócesis, etc. El haber hablado con los cuatro por separado y al ir recordando las conversaciones que tuvo con cada uno de ellos, lo puso en el camino de quien era el asesino, no tenía pruebas para inculparlo, así que ahora tenía que actuar con prudencia.

Camiñano, aún en la cama, oyó el sonar de la Magefesa, miró su Patek Philippe, al momento se escucharon siete campanadas de la iglesia de El Salvador, era momento de levantarse, había decidido no contar sus conclusiones ni a Casas, ni al cabo Calleja, ya tendría tiempo según avanzara la investigación de desvelar el misterio.

Casas saludó animado al inspector con unos buenos días, le puso en la mesa un café y de nuevo le mencionó que, si él tuviera una casa así, y mucho dinero, ya estaría la cueva limpia y llena de botellas de vino, incluso añadiría algún tonel de vino a falta de las tinajas rotas y por supuesto, acondicionaría la casa para vivir todo el año; Camiñano le recordó que eso lo decía porque no había estado en invierno, y que en unos días seguramente cambiaría de opinión.

El ayudante manifestó el deseo de acompañar al inspector en la investigación, al menos los días de fiesta, o sea, hasta el Lunes de Pascua, petición que hizo sonreír al inspector. Luego entraron en materia.

—¿Qué piensa, Casas?; ¿alguna sugerencia?

—Tres sospechosos y ningún asesino, usted estuvo más tiempo con ellos, ¿quizás sepa algo?

—Lo mismo que usted, le recuerdo que estábamos juntos con mi sobrina y fuera de la iglesia cuando se dio la voz de alarma, como usted dice, tres sospechosos y un asesino.

A las ocho empunto como habían quedado con el cabo Calleja los guardias civiles estaban ya en la Iglesia, no tardó en llegar la forense, de nuevo la joven Concepción Calviño fue la encargada del caso, única mujer del equipo de Medicina Legal de la Universidad y que por ser la última incorporada a la unidad le tocaba todos los marrones, y más cuando se trataba de festivos y fiestas de guardar. Saludó a Camiñano con dos besos, comenzaban a ser buenos amigos, Casas se adelantó presentándose por su cuenta, luego se pusieron manos a la obra.

No necesitaba Conchín Calviño analizar la hora del asesinato, así que se centró en la herida de la víctima; el hombre presentaba un pequeño orificio que no superaba el tamaño de un centímetro y medio, casi exangüe, no había orla de excoriación o contusión de la piel, lo que apuntaba a que el arma se asemejaba más a un estilete, o daga fina, que a una convencional, como las conocidas navajas albaceteñas tan pródigas por la zona. La herida se localizaba entre la tercera y cuarta costilla, en la región posterior izquierda del tórax, cerca del omoplato, por ello, se deducía que a la víctima la habían atacado por la espalda, no pudo analizar la trayectoria de la herida *in situ*, remitiendo esa información a la autopsia, pero sí tenía claro que se trataba de una arma blanca de gran filo y proyectada con fuerza, dado que tuvo que atravesar el hábito, suéter de lana, camisa y camiseta, también tenía la certeza de que se trataba de un arma de lomo largo y estrecho, filo profundo y muy probablemente bicortante, todo ello solo era compatible con un estilete, aguja larga o algo parecido.

La causa de la muerte, según todas las sospechas, informó la forense que se debió originar por un taponamiento cardíaco al llegar la punta del arma al ventrículo izquierdo, provocándole un hemopericardio con el consiguiente paro cardíaco y colapso circulatorio, ello explicaría una muerte casi fulminante.

Estaba claro que quien lo hizo tenía la intención y los suficientes conocimientos para asesinar a Iván Inoa.

Los guardias civiles en el segundo registro de la iglesia, espoleados por el cabo Calleja, encontraron la dichosa arma, tenían los de la Benemérita el mensaje de que no había salido del recinto; la encontraron cerca de la puerta de salida, en el interior del cepillo junto a unas pesetas, el recipiente era una especie de urna de madera con una importante ranura, por lo que no tuvo dificultades el asesino de deshacerse de la misma. El arma homicida, exenta de sangre, por extraño que pareciera a simple vista, era como bien había descrito Conchín Calviño un objeto punzante, un abrecartas de sobremesa de una sola pieza de acero, de dieciocho centímetros de longitud, de lomo estrecho, filo fino, profundo y bicortante, lo mas curioso era que el abrecartas tenía el logotipo de la cooperativa vitivinícola, justo del lugar donde trabajaban el hermano mayor de la cofradía, el señor Iranzo, que además era el presidente de la bodega y el secretario, el señor Iglesias. Al ver el arma asesina limpia, a Camiñano se le vio una sonrisa socarrona, que fue apreciaba por Casas con sorpresa, aunque no dijo nada.

Antes de partir la forense, el inspector Camiñano le hizo algunas observaciones que seguro serían muy útiles para la investigación, la primera, que presentaba en la parte inferior izquierda de la capa del secretario, por su interior, una mancha que pudiera o pudiese ser compatibles con sangre y muy disimulada por el color oscuro de la túnica, también le dijo que dado que los guantes que usaban los penitentes eran dos de ellos de algodón y solo el prioste usaba unos de lana, sería deseable que hubieran dejado algún resto en el abrecartas, incluso era posible que a Iván Inoa no lo hubieran apuñalado en el urinario, sino en el lavabo que estaba cerca y luego arrastrado hasta esconderlo detrás de la puerta del inodoro, y por ello, necesariamente tuvo el asesino que cogerlo al menos de las muñecas, estaría bien descubrir restos de esos guantes en el cuerpo de la víctima.

Retirado el cadáver del lugar rumbo al Instituto Médico Forense, y después de que se despidiera Conchín Calviño de los presentes, asegurando la mujer que esa misma mañana se ponía manos a la obra, apareció instantes después el capitán Castaño, en un primer momento, hizo la intención de regañar a Camiñano por no haberle anunciado con antelación su participación en los actos de Semana Santa; poco le duró el enfado al capitán y tras saludarse, intercambiaron palabras de satisfacción por el encuentro, luego el cabo primero Calleja se encargó de narrar con voz seria, potente y casi en posición de firme los hechos.

—Señor, a las doce y media de la madrugada del día de hoy, se ha producido el asesinato por arma blanca de don Iván Inoa, uno de los hermanos de la cofradía y que debía ser el último en abandonar la iglesia por su cargo de Capillero; la muerte fue producida por arma blanca que…

—Vamos, Calleja, un fiambre, ¿algún sospechoso? —dijo el capitán Castaño algo impaciente.

—Señor, según su amigo el inspector, solo tres personas pudieron asesinar al capillero de la hermandad, el señor hermano mayor Iranzo, el señor Iglesias y el prioste, el señor Izquierdo.

—¿Ese Iranzo no será el presidente de la cooperativa?, espero que no esté implicado en este asunto, ya saben, es amigo mío y un hombre muy serio y competente, vamos un hombre de bien —luego dirigiéndose a Camiñano, dijo, —te ruego Máximo, que se trate el tema con discreción, Iluminado Iranzo es amigo mío y como digo, es un hombre importante y que ha hecho mucho por el pueblo y aún más por la patria.

—Descuida, seremos todo un tachado de discreción —dijo Camiñano con una sonrisa, que de nuevo Casas observó algo intrigado.

—Me alegro, Máximo, debo darte una vez más y personalmente las gracias por tu apreciable colaboración, ¿sabes que debido a que hemos resuelto últimamente varios casos de asesinatos están preparando mi ascenso a comandante? —dijo el capitán Castaño; luego dirigiéndose a todos los presentes, siguió hablando, —como ustedes comprenderán tengo estos días asuntos protocolarios que por mi cargo debo atender, me guste o no, así que confío en el inspector y en su joven ayudante Casas, ¿se llama así, joven? y en el ascendido cabo primero Calleja, estoy seguro que entre todos llevarán a buen puerto esta investigación y no duden en pedir mi colaboración siempre que la necesiten, en cuanto a los registros que me han pedido háganlo ustedes con discreción, sobre todo a mi amigo.

Una vez libres del hombre de las tres estrellas de seis puntas, Camiñano dispuso la faena para ese día que se presumía largo. A nadie le pasó por alto que el asesino lo más probable fuera zurdo, dada la localización de la herida de la víctima en el costado izquierdo que supuestamente recibió de espaldas, por lo que sumó el mayor número de papeletas el secretario don Ifiginio Iglesias, que además tuvo tiempo de asesinarlo, preparar la escena y salir corriendo angustiado por los hallazgos, por ello, era prioritario buscar un móvil para encausar al máximo sospechoso, encargando dicha operación de los registros a los guardias civiles comandados por Calleja, con la intención de buscar algunas irregularidades en la contabilidad o costumbres del señor Iglesias.

Camiñano no pudo contactar con la viuda, no estaba en su casa, dejó recado para verla, luego se dirigió a casa de su tío, el que conociera a la víctima podría ser de gran ayuda para avanzar en la investigación, no se equivocaba el inspector.

La noticia del asesinato de Iván Inoa causó mucha zozobra a su tío, dado la amistad que cultivaron en unos pocos años; el hombre informó a su sobrino que la víctima era amigo de juventud de Máximo, su padre, de ahí que pronto congeniaran. Los camaradas militaron en la UGT, lucharon juntos contra el fascismo en varios frentes, Iván Inoa casó con una miliciana oriunda de Lérida y unas semanas antes de finalizar la guerra huyeron a Francia. Llevaban en la Villa solo cuatro años y desde entonces hicieron una amistad creciente.

Su tío le dijo a Camiñano que cuando llegaron a la ciudad el matrimonio Inoa compraron algunos viñedos con los ahorros, y se registraron como nuevos socios en la cooperativa vitivinícola; conocían bien el negocio de la vid a la que habían dedicado toda una vida en Francia. Iván Inoa le había contado a su tío, que llevaba tiempo enfadado con los directivos de la empresa cooperativista, la razón, haber descubierto el trasiego de innumerables cantidades de mosto y vino joven a regiones del norte, incluso, algunas partidas a Francia, y que el primer responsable era el secretario y tesorero, el señor Iglesias, actividad que realizaba de forma ilegal y periódicamente y aún más, su amigo Iván Inoa estaba preparando un dossier informativo para la junta directiva y de esa forma desenmascarar conductas ilícitas y descubrir quién o quiénes se beneficiaban de dichas prácticas, que en nada tenían que ver con los intereses de la empresa, dado que esas partidas iban en detrimento de la nueva política de expansión de la cooperativa.

Después de que Catalina les trajera unos bollos o tartas magras y cafés con leche, que su padre no probó, reanudaron tío y sobrino la conversación; aquel le dijo que el señor Izquierdo, el prioste, y su amigo Iván pugnaban con el puesto de teniente hermano mayor de la cofradía del Santísimo Ecce Homo y que estaba pendiente su elección por votación en la primera reunión después de Semana Santa, también le dijo su amigo Iván que tenía fuertes dudas del cargo, dado que nada quería saber con el presidente de la hermandad, al que tachaba de un hombre sin escrúpulos, de nuevo esta afirmación puso en alarma al policía, aunque no pudo entrar en detalles su tío, dado que su amigo Iván Inoa en esta cuestión se mantuvo más reservado, aseguraba éste, que la víctima acusaba a Iranzo de ser un hombre sin moral y sin escrúpulo y que era una cuestión que venía lejos, de tiempos de la guerra.

La conversación del inspector Camiñano y su familiar dejó alguna certeza y nuevas incógnitas, su tío le había revelado un claro móvil por lo que un hombre es capaz de matar, la pérdida de honorabilidad, y aún más, del puesto de trabajo, si se demostraba chanchullos y mordidas en las arcas de la cooperativa, como parece ser que Iván Inoa estaba estudiando en el caso del secretario Ifiginio Iglesias.

En el caso de Izquierdo también se podría hablar de un móvil pero mucho menos contundente, como era la lucha por una poltrona, de suerte que, asesinar a su contrincante por algo tan poco relevante tenía menos fuerza y razón de ser y por último estaba la incógnita del hermano mayor de la cofradía, que su tío solo le engendró dudas, ¿qué razones tendría este para desear la muerte de inoa?

Catalina salió a despedir a su tío, la joven estaba radiante, éste adivinando su pensamiento le dijo que no se preocupara, no iba a ser necesario tomar cartas en el asunto, su ayudante Casas la buscaría de nuevo, de hecho, esa misma noche, el joven había decidido quedarse más tiempo en la Villa, alojado en su casa.

Cuando en pleno invierno el inspector abandonó la Vespino tuvo la precaución de vaciar el conducto de la gasolina y así evitar que se obstruyera, de suerte que arrancó la motocicleta después de varias pedaladas. Camiñano marchó con su flamante Vespino roja hasta el cuartel de la Guardia Civil, donde se había citado con su ayudante Casas y el cabo primero Calleja, éstos, después de los registros realizados en las oficinas de la cooperativa y en los domicilios, informaron al inspector de los pocos hallazgos encontrados.

Calleja dijo a Camiñano que el abrecartas encontrado en la iglesia se había hecho ex profeso y por encargo de una tonelería cordobesa como regalo, y que llegaron a manos de la directiva de la bodega tres unidades, uno de ellos lo tenía el presidente de la cooperativa, otro el vicepresidente, ambos en sus despachos y que fueron enseñados al guardia civil y el tercero, que no encontraron, en propiedad del señor Iglesias, secretario de la entidad, dijo este muy nervioso que se lo habían robado.

Por otro lado, el inspector les contó de forma resumida la conversación con su tío en relación al móvil del secretario y el de Izquierdo, nada dijo del hermano mayor, porque tampoco tenía claro qué podría informar. El inspector preguntó a sus ayudantes.

—¿Qué opina de todo ello, Calleja?

—Señor, yo pienso que todo apunta a Iglesias, el secretario, es el único zurdo entre los sospechosos, el arma homicida es de su propiedad, tiene un móvil que tendremos que confirmar, no será difícil averiguar eso de la venta de vino a otras bodegas, aparentemente es el último que vio con vida a la víctima, tiene un comportamiento algo esquivo y además parece que la mancha que se encontró en su capa es de sangre, si el laboratorio confirma que además es de Iván Inoa, me temo que se le ponen las cosas difíciles.

—Demasiadas evidencias para un caso de asesinato —dijo Casas de inmediato, luego prosiguió hablando, —hay cosas que no me cuadran, Ifiginio Iglesias es un hombre pequeño y aparentemente no muy fuerte, y no me lo imagina asentando una puñalada de esa envergadura a un sujeto que era mucho más fuerte, alto y desarrollado que él. No podemos descartar a Izquierdo, el prioste, es un hombre recio, éste sí podría asentar una puñalada de esas características sin dificultades, incluso Iranzo, el hermano mayor, aunque no tan alto también sería un mejor candidato que el secretario.

—Le recuerdo que Izquierdo nada tiene que ver con la cooperativa vitivinícola, y que el arma salió de esa empresa, —contestó Calleja, algo enfadado, luego prosiguió más tranquilo, —y hay más, a veces la constitución no es la mejor manera de conocer las cualidades belicosas de las personas, podría estar formado en artes marciales, o en otras actividades de entrenamiento militar, hoy tan en moda, tendremos que investigar esa posibilidad.

—¿Usted qué dice, inspector?, lo observo muy callado —preguntó Casas.

—Estoy procesando, amigo Casas, veo que razonan bien, y visto lo visto, tendremos que seguir investigando, hasta ahora solo tenemos altas sospechas, pero no pruebas para poder meter en chirona al asesino, creo que tendremos que centrarnos en los registros y en nuevas investigaciones, buscar papeles para descubrir estafas en la cooperativa o antecedentes de los sospechoso en materia de formación en artes marciales, como ha sugerido con buen criterio Calleja, saber si alguno de ellos ha estado en el ejército, también habrá que seguir interrogando a familiares y a otros hermanos de la cofradía, a veces por ese camino se descubren cosas, y ahora amigos si me lo permiten, yo me voy a comer a La Favorita, espero que me acompañen, les invito.

Casas de inmediato se adelantó y dijo que no podía, algo que esperaba el inspector, conocedor de la condición humana y las cosas del amor, con una sonrisa socarrona le dijo.

—Vaya Casas, ¿desde cuándo usted desprecia una invitación?

—Es que hoy he…

—Nada, nada, hombre, otra vez será, luego no me eche en cara que no lo invito.

—No quiera presumir de generoso, que nos conocemos —replicó Casas.

—¿Y usted, Calleja se anima a dejarse invitar?

—Señor, a los espectáculos gratis hay que ir cueste lo que cueste y si encima es por una buena comida con más razón —así se expresó el cabo primero Calleja imitando el saludo militar con un poco de sorna.

El menú en el comedor del hostal La Favorita fue especialmente sabroso, calórico y abundante, Agustín dijo que tenía bula de su amigo el capellán y podía prescindir de la abstinencia durante la Semana Santa, aunque también confesaron los dueños del hostal, que hacían una excepción el Viernes Santo. Camiñano disfrutó de la buena compañía, alegría e ingenio que el gaditano Calleja dio una vez más y al ver el tojunto castellano, un guisote de todo tipo de carnes, el guardia civil no dudó en asegurar que él también cumplía con las obligaciones que la santa madre Iglesia mandaba a sus feligreses, él era un buen católico, apostólico y romano y sobre todo un redomado hipócrita y fariseo", dijo muy serio y de guasa.

Después de compartir el inspector y Calleja en animosa charla un montón de dulces caseros, brandis y cigarrillos, llegó el capitán Castaño; era el momento de ponerse a trabajar, Calleja se cuadró, pidió permiso para abandonar el hostal y con un taconazo y andar marcial se marchó. Ese Calleja es un burlón, un cachondo mental, pensó el inspector, al verlo sobreactuar de esa manera sin que su superior se diera por enterado.

—Un buen muchacho ese Calleja, llegará muy alto, ¿no le parece, Máximo?

—Ni que lo digas, un gran muchacho, muy eficiente y respetuoso con las normas.

—¿Cómo va la investigación?, me he informado que han registrado el despacho de mi amigo, insisto, Idelfonso Iranzo es un hombre de bien, incapaz de matar una mosca, debes dejarlo tranquilo.

—No te preocupes, mañana mismo es muy posible que con el informe de la forense y las pruebas periciales atrapemos al asesino.

—Gran noticia, Máximo, no sabes lo que te lo agradezco lo que estás haciendo por la Benemérita, espero que no hayan sorpresas.

—Tranquilo, Camilo.

Esa tarde el inspector al despedirse del cabo primero Calleja deparó animosa charla con su amigo Castaño, Agustín abrió para la ocasión una nueva botella de brandi Terry, y el capitán sacó unos puros Habanos, que reconoció de inmediato Camiñano, eran unos Montecristo de placentero sabor y olor, el policía no pudo rechazar la invitación, la velada se alargó un par de horas donde repasaron su infancia y casi media botella de brandi.

Camiñano miró su pequeña libreta, tenía anotado hablar con la viuda; acudió a su domicilio, la mujer estaba destrozada, toda la vida juntos ¿y ahora, qué iba a ser de ella?, se lamentaba la viuda, no le ayudó mucho al inspector, ni siquiera pudo informarle si tenía algún enemigo; la mujer de Iván Inoa ausente de la realidad no hilaba las palabras, ¿o quizás fuera el policía quien no las hilaba?, fuera una, o el otro el responsable de una conversación algo trabado, decidió el inspector posponerla.

Esa tarde, noche del Sábado Santo, la temperatura estaba descendiendo, por ello decidió cargar la estufa de leña y prenderle fuego. El inspector escuchó el tercer disco de la Pasión que quedó pendiente del día anterior y antes de quedarse dormido oyó a Casas que llegaba al domicilio.

De nada hablaron de la cuestión en que estaban inmersos, no era ni la hora, ni el momento, ni las circunstancias, con unas buenas noches, terminó ese día ajetreado de Sábado Santo.

Domingo de Resurrección

Camiñano se levantó con algo de resaca, nada que una buena ducha, un Optalidón, o en su defecto una Aspirina Bayer la solucionara; al despertar recordó que el día anterior bebió algo más de lo permitido, si en cuestiones de abusar del alcohol hay reglas permisivas; el inspector era más de vino que de esas bebidas destiladas de alta graduación por encima de los cuarenta grados por muy de la tierra que fueran, como ese *brandy* Terry que Agustín dejó sobre la mesa el día anterior.

Escuchando la Magefesa que Casas había puesto en el hornillo, decidió acercarse el inspector hasta la sala, saludó a su ayudante, y con un café entre las manos compartieron palabras de buenos días; el joven ayudante le contó que la noche anterior cenó con Catalina, que estuvieron un buen rato paseando en espera de la Procesión del Encuentro Glorioso de la Santísima Virgen de los Dolores y Jesucristo Resucitado que comenzó a las 24 hora, un espectáculo de las dos hermandades que procesionaban sus imágenes, la madre de Dios y su hijo, con un talante, aire y gracia distinto al del día anterior, algo desconocido para él y que fue emocionante, aún dijo más Casas, mientras el inspector lo escuchaba sin sorpresa, que Catalina era maravillosa, que estar con ella invitaba al optimismo y que la ciudad guardaba un montón de secretos que su sobrina estaba dispuesta a enseñarle.

—¿Y a mí para qué me cuenta esas cosas, Casas? —preguntó Camiñano un poco en broma.

—Pensé que estaría interesado, ¿o Catalina no es su sobrina? —le contestó algo contrariado Casas, que desde que conoció a la joven el inspector lo notaba como aturdido, alegre, esquivo, triste, dicharachero…, nada que le sorprendiera, era el amor y sus consecuencias.

—Claro que sí, Catalina es mi sobrina y mayor de edad, una joven como dice maravillosa, así que volvamos a lo nuestro, ¿qué ha averiguado esa tarde?

—La verdad es que…

—Lo entiendo, Casas, lo entiendo, no tuvo tiempo, esperemos que con Calleja tengamos más suerte y traiga novedades.

—Le recuerdo que aquí estamos por voluntad propia, ni es nuestra jurisdicción, ni nadie nos obliga trabajar en el caso. —le respondió algo alterado.

—Claro que sí, Casas, no nos obligan, pero comprenda que usted y yo tenemos razones distintas por las que estamos aquí.

—No lo entiendo, señor.

—Déjelo y volvamos a lo nuestro...

En estas diatribas estaban y otras parecidas, cuando escucharon la aldaba, era el guardia civil Castaño acompañado por un número de la Benemérita, tenían novedades, después de un nuevo registro más exhaustivo en los despachos de la cooperativa y de la casa del señor Iglesias, encontraron unos libros con la doble contabilidad, habían dado en la clave en cuanto al sucio asunto de la venta de vino a granel a otras zonas de la competencia, mucho más desarrolladas en la comercialización y distribución de dichos productos.

Calleja estaba contento, había descubierto por testimonios de amigos y familiares de los sospechosos, que el hermano mayor de la cofradía, el señor Iranzo, llegó a teniente del glorioso ejército español, y durante unos años fue un gran aficionado al kárate, llegando a cinturón marrón; en la actualidad aseguraba que seguía practicando deportes como la caza o subir a caballo y dada su preparación no le hubiera sido difícil dicho acción criminal, aunque el guardia civil veía en él a un hombre pacífico, tranquilo y bondadoso, algo que lo alejaba de sospechas.

En cuanto al prioste, el señor Izquierdo, pudo averiguar Calleja que hizo el servicio militar de forma voluntaria en la Brigada Paracaidista y se reenganchó durante varios años, llegando a ser cabo primero; a punto de ser nombrado sargento, tras realizar el curso, abandonó la BRIPAC por fuerza mayor, al quedarse huérfano, y tener que hacerse cargo de los negocios familiares.

Lo más sorprendente del señor prioste, fue su confesión por la afición a la caza mayor, propietario de dos escopetas y de varios cuchillos de desuello y de remate, algunos de ellos auténticas joyas, como el que mostró a los guardias civiles, informándoles que si no fuera por él, muy posiblemente no estuviera con vida; señalando un arma de remate de punta aguzada, hoja de doble filo, ancha y fuerte, empuñadura robusta revestida de piel de ciervo, destacando de ella un guarda muy decorada, que impedía con seguridad deslizamientos peligrosos de la mano ante la acometida, el arma blanca era una verdadera joya y por lo visto muy útil, dado que con ella remató a un cochino herido al ser el hombre envestido de sorpresa; y aún confesó más el señor Izquierdo, asegurando que en varias ocasiones había usado la vieja costumbre de la caza del jabalí por ronda, con sus tres perros de presa, y la sola ayuda de ese cuchillo de remate, una forma salvaje y ancestral de matar a un animal, que daba idea de tipo de calaña con el que se enfrentaban.

Lo más interesante de toda la información que Calleja obtuvo fue la del secretario, precisamente por no obtener ninguna información que lo señalara con alguna actividad militar, o de artes marciales, y aún más, escuchándole parecía que estaba en contra de toda violencia, y no solo de todo tipo de caza, estaba en contra incluso de los toros, las peleas de gallos, el boxeo, etc., y en general todo aquello que supusiera la mínima violencia.

—¡Vaya, Calleja!, con esta nueva información estamos de nuevo como al principio. ¿Qué piensa de ello? —dijo Casas con aires de preocupación.

—Es posible que haya equivocado de punto de mira y el asesino no sea el secretario, no lo veo matando a Iván Inoa, ahora creo que guarda más números el señor Izquierdo, es un verdadero bruto y tiene también un móvil, quizás de mayor relevancia de lo que pensamos, nos hemos informado que en la hermandad no era el favorito para ser nombrado teniente hermano mayor, y con la muerte de su contrincante se despejaba la incógnita.

—Sigue estando pendiente como se hizo con el abrecartas del secretario, no hay que fiarse de los mosquitas muertas, ya sabe la capacidad que tiene un asesino que ha ensayado su coartada al milímetro. ¿Usted que dice, Maxi?, —preguntó Casas.

—Yo sigo procesando, queridos amigos, les recuerdo que tenemos pendiente el informe de la forense y que se ha comprometido a realizar uno preliminar con celeridad.

Aún no había terminado la frase cuando escucharon de nuevo la aldaba, era un guardia civil que traía un fax remitido por la doctora Concepción Calviño al cuartel de la Guardia Civil a nombre del capitán Castaño, y éste, lo había remitido a su vez a Camiñano. El inspector se dispuso a abrirlo y a leerlo en voz baja, Casas protestó en el acto, tenían derecho a conocer el informe en toda su dimensión.

El escrito en cierta medida no les ayudó mucho, en cuanto al arma homicida, causas de la muerte, y otros pormenores nada nuevo, la forense dibujaba la trayectoria del arma con una dirección horizontal y con imaginación, discretamente ascendente, confirmando que había rasgado el ventrículo izquierdo, origen de la muerte; en cuanto al arma homicida a pesar de haber sido limpiado el filo, quedaban restos abundantes de huellas dactilares en la empuñadura de alguien de momento sin identificar, necesitaba nuevas comprobaciones; por otro lado, el informe confirmaba que la mancha de la capa del señor Iglesias era de sangre de la víctima, y por último, como sugería el inspector, en las muñecas de la víctima había restos de hilillos compatible con lana, aunque en este tema, no daba ninguna certeza, dado que bien podría ser también de algodón. Tendrían que estudiarse con el moderno microscopio electrónico, propiedad de la cátedra de Anatomía del profesor Smith, y estaban pendiente de su consentimiento que no sería posible hasta el primer día laborable.

—Ahora con el hallazgo de esos restos de lana en las muñecas de la víctima, tememos un dato más para encausar al prioste, el señor Izquierdo; creo recordar que los guantes requisados al secretario eran de algodón —respondió el cabo Calleja.

—¿Y cómo explica la sangre en la capa de Iglesias, el secretario? —replicó al instante Casas, que no estaba muy de acuerdo con Calleja.

—Eso también me lo he preguntado yo toda la noche, —dijo Calleja, —me he despertado con humo en mi cabezón, la idea de hacerse pasar por zurdo es genial y que luego limpiara el abrecartas en la capa del secretario toda vía más, una estratagema ingeniosa para inculpar al secretario.

—Le recuerdo que hay dudas en esos restos de si es algodón o lana, y esa mosquita muerta tiene un móvil comprobado mucho más potente para querer hacer desaparecer a Iván Inoa, está en juego su credibilidad y su futuro —contestó Casas que seguía en sus trece en acusar al señor Iglesias.

—Pues si es el secretario, es un hombre de pocas luces, ¿a quién se le ocurre usar su propia arma, y luego limpiarse en su ropa con la sangre de la víctima? —replicó Calleja.

—Ese es el problema, para mí el secretario es el más inteligente de los tres sospechosos, —Insistía Casas cada vez más asertivo, —verá como las huellas dactilares que están pendiente de analizar en el abrecartas no son suyas e intentará acusar a otro, creo recordar que hay más de diez hermanos cófrades que trabajan también en la cooperativa.

—No lo veo, ¿a que viene esa mancha en su capa? —dijo de nuevo Casas, mientras el inspector seguía escuchando la conversación.

—En eso le doy la razón, pienso que debió de ser algo instintivo y luego ya no pudo hacer marcha atrás. ¿Usted que piensa, Maxi?, lo veo siempre muy callado —Preguntó su ayudante.

—Estoy procesando, amigos míos, ¿se dan cuenta?, todo son hipótesis sin pruebas definitivas, han razonado bien, el prioste con mucho, da la talla de hombre violento capaz de asesinar y la argucia de encausar al secretario es buena, pero este último tiene una mayor motivación para desear la muerte de Iván Inoa y es posible que no sea tan inteligente como hemos pensado, todo un misterio, y les recuerdo que hay un tercer sospechoso, el hermano mayor, el señor Iranzo.

—Yo creo que sí hay pruebas suficientes, —dijo Casas—, el asesino es Iglesias, el secretario, y tengo mis razones; el hermano mayor que sepamos no tiene un móvil para querer matar a Iván Inoa. Propongo que los reunamos a los tres en la parroquia esta misma tarde, podemos aprovechar la circunstancia de que sigue cerrada y reconstruir los hechos, haber como respiran.

—Buena idea, encárguense de ello —dijo Camiñano.

—Si me permite, yo no puedo, estaré ocupado.

—Ya, ya…, ocupado, Casas luego no se queje si no lo invito —replicó el inspector.

—Yo me encargo, a las seis de esta tarde los cito a todos —dijo el guardia civil solícito.

—Vale, Calleja, pero luego de las gestiones, le espero en La Favorita, no me haga un feo.

—¡Allí estaré, señor!, —contestó con fuerte voz el joven guardia civil, levantándose de la silla y en posición de firme.

Camiñano esa mañana después de la conversación con sus colaboradores quiso llamar al Instituto Anatómico Forense, la médico, Concepción Calviño acababa de abandonar el edificio, momentos más tarde le informaron que la viuda, la señora de Inoa había llamado al cuartel de la Guardia Civil angustiada, quería hablar con el inspector.

No le costó mucho tomar contacto de nuevo con la viuda que, acompañada de una buena amiga, daba síntomas de desfallecimiento. La mujer que no tuvo el ánimo, ni las fuerzas para acudir la noche anterior a la Vigilia Pascual, se decidió madrugar para asistir a las nueve de la mañana a la solemne misa de Resurrección en la parroquia del Carmen, la celebración más importante del calendario cristiano, según la viuda y el mismísimo párroco.

De retorno a casa, la mujer se encontró con el triste panorama del domicilio familiar mancillada por un robo y todo patas arriba; le llamó la atención al inspector de que no estuviera forzada la puerta y que habían abierto la caja fuerte y extraído algo de dinero y las joyas de su familia limpiamente, se trataba o bien de un profesional o bien de alguien allegada o que tenía llaves de la casa. Por otro lado, visto el desastre que había en la misma, el inspector pensó que el ladrón actuó de forma poco habitual y nada profesional, un robo a la antigua usanza, era como si buscara algo más que joyas, dinero o cosas de valor, algo distinto y así se lo hizo saber a la mujer.

—¿Su marido nunca habló de algo de valor guardado en secreto?, ¿le contó sobre alguien que lo quisiera mal?, ¿nunca le dijo nada sobre algunas irregularidades en la cooperativa?

—Mi marido desde hacía un par de meses siempre estaba enfadado, decía que en la cooperativa había varios ladrones entre la directiva.

—¿Alguien en concreto?

—No, nadie en concreto. Un día me dijo que guardaba la prueba definitiva para desenmascarar a un hombre sin escrúpulos, no me dijo quién, yo creo que no me contaba nada para protegerme, debía ser alguien peligroso.

—¿Y esa prueba definitiva, sabe dónde la guardaba?

—En la cómoda guarda los papeles importantes, como la escritura de nuestro piso, son documentos que están allí mucho tiempo, ¿quiere verlos?

La mujer se fue al dormitorio, abrió la cómoda y buscó en el último estante debajo de la ropa una carpeta azul muy vieja, de esas típicas que se encuentran en toda oficina, se la entregó al inspector sin ni siquiera curiosearla. Cuando leyó los documentos guardados en la carpeta, a Camiñano se le abrieron los ojos como a una lechuza, la investigación a partir de ese momento daba un giro de ciento ochenta grados, aún más, cuando se dio cuenta de las llaves especiales, nada frecuente, que estaban sobre una mesita de estar, y que recordaba haber visto el Viernes Santo en el registro concienzudo de los sospechosos.

—¿Esa llave es la de casa?

—Sí, ¿por qué lo dice?

—No, por nada, ¿me podría facilitar la tercera copia?

Cuando llegó al hostal La Favorita el inspector estaba radiante, alegre, feliz, algo que notó de inmediato el cabo Calleja, éste adivinaba que Camiñano guardaba información para sí mismo, y que no quería compartir, lo intentó en varias ocasiones, incluso con los efectos del brandi, el inspector se negó. Calleja había preparado en la iglesia de El Salvador la reconstrucción de los hechos, tal como habían quedado, invitando a todos los actores de esa noche, e incluso algo de público, como al párroco, a Catalina, a petición de Casas y también a la viuda, y por eso estaba enterado el cabo primero de la visita que le hizo el inspector, y ¡cómo no!, al capitán Castaño, no fuera a enfadarse, ahora que iba a ser comandante y necesitaba hacerle la pelota.

El menú de ese día en La Favorita fue especial, como corresponde a un día grande, no nos vamos a detener en detalles para no lastimar susceptibilidades, solo decir que en las tres horas que duró la comida y la sobremesa, podemos asegurar sin temor a equivocarnos que el inspector y el cabo primero Calleja se pusieron morados, o dicho de otra forma, se pusieron las botas a comer, beber, fumar y comentar chascarrillos, de esos que al gaditano tanto le gustaban.

Como era de esperar, en la reunión convocada por el cabo Calleja para las seis de la tarde en la iglesia de El Salvador, no todos estaban igual de contentos, y menos los sospechosos que, con caras serias, les invitaron a sentarse en la primera bancada, incluso el párroco no entendía bien que hacían en un lugar tan sagrado y tan profanado en los últimos días.

Camiñano tomó la palabra invitando a Casas que diera su versión de los hechos. A su ayudante la iniciativa le cogió de sorpresa, pero ante el silencio de todos, Casas se decidió a hablar.

—Señores, nos enfrentamos ante un hecho grave que ha consternado a los feligreses de esta parroquia, a todos los hermanos de la cofradía del Santísimo Ecce Homo y a la población de esta querida Villa. Desde los primeros momentos, una vez descubierto el cadáver del hermano de la cofradía, don Iván Inoa, tres fueron los únicos posibles autores de tan macabro acto criminal, dado que solo ustedes, los aquí presentes, y claro está, la víctima, se encontraban en la iglesia en esos momentos junto al señor Camiñano, testigo de excepción en este asunto, en definitiva, el asesino tuvo que ser uno de ustedes, —tras señalar a los tres sospechosos y regalar una sonrisa a Catalina, que seguía atenta, prosiguió Casas.

—Desde el principio intentamos razonar y probar quien de ustedes era el responsable de acción tan vil; mi estimado compañero, el cabo primero Calleja, tiene la sospecha que es usted, señor Izquierdo, el primer sospechoso, posee la fuerza necesaria, dado su constitución y preparación, todos sabemos que es capaz de matar un cochino salvaje con un simple cuchillo, tiene un móvil sólido, que ser elegido el segundo en importancia en la cofradía no es moco pavo y por último, los restos de guantes de lana en las muñecas de la víctima nos ayuda a señalar a usted como sospechoso —luego prosiguió su exposición.

—A pesar de estos datos, yo me inclino a pensar que es usted, señor Iglesias, el responsable de matar al señor capillero, fue el último en ver a Iván Inoa, era el único zurdo de los tres y la agresión se realizó con la mano izquierda, el arma homicida es suya, limpió de forma instintiva el estilete en su propia capa, error garrafal y sobre todo tiene un móvil potente, aprovechando el cargo de secretario no solo de la cofradía, sino de la cooperativa vitivinícola, con los que pudo realizar innumerables chanchullos que descubrió la víctima y… —Casas fue interrumpido por el secretario, que a grito pelado increpaba de pie al policía, gritos que se escucharon hasta la plaza de la Villa.

—¡Mentira, una sarta de mentiras!, yo no soy un chanchullero, y menos aún un asesino, usted delira...

Fue en ese momento cuando Camiñano, observador desde el primer día de los acontecimientos, al final decidió intervenir, y lo hizo de la manera más extraña.

—Perdonen ustedes mi interrupción, pero antes de que escuchen lo que tengo que decir, ¿reconoce usted esta llave? —Preguntó el inspector dirigiéndose al señor Iranzo, que en todo momento se había sentido tranquilo y confiado.

Durante un largo tiempo en las paredes de la iglesia no se escuchaba ni una mosca, nadie entendía que estaba sucediendo, dado que el hermano mayor de la cofradía del Santísimo Ecce Homo cada vez más pálido se negaba a hablar. Camiñano rogó a un guardia civil que registrara al señor Iranzo, entre todas las pertenencias encontraron la misteriosa pieza que no formaba parte de su llavero, era ese objeto peculiar que le facilitó la viuda, al instante, el inspector henchido de optimismo, daba por finalizado el enigma de la muerte del capillero Iván Inoa, y dirigiéndose a Iranzo dijo.

—Señores, esta llave que porta Iranzo, es de la casa de la pobre víctima y su querida esposa que hoy nos acompaña, y que le deseamos que algún día encuentre la paz que el viernes le arrebataron. Usted, señor Iranzo, esta mañana aprovechando que la viuda estaba en misa, ha entrado en su casa simulando un robo, cuando en realidad iba buscando unos documentos que, por desgracia para usted, no encontró, por eso se ha desprendido de la llave de la caja fuerte, aunque no de la llave de la casa, dado su intención de entrar de nuevo a la primera oportunidad, ¿y saben ustedes que contienen esos documentos que buscaba?, nada menos que la escritura de propiedad de la mayoría de sus tierras, que en realidad no son suyas, sino del padre de Iván Inoa, algo fácil de demostrar, dado que junto a la escritura de propiedad de las tierras de Inoa, hay un certificado de defunción del legítimo propietario que murió diez años antes de la fecha de esa falsa escritura que usted tiene. y que demuestran que no pudo el verdadero propietario firmar. Muchas tropelías cometieron los vencedores después de la guerra y esta es una más, así pues, amigo Iranzo, tiene usted un móvil de peso para matar a Iván Inoa...

—¡Calumnias, todo calumnias!, y dígame, como iba yo a matar a Iván, lo apreciaba, además estuve con usted todo el tiempo, ¿o no lo recuerda?

—Todo a su tiempo. No, señor Iranzo, tengo presente todos los pasos que hicieron cada uno de ustedes, lo mató cuando estaba yo hablando con el secretario y el señor prioste, la verdad es que fue usted en eso muy aplicado, en unos pocos minutos consiguió su propósito, luego se juntó al grupo algo acelerado y muy dicharachero, fue entonces cuando manchó la capa del secretario, pero aquí cometió un distraído error, debió de elegir su parte derecha, algo más natural para un zurdo y en su defecto la parte externa de la capa si elige el lado izquierdo, si no me creen, hagan ustedes un simple ejercicio. Luego le vi acercarse al cepillo, no es necesario que le diga con qué intenciones.

>>Sigamos, les recuerdo, y el secretario lo corroborará, que cuando salimos a la calle todos, usted, señor Iranzo, había pedido a Iglesias que fuera a recoger no sé que listado que guardaban en la sacristía en uno de los cajones, y les adelanto que ese armario tiene doce y el listado estaba intencionadamente en el último, lo que ocupó al secretario un tiempo suficiente para ser el máximo sospechoso, mientras el resto de nosotros nos encontrábamos en la calle, disfrutando de esa bella fachada gótico isabelina de la iglesia, un plan perfecto si no fuera por un imprevisto, un echo común entre los hombres mayores, como es el deseo de orinar, y con ello, el descubrimiento antes de lo previsto del cadáver, usted planeó que el mismo se descubriera a la mañana siguiente, de suerte que, al ser el prioste el encargado de cerrar la iglesia, nadie lo echaría de menos hasta entonces.

>>Sigamos, todo lo demás fueron estratagemas más o menos orquestadas, dado que las sospechas se diluirían entre más de un posible homicida, ¿quién aseguraba que no fuera asesinado, una vez retirados todos los hermanos de la cofradía por un extraño?, y en caso de recaer en algunos de sus

miembros se aseguraba de que el secretario sería el asesino. —El inspector valoró si seguir con más pruebas que delataban a Iranzo, pero estaba cansado, seguía presente esa sensación de plenitud postplandial del mediodía, de suerte que decidió cortar por lo sano.

>>Queda usted detenido por el asesinato de Iván Inoa con nocturnidad, nunca mejor dicho, y alevosía, no vamos aquí a relatar de nuevo la sucesión de acontecimientos desde un principio, quedan claro y los señalaremos a su debido tiempo. Necesitábamos una prueba, y la posesión de esa llave que portaba la víctima la tarde noche de su asesinato y desde entonces en su propiedad refuerza las otras pruebas, no dude que será condenado por su vil acto.

No es necesario narrar aquí y a partir de ese momento, el lío que se produjo en la iglesia cuando se llevaron esposado al hermano mayor de la cofradía el señor Iranzo, con el lógico disgusto del párroco, precisamente el día más señalado del año, el día de la Resurrección del Señor. El capitán Castaño con gesto algo contrariado felicitó a su amigo de forma poco convincente, el cabo primero Callejo le saludó efusivamente, su sobrina sorprendida le dio un beso, el secretario se fue diciendo que había sido maltratado, y que tendría que probar las acusaciones vertidas en su persona, algo que el cabo Callejo ratificó sin dificultades un tiempo después, y el prioste, el señor Izquierdo confesó que prefería enfrentarse a un cochino salvaje con su cuchillo y sus perros que con la Guardia Civil; solo echó de menos el policía a Casas que había desaparecido por momentos.

Cuando el inspector llegó a su domicilio se sorprendió que las cosas de su ayudante hubieran desaparecido, tuvo un presentimiento que al hablar de nuevo con su sobrina se convirtió en certeza. Casas le dijo a la joven que el inspector era un hombre desleal y que ocultó pruebas dejándolo en ridículo, y que se marchaba para no verlo y que no quería hablar con el, etc.

A fe que cumplió con su promesa su ayudante, y el inspector tuvo de nuevo que afrontar la aventura de marchar de vuelta a la ciudad en el temido tren.

Durante mucho tiempo Casas no dirigió la palabra al inspector como antaño, salvo para cuestiones puntuales y siempre relacionadas con su profesión.

Fiesta de la Vendimia

Primer día

Máximo Vázquez Camiñano un mes después de finalizar la Pascua recibió un telegrama de su sobrina Catalina con un escueto texto: Padre ha muerto, stop; besos, stop. Acto seguido se dispuso a viajar a su población natal y comunicó en la comisaría que durante un par de días estaría ausente, fue entonces cuando por primera vez el oficial Casimiro Casas dirigió la palabra al inspector por una cuestión distinta a la puramente laboral.

—Le acompaño en el sentimiento, señor.

—Gracias, Casas, ya sabe, un gran hombre, y muy enfermo, usted lo conoció.

—Si, un gran hombre, si quiere le acompaño con mi coche a la Villa y aprovecho para darle un beso a Catalina.

—Se lo agradezco, Casas, en momentos así todo beso de apoyo y condolencia ayudan a minimizar la pérdida.

Desde el entierro del padre de Catalina, las relaciones entre el inspector y su ayudante se normalizaron de nuevo; no pasó desapercibido al policía la razón por la que Casas se ofreció en acompañarle y así encontrarse con Catalina, algo natural entre gente joven que se buscan y atraen.

Un tiempo después el inspector recibió un nuevo telegrama de su sobrina, en esta ocasión algo más extenso, y no menos triste: mi amiga Blanca Buendía ha desaparecido, stop; me temo lo peor, stop; vente lo más pronto posible, stop. Justo el primer día del mes de septiembre, en plena Fiesta de la Vendimia de su ciudad natal recibió ese telegrama, a la que tenía idea de acudir el último día.

El inspector había planeado hacer acto de presencia en su ciudad natal precisamente el domingo, dado que había recibido una carta de invitación por el mismísimo presidente de la Fiesta para personarse en la Villa; la razón, se iba a homenajearse a los prohombres de bien de la ciudad y en esa lista estaba él entre otros, como oriundo y hacedor ausente de la Villa. Por primera vez en muchos años iba a acercarse en época de fiestas a su ciudad, y pensó que era una buena oportunidad para sentir el final de los festejos y vivir el espectáculo de sonido, luz y color en la quema del Monumento del Vino.

Camiñano se alarmó por la noticia de su sobrina, jamás le había pedido nada y estaba seguro que algo grave sucedía. Esa misma mañana, enterado Casas de la situación, y ofreciéndose para acompañar a su superior partieron sin mucha demora hasta la Villa.

Como había manifestado en el telegrama Catalina estaba bastante afectada por las circunstancias vividas. Desde la madrugada esperó a su amiga inútilmente; esa misma mañana había quedado en su domicilio con Blanca Bondía para peinarla y maquillarla, al mediodía iba a participar en el pasacalles por primera vez como reina del barrio de Las Peñas y jamás la había visto tan feliz e ilusionado con la designación; la sobrina del inspector de niña quería ser peluquera y por ello aprendió a realizar el peinado típico de la zona, tenía gracia para ello, lo ratificaba su pericia para hacer una raya perfecta en medio del pelo, que lo reclinaba hacia atrás hasta las sienes, aunque lo que mejor se le daba era el moño, que dejaba caer sobre la nuca, con el típico trenzado en ocho, sujeto por dos horquillas doradas o de plata. Catalina esos días de fiesta peinaba a varias de sus amigas y en esta ocasión estuvo esperando una hora a Blanca Bondía y al ver que no acudió a la cita, se acercó hasta la casa de sus padres pensando que se habría quedado dormida, esa noche de verbena se había alargado hasta las tantas de la madrugada; los padres de su amiga estaban preocupados, por primera vez en su vida, Blanca no había acudido a dormir al domicilio familiar sin antes pedir permiso o darles explicaciones.

Poco o nada sabía la pandilla de Blanca de la noticia y la hipotéticamente desaparición de la joven, alarmados por las circunstancias, preguntaban sin orden a algunos conocidos sin mucho convencimiento. Camiñano y su ayudante pudieron reunir a los allegados de la joven, e intentaron hacer una reconstrucción fidedigna de la última hora que vieron a la muchacha, primero con el testimonio de los amigos, conocidos y gentes que de una manera u otra estuvieron cerca de la muchacha esa noche de verbena; prácticamente la totalidad de jóvenes de la zona se dieron cita en la fiesta, algunos, incluso venidos de lejos acudieron al baile patrocinado por el ayuntamiento y la comisión de fiesta.

Los policías pudieron averiguar que esa noche la joven estuvo bailando sin descanso con unos y otros, que estaba alegre, que no bebió alcohol en ningún momento, que no se separó del grupo de amigas, y que cuando se despidieron lo hizo en compañía de su mejor amiga, según manifestaba ella, una chica de nombre Beatriz Bueno, y que a las dos mujeres les acompañó un joven de nombre Buenavista, que confesó ser medio novio de Blanca; los dos acompañantes vivían cerca del domicilio de la joven desaparecida.

Camiñano centró las primeras pesquisas precisamente en los dos jóvenes que en los últimos momentos vieron a Blanca la noche anterior, tanto su medio novio, como su mejor amiga Beatriz, como ellos mismos se definían.

El joven Buenavista fue el primero que se despidió de las muchachas por vivir al principio de la larga cuesta del barrio, recordaba la despedida, que según él se prolongó varios minutos, hicieron planes para el día siguiente, el muchacho dijo que no estaría presente en el pasacalle del mediodía, dado que era uno de los participantes del pisado de la uva y bendición del primer mosto, pero que a la hora de comer se reunirían en el zaguán de la fiesta.

Los jóvenes habían acondicionado un local, propiedad de los padres de Blanca, para reunirse en las fiestas, tenían encargado varias ristras de embutidos y pan de hogaza para la ocasión. Blanca y su mejor amiga Beatriz después de dejar a Buenavista continuaron a pie hasta casi la ermita de San Sebastián donde vivía esta última, por lo que el pequeño trayecto, siempre en ascenso, de la casa de Beatriz Bueno hasta la de Blanca, un poco más arriba de la cuesta, lo debió hacer sola, y fue allí cuando se perdió su rastro, dado que ya no llegó a casa, su madre esa noche no durmió esperándola, en principio se descartaba el robo, la joven no portaba nada de valor.

No pudieron evitar la alarma en el barrio por dicho acontecimiento, aunque sí consiguieron de alguna manera que la fiesta continuara sin la presencia de la reina del barrio. Camiñano no dudó en acercarse al cuartelillo de la Guardia Civil, inmediatamente después de realizar un primer contacto con los padres de Blanca; no pudo hablar con el capitán Castaño, su amigo, ahora ascendido había sido trasladado; al menos Calleja seguía al pie del cañón como siempre, y saludarlo le alegró la mañana.

El cabo primero le aseguró que no se preocupara por el nuevo comandante del puesto, lo había ocupado de forma provisional el brigada Castellanos, un hombre amargado y poco comunicativo, pero que no sería obstáculo para que los guardias civiles cumpliendo sus órdenes, seguirían el rastro a la joven desaparecida. El brigada dio la opinión de que era pronto para comenzar una investigación y que no conduciría a ninguna parte. Aseguraba el hombre que era muy probable que se hubiera ido con algún otro joven por su propia voluntad, el brigada apelaba a su experiencia, intuición y conocimiento para expresarse en esos términos, Calleja informó al inspector, que dejaba hacer, dado que el brigada, como hacia el capitán, se debía ocupar de asuntos importantes, y como máximo representante del orden le tocaba presidir los actos festeros junto a otras fuerzas vivas.

Los policías y el guardia civil intentaron quitar importancia a este feo asunto, dado el matiz que estaba tomando los acontecimientos, y más, cuando en la primera batida seria y bien organizada, ya con la ayuda de la Benemérita, encontraron varios objetos de la muchacha esparcidos en el campo no muy lejos de su casa, concretamente su pequeño bolso con las pocas pesetas con la que había salido del domicilio y un zapato.

La estrategia desde el primer momento fue intentar ocultar a los ciudadanos los hallazgos de la joven desaparecida, y proseguir con la actividad normal en la ciudad, con el fin de no alarmar al presunto agresor, y que éste se mostrara confiado, por ello, se corrió el bulo de que la muchacha se había ido con un antiguo novio, aleccionados los padres por el guardia civil Castaño fueron los que lanzaron entre lloros de la madre esa posibilidad, incluso hablaban de una nota que nunca existió, estrategia que tuvo un resultado dudoso, al ver que los policías seguían preguntando a los participantes de la verbena asuntos relacionados con Blanca.

Casas acompañado de Catalina se dispuso a interrogar a todos los conocidos de la amiga desaparecida, ese viernes estuvieron durante la tarde en el local habilitado expreso para la fiesta, que iba a ser el zaguán de la comisión de las Peñas. El oficial acompañado de Catalina tomó contacto con los amigos y conocidos de la joven Blanca, que como era lógico pensar, no estaban muy felices, nada sacó en claro el oficial en toda la tarde, salvo la agradable compañía de Catalina.

Entre los presentes en el zaguán de nuevo el policía habló con el pretendiente de Blanca, le dijo el medio novio que ella con la excusa de que era muy joven para comprometerse le daba largas, el muchacho estaba muy afectado, Benito Buenavista no hacía más que lamentarse una y otra vez de no haberla acompañado esa noche hasta su casa, también su amiga Beatriz sentía un fuerte desasosiego, el policía se enteró por su amiga que Blanca afrontaba con gran ilusión su primer trabajo en las oficinas como secretaria de una de las más conocidas bodegas de la zona.

Casas, como ya le había asegurado la sobrina del inspector, comprobó que todos hablaban de ella como una joven bastante bonita, alegre y sincera, muchos de ellos la tachaban de una chica demasiado confiada e inocente, y que no era de extrañar que hubiera sido engañada por algún forastero que esa noche anterior merodeaba por la verbena. Demasiada gente para hacer un seguimiento a conciencia, pensó el policía, muchos de ellos jóvenes de los pueblos vecinos y totalmente desconocidos para la mayoría de los allí presentes.

Un fenómeno que en los últimos años comenzaba a ser frecuente y preocupante según algunos ciudadanos, era la presencia de forasteros de todo el país debido a la generosidad y buen trato con el que el ilustrísimo ayuntamiento mostraba hacia las gentes de fuera, por la gratuidad de la bebida nacida de la uva, no dudaban en darse cita junto al Monumento al Vino, desde donde manaba sin restricción alguna la bendita bebida de los dioses. Esa era la razón por el que uno de los primeros actos que la Guardia Civil hizo fue interrogar a todos los forasteros que deambulaban por la ciudad sin domicilio.

El cabo Calleja era consciente de la dificultad de aplicar en una situación así la ley vigente de vagos y maleantes, ningún sospechoso nació de estos registros, máxime cuando estaba demostrado que no aumentaban esos días los delitos contra la propiedad, ni siquiera un simple hurto, y si había algún acto de violencia, no eran producidos por los borrachines crónicos que se daban cita en la ciudad, sino más bien por borracheras puntuales de algún joven mal bebedor.

El cabo primero Calleja y el inspector Camiñano, para no perder la vieja costumbre adquirida en Semana Santa, decidieron acudir a comer al hostal La Favorita, esta vez por iniciativa del cabo, manifestando el deseo de invitarle, aceptó el inspector a medias, cada día pagaría uno. Una vez más, no defraudó Agustín y su mujer, y lo que fue más curioso, cuando llegaron el local estaba a reventar a consecuencias de las fiestas, pero por arte de magia en unos minutos tenían preparada su mesa.

A pesar de la delicadeza del caso que iban a afrontar, Calleja no perdió su humor habitual, y pronto hizo uso del mismo, cuando Agustín se dispuso a abrir la botella de vino, Calleja le dijo que la destapara despacito, quería oír el sonido al desprenderse el tapón de la botella, luego le pidió el corcho y con cara de circunstancias comenzó a mirarlo y a olerlo, acto seguido, muy serio, puso en la copa un poco de vino, levantó la misma y se quedó un buen rato en silencio moviéndola.

—¿A qué viene tanta historia? —preguntó Camiñano, a la vez que cogía la botella de vino y llenaba su copa.

—Mal hecho, amigo mío, el vino no es para beberlo, es para disfrutarlo, vivirlo, emocionarse, sentir con él, ¿se ha fijado? hay que mirar el fondo, el cuerpo del vino; éste, concretamente tiene un color entre un tono rojo azabache, y violáceos intenso, típico de la variedad Bobal, incluso…, ¿cómo diría yo?, algunas tonalidades muy distinta a esa otras mate y velada, de los vinos viejos, y hay más, no ha perdido la frescura de un vino joven, ¿se ha dado cuenta?, conserva su brillo, su transparencia, nada que ver con los colores degradados de los vinos viejos…, más inclinados hacia los rojos granates y opacos.

—Vamos, Calleja, déjelo ya, y llene su copa.

—¡Qué error!, antes de probarlo hay que escudriñarlo, como cuando se contempla por primera vez a una bella mujer desnuda, ¿se ha fijado en el ribete?, ese halo en su superficie, muy en concordancia con el cuerpo del vino, fíjese bien, tiene una coloración sin variaciones con el cuerpo, un magenta tirando a violáceo, lo que nos indica que el vino es del año, y probablemente de estas tierras Bobal.

—Insisto, Calleja, déjelo ya y entremos en materia, que viene Agustín con una sopera inmensa y humeante, será mejor que afine los sentidos en este nuevo asunto.

—Una última cosita, —dijo el guardia civil inclinando la copa y enseñándosela al inspector—, ¿se da cuenta?, ¿ve esa imagen sobre el cristal?, se llama lágrima, y nos indica según su mayor o menor presencia de alcohol en el vino, yo diría que tiene unos catorce grados.

—¡Bravo, Calleja! Ni en eso acierta, para su información y disgusto le diré que este vino, según usted, joven y de estas tierras que con tanto cariño ha analizado, es uvas Monastrell con algo de Tempranillo, de la vendimia de 1969, o sea de hace dos años, ha pasado seis meses en barrica, según dice aquí y está embotellado en Jumilla.

Un extraño silencio se produjo ante el comentario que el inspector hizo a su amigo, aparentemente corrido y con cara de circunstancias el guardia civil miró la botella con asombro, mostró una sonrisa, reaccionando en unos segundos, dijo.

—¡Ah!, comprendo, perdone mi atrevimiento, no debí lanzarme a esta cierto y venturoso estudio, dado que este local no guarda las más mínimas condiciones para hacer un buen análisis del vino, debería haber caído en la cuenta, para ello es necesario una buena iluminación a ser posible natural, un mantel blanco de fondo y sobre todo un lugar sin ruidos, ni olores, etc., este lugar está lleno de trampas para un buen catador de vinos, en él se enmascaran los sentidos, y no solo la vista, también los otros que no hemos analizado como el olfato, o el gusto, y debo recordarle que este vino lo han servido muy frío, lo acaban de sacar de la nevera, y para una buena cata debe estar a catorce grados, además, ¡que porra!, no conoce ese dicho, "a la mejor puta se le escapa un pedo", pues eso.

Tras una sobremesa, en este caso algo más corta, aunque no faltó una copa de brandi y muchos cigarrillos, se pusieron al tajo; Camiñano iba a entrevistarse con los padres de Blanca y el cabo Calleja aprovecharía la larga tarde del final del verano, para de nuevo hacer una batida de reconocimiento, en este caso más prolongada en el tiempo y con mayor terreno a estudiar, para ello había dispuesto de la mitad de los guardias civiles, con la esperanza de encontrar algún indicio que les ayudara a la investigación.

Los padres de Blanca Bondía no tenían la menor duda que a su hija le había ocurrido algo en contra de su voluntad, ella jamás se ausentó de casa por las noches sin que estos no supieran donde se alojaba, la madre la esperó a que llegara de la fiesta y aprovechó para terminar algunos detalles del traje típico de la zona.

La madre de Blanca cogió del brazo al inspector algo emocionada y le pidió que le acompañara hasta la habitación de su hija, una vez en ella, le enseñó orgullosa todas y cada una de las partes del traje que su hija iba a lucir esa misma mañana. La mujer con voz emocionada le explicó al policía las prendas del vestido de labradora o vinicultora que en la cama tenía expuesto; la camisa con bellos adornos en el cuello y las mangas; una blusa o chambra corta con encajes, de un tejido de batista de algodón blanco, con tiras pasacintas, o puntillas discretas; unas enaguas con colgantes y puntillas; un refajo de color amarillo muy vistoso, de paño con tres rayas horizontales en su inferior, bordadas con colores y adornadas de guirnaldas; un delantal de seda lisa, de color negro con algún aplique como adorno; un justillo damasco carmesí; un jubón o chaquetilla negra abotonado de manga ancha con puntillas de tafetán liso; y unas medias de hilo blancas que debían ir por debajo de las rodillas, luego se fue al armario de la joven y sacó unos zapatos negros y brillantes con hebilla plateada sin estrenar; la mujer con el calzado en la mano se puso a llorar. Ella, su niña, iba a estar esa mañana espléndida y aún no se hacia el ánimo de una situación tan absurda y extraña.

Después de un rato en silencio, que el inspector respetó, la mujer retomó la palabra y le enseñó uno de los objetos que la madre de Blanca Bondía guardaba con mayor orgullo, una prenda que había heredado de su madre, y que esta recibió de su abuela, etc., asegurando que era de la tatarabuela de su hija Blanca y que iba esos días a lucir en la parroquia; la mantellina de seda negra forrada y bordada con pasamanería era una valiosa prenda familiar, que el inspector al verla tachó de un objeto histórico.

Luego de guardarla con cuidado de nuevo en una caja de cartón especial, la madre de Blanca se ausentó unos instantes, rogándole al inspector que esperase, volvió con una caja de madera, allí estaban las reliquias de la familia, aderezos múltiples, como agujillas, pendientes, pañuelos bordados de seda, dos faldriqueras y dos abanicos preciosos, de nuevo la mujer al abrir uno de esos abanicos se echó a llorar, esta vez de forma desconsolada, no habían decidido aún qué aderezos iba a lucir su hija en el triduo en honor a la Santísima Virgen de los Dolores, que con motivo de la Fiesta se celebraba estos días. En la misma caja había otras cosas, como una foto familiar hecha a la albúmina de 1890, después de un buen rato de silencio, señaló que eran sus abuelos.

Camiñano esperó a que la mujer quedara algo mas tranquila y acto seguido se dirigió a hablar con el padre de Blanca Bondía, éste más reflexivo, intentaba analizar las razones por las que su hija no se presentó a dormir esa noche en el domicilio familiar; el hombre se resistía a pensar en negativo, aunque reconocía encontrarse en un callejón sin salida.

El inspector quiso saber si en los últimos días la joven dio muestras de contrariedad o enfado hacia ellos, algo que fue descartado de inmediato, incluso buscó otras razones, como si la joven se mostrara más alegre y feliz, pensando en el enamoramiento y los efectos de irreflexión y enajenamiento que provocaba un gran amor, pudiendo ser que huyera con algún plan preconcebido, teoría que mostró el inspector sin ningún convencimiento. Los padres ante esa opción quedaron un poco fuera de juego, no vieron en su hija conductas como la que el inspector intentaba describir, aún más, aseguraban que la muchacha, aunque bastante inocente y confiada, efectivamente, sí notaban que estaba feliz, pero achacaban esa alegría a su recién nombramiento como reina del barrio Las Peñas, algo que soñaba desde niña, la madre en esos momentos decidió que esa era la razón por la que no vino a casa, estaba enamorada y pronto podría de nuevo abrazarla.

A pesar de las circunstancias, el padre de Blanca Bondía fue al aparador, cogió una caja de puros canarios precintado, lo abrió y ofreció uno al inspector, los había comprado precisamente para invitar a los amigos por la celebración de la proclamación de su hija como reina de la Fiesta, Camiñano no rechazó el ofrecimiento, ni el del puro con vitola Álvaro, ni la copa de brandi Veterano. Acto seguido el hombre hizo un relato de los pasos de la familia desde que Blanca nació, dijo que él era de una aldea no lejos de la ciudad, donde vivieron los primeros años de matrimonio hasta que Blanca cumplió los nueve años, trasladándose luego al cerrarse la escuela hasta donde en la actualidad vivían, fecha que coincidió con la muerte de la abuela materna de la joven, haciéndose la familia cargo de la casa en Las Peñas y de una pequeña tienda de comestibles en lo alto del barrio, siguiendo de esta manera con la tradición.

Como es natural el padre de Blanca no conocía bien las inquietudes de la adolescencia y juventud de su hija, tampoco sabía si tenía algún amor especial y cosas así, la recordaba mejor siendo una niña, cuando en la aldea su hija le contaba sus cosas; su padre veía a su niña a una líder a pesar de su inocencia y recordaba iniciativas ya no solo en el juego, ella era la que organizaba excursiones al monte para recoger espliego y luego venderlo a peso, incluso fue a ella quien se le ocurrió que poniéndolo la noche anterior en la fuente a remojo pesaba más y sacaban algunos céntimos extras. Los padres recordaban que de niña era muy habladora e incluso les contaba que tenía novios.

El inspector no pudo anotar nombres en su libreta de amigos de infancia, la aldea en la actualidad estaba casi abandonada, solo vivía una familia apodados los "Negros", y que toda la vida se ocuparon en hacer carbón vegetal a la manera tradicional, construyendo carboneras con pilas gigantes de troncos de madera cubiertas luego con ramas de pino verde y gran cantidad de tierra por encima, de suerte que al quemar los troncos de madera estos ardía sin oxígeno y muy lentamente, hasta convertirse en carbón, material que luego trasportaban a la ciudad en carro y en los últimos años, según tenía informado el padre de Blanca, en un Renault cuatro latas, comprado de segunda mano.

Los Negros usaban una técnica ancestral heredaba de padres a hijos, recordaba bien a la familia Becerra, el abuelo, al que llegó a conocer, murió al caerse de lo alto de una de las carboneras que el mismo hizo, parece ser, según contaron, que llovió varias noches sin que él tuviera conocimiento de ello y al subirse a la pilastra de maderas no estaba aún endurecido el mineral, cayendo el hombre en el centro de la carbonera, una muerte horrenda que marcó a la familia, pero que a pesar de ello, el hijo siguió con la actividad e incluso el nieto, aunque de este tenía noticias de que estaba enfermo.

La madre sí conocía algo más de sus escarceos amorosos de su hija, parece que le gustaba un par de jóvenes y no se había decidido por ninguno de ellos, uno era Buenavista que ya conocía el inspector, el otro un músico de la Banda Municipal, llamado Bruno Batista que lo conoció Blanca cuando se incorporó al trabajo como secretaria en la bodega. Nada pudo saber la mujer sobre este último amigo de su hija.

Al salir del domicilio de los Bondía vio que estaba anocheciendo, cogió la Vespino y se marchó a su casa en la Villa, su ayudante como era de esperar, no había llegado. El policía abrió una botella de Vino de la Reina, miró su lágrima, se le escuchó decir con una sonrisa, 13 grados, puso un disco de música de cámara en su viejo giradiscos, cuando terminó el mismo se fue al dormitorio junto a la sala, escuchaba las charangas callejeras, dado que éste tenía un balcón a la calle Santa María, entre sueños le pareció escuchar un portazo, luego se quedó profundamente dormido.

Segundo día

El inspector Vázquez Camiñano esa mañana despertó optimista, había dormido bien y lo más importante, sin esas ensoñaciones que a veces lo tenían atrapado. Escuchó la Magefesa que su ayudante Casas había puesto al fuego, tras una reconfortante ducha y con una taza de café en sus manos, entablaron los policías conversación sobre el asunto que les ocupaba.

—Buenos días, señor inspector. ¿Alguna novedad al respecto?

—Nada de momento, Casas, los padres de Blanca Bondía andan bastante despistados, ¿usted ha comprobado la coartada del medio novio de la joven, ese tal Buenavista?, le recuerdo que fue el último varón en verla.

—La verdad es que me parece un buen chico, nada sospechoso y...

—¿Pero se ha asegurado de lo que hizo cuando dejó a Blanca?, ¿habló con sus padres?, ¿se fue a la una de la madrugada a su casa como nos dijo?

—Pues la verdad no he creído necesario molestar a sus padres.

—¿Catalina no le ha contado nada sobre otro pretendiente, un joven que trabaja en la bodega?

—No, creo que no, su sobrina no sabe nada sobre ese muchacho.

—¿Y qué piensa de los otros jóvenes del barrio?, ¿esa noche se le acercó algún forastero a Blanca?, ¿algún comportamiento extraño entre sus amigos?

—No, que yo sepa.

—Pero hombre de Dios…, ¿qué ha estado haciendo en toda la tarde?, no me lo diga, ya lo adivino.

En la ciudad debido a las fiestas y la gran cantidad de gente venida de fuera, la ausencia de Blanca no centró mucho el interés. Cuando Camiñano se reunió con el cabo primero Calleja, el guardia civil le explicó que la batida de la Benemérita a sus órdenes la tarde anterior fue poco provechosa, no encontraron nuevas prendas perdidas de la joven como en la mañana. Tan solo un testimonio pudo tener cierta relevancia, el de una mujer que salió al corral la noche anterior a la hora aproximada que Blanca debió llegar a su casa. La mujer les dijo a los guardias civiles que escuchó unos gritos, que no pudo discernir bien si eran de gente de la fiesta, o de otra índole, nada sabía de Blanca, a pesar de que no vivía lejos, lo que sí le llamó la atención a la mujer, fueron los ladridos de un gran número de perros, y que estaban como más alterados de lo que ella acostumbrada a escuchar; después de que el cabo Calleja insistiera sobre si vio algo que le llamara la atención, la mujer dijo que solo observó, después de los gritos, a un coche cruzar por el puente que salvaba las vías del tren dirección a las aldeas, estaba seguro que era blanco y se parecía a esos muchos que por los campos circulaban, no pudo darles más detalles del vehículo.

Calleja y el inspector Camiñano se acercaron hasta el lugar de trabajo de la secretaria, la joven Blanca. En la bodega esa mañana estaban algo alterados, debido a la sorpresa que les causó la noticia y que era justo la muchacha la encargada para acudir a entregar el racimo de uva al concurso de la Fiesta, y que lo haría con su traje de labradora, por ello, tuvieron que improvisar sobre la marcha al enterarse de la desaparición de la joven, y vestir a un empleado con el traje vendimiador para la ocasión. Camiñano recordaba el nombre de Bruno Batista, era el joven que la madre de Blanca había mencionado, precisamente el mismo que tuvo que encargarse de acudir a la entrega de racimo del concurso.

A Camiñano y el guardia civil los recibió el dueño de la bodega, un hombre afable y simpático que confesó aprecio por la nueva secretaria y que estaba seguro que todo se resolvería favorablemente. El bodeguero contestó a las preguntas sin cortapisas, asegurando que en los seis meses que trabajaba Bruno con ellos, en ningún momento observó conducta extraña; en la oficina trabajaba con el bodeguero su mujer, era la verdadera propietaria de la hacienda, con ellos estaba un contable que hacía las veces de tesorero y secretario, un hombre entrado en años, que era quizás con quien la joven tenía mayor relación; a la pregunta al secretario del cabo primero de que hizo esa noche de verbena, él, algo sorprendido, les dijo que estuvo en el triduo en la iglesia del Carmen con su mujer y le sorprendió no ver a Blanca, luego se fueron a casa.

El inspector y Calleja decidieron esperar al joven Bruno. El dueño de la bodega se ofreció a enseñar las instalaciones mientras esperaban; se nota que tenía bien aprendido el recorrido, dado que desde el primer momento no paró de hablar, explicando el proceso de la elaboración del vino desde la misma vendimia, con la recogida de la uva que variaba en función del grado de madurez y azúcares y que ese año por razones meteorológicas, debido a algunas heladas fuera de temporada empobreció el racimo y por ello la cosecha iba a ser menor, un mal año aseguraba el agricultor. Camiñano pensaba que los campesinos, y más concretamente los vinicultores, eran algo agoreros, nunca hablaban de única, genial, la mejor..., en cuanto a cosecha, a lo sumo, ante una excelente recogida de uva se atrevían a decir: no ha estado mal.

Les explicó el dueño de la bodega el complejo mundo del vino, nunca imaginó Camiñano tanto trasiego en el proceso de elaboración. El hombre hizo mención a la maceración de los racimos para vinos jóvenes y un proceso más complejo, desgranando los racimos para los vinos tintos y elaborados. El primer paso, informó el hombre con voz enfática, como si de una clase magistral se tratara, era el despalillado, que como su nombre indicaba, se trataba de separar el grano de las ramas, hojas y otros elementos ajenos, desechando esta materia llamada raspón o escobajo, que de las dos formas se llamaba, y del que se prescindía en todo vino que se precie. A continuación, el hombre enseñó a los agentes del orden unas máquinas para el estrujado de la uva, por lo que se separaba el mosto, el auténtico zumo de uva del hollejo o piel del grano, asegurando que este se conservaba, si se quería en los siguientes paso hacer vinos de calidad y contundentes; con frecuencia Calleja se separaba del policía sin prestar mucha atención al bodeguero, incluso escuchó decirle al oído, otro que se las da de listillo.

A partir de ese momento comenzaba la aventura, dijo mirando al cielo el bodeguero, a nadie dejaba indiferente si se tenía la suerte de ver el fenómeno de la maceración y fermentación alcohólica, fenómeno por otro lado, no exento de riesgos si no se tomaban precauciones, porque en el proceso de fermentación alcohólica y transformación de los azúcares en alcohol etílico, se desprendía un gas, el dióxido de carbono, que ascendía a la superficie contaminando el ambiente; el hombre explicó que no era infrecuente, sobre todo en el pasado, alguna desgracia. Conocía casos de fallecimientos de gentes expuestas a ello, que por ignorancia, o con otros fines ocultos, habían muerto por intoxicación de un aire enrarecido.

En este proceso de fermentación, explicó el bodeguero, se van acumulando los residuos de la uva en la parte superior a modo de sombrero, donde el hollejo va tomando protagonismo, era el momento del remontado, explicó con énfasis el hombre; para conseguir vinos de calidad el mosto extraído por su parte inferior volvía a reintroducirse, a la vez que se iba removiendo el mismo, en una acción de bazuqueo permanente, fenómeno que se llamaba remontado, que en la bodega se seguía haciendo a la manera tradicional, o sea a mano con un bazuqueador, de esta suerte, conseguían propiedades cada vez más valiosas, con el cuidado de mantener en el proceso una temperatura adecuada no superior a los treinta grados; tras dos semanas de este proceso, siguió hablando el hombre, el vino ya estaba en condiciones del descube, que no era otra cosa que, separarlo definitivamente de todo elemento sólido.

No terminaba aquí la aventura del bendito elemento, explicó el bodeguero, mientras Calleja iba a su bola, al vino le esperaban nuevas acciones, era sometido a una segunda fermentación, en este caso llamada maloláctica, por la presencia de ácido málico. Con este fenómeno aparecía un nuevo elemento, el ácido láctico, que junto al cítrico y el tartárico formaban la triada ácida de la bebida de los dioses, de esta manera, tras la segunda fermentación el vino ganaba en propiedades, a la vez de que perdía parte de la acidez.

El inspector conocía el proceso del vino, aunque nunca imaginó la cantidad de detalles que el bodeguero fue dando a sus invitados, asegurando que una vez realizado el descube, había que limpiar de impurezas el vino, mediante dos procesos necesarios, el trasiego para airear el vino e eliminar restos sólidos, y la clarificación que se realizaba con productos como la gelatinas, caseínas, etc., ellos usaban, por creerlo más natural, la proteína de clara de huevo para la floculación de elementos sólidos, que fácilmente eran luego eliminados por medio de filtrado.

El hombre dijo con cierta preocupación que estaban en una época especial, había que invertir y apostar con valentía por el futuro y que mejor que aprovecharse de las nuevas generaciones de enólogos cada vez mejor formados de la Escuela de Viticultura y Enología de la ciudad. Era el momento de crear vinos propios de crianza, y por ello se habían lanzado a un proyecto novedoso en la comarca, recuperando las zonas subterráneas de las Bodegas, que conservaban las condiciones idóneas de oscuridad, humedad, aireación, temperatura, silencio..., todo ello tan necesario para la conservación del santo líquido, y más aún, el envejecimiento en barricas de roble, excelente madera por su pureza, permeabilidad, porosidad y con propiedades únicas para el intercambio permanente de aromas muy diversos, según la uva, la tierra, las lluvias, etc., incluso el tratamiento dado a la barrica del tostado, ahumado... influía en el resultado final.

Cuando estaba el dueño enseñando a los agentes del orden, o para ser más exactos a Camiñano, las máquinas para el embotellado, apareció el joven Bruno Batista con cara de preocupación, manifestando a las primeras de cambio, que no entendía bien la razón por los que los policías estaban esperándolo. El empleado de la bodega desde el primer momento dio muestras de nerviosismo, contestando a preguntas, unas hechas por Calleja, y otras afirmaciones dadas sin que nadie le preguntara; dijo que Blanca era muy guapa y que la conocía del instituto, que eran buenos amigos y nada más, que la noche del viernes bailó con ella en varias ocasiones, que le hubiera gustado estar con ella toda la noche, que no la notó preocupada ni nada por el estilo, que cuando se despidió de Blanca, esta le dijo que no necesitaba compañía, dado que se iba a casa con su amiga Beatriz, que la vio partir con Buenavista, algo que le irritó y que cuando se marchó Blanca el joven no recordaba bien que había hecho, insinuado que a lo mejor bebió más de la cuenta.

Esa mañana, antes de partir los agentes se acercaron de nuevo a la oficina, el contable, un señor que superaba la cincuentena, dijo que desde que nombraron a Blanca reina de la Fiesta estaba como más alegre y habladora, por ello, le parecía lógico que se ocuparan de su desaparición, algo extraño debió sucederle precisamente el primer día que la joven iba a lucir todos sus encantos en la calle. Nada dijo de preocupaciones de la joven, todo lo contrario, su presencia alegraba la oficina, era una muchacha muy aplicada, con una escritura a máquina rápida, buena gramática y conocimientos ortográficos suficientes, por lo que rara vez tenía que corregirle algún escrito o albarán. No dudó el hombre en decir que el joven Bruno Batista estaba con frecuencia encima de ella, intentando por todos los medios requerir su atención, algo que, según el tesorero, la joven con educación, pero con decisión intentaba desasirse del muchacho.

Al llegar el inspector y Calleja al hostal La Favorita ya estaban aposentados en la mesa de siempre su sobrina y Casas, no defraudó una vez más Agustín, quizás notaron cierto retraso en el servicio, dado el trabajo del hombre por estar el lugar abarrotado de comensales, demora que, al posar la gran fuente humeante de un guisote inconmensurable en el centro de la mesa, nadie se acordó de la espera.

Por primera vez el inspector vio fumar a su sobrina Catalina, aceptando un cigarrillo que le ofreció el cabo primero Calleja; la joven confesó que estaba preocupada, aunque tenía el presentimiento de que quien o quienes la hubieran retenido no le harían daño, por su cabeza no cabía otra posibilidad, los tres hombres durante unos instantes guardaron silencio, nadie se atrevió a contradecirla, ninguno de los tres conocían a la muchacha, pero sí tenían la experiencia suficiente para pensar lo contrario, y se limitaron a instar a Catalina que debía de hacer un esfuerzo de memoria para recordar alguna situación reseñable, deteniéndose en primer lugar en algún hombre que la persiguiera, y en segundo lugar, en repasar minuto a minuto los pasos que su amiga esa noche fue dando; Catalina recordaba bien que prácticamente estuvo bailando toda la noche y con varios muchachos, la mayoría de ellos eran amigos de la pandilla y conocidos del barrio.

—Catalina, ¿cuándo dices que estuvo bailando prácticamente con amigos y conocidos, quiere eso decir que bailó con algún desconocido?

—Antes de marcharse de la verbena sé que se acercó un muchacho que era la primera vez que lo habíamos visto, aunque Blanca sí le llamó por su nombre.

—¿Y recuerdas como lo llamó?

—Sí, creo que dijo algo así como Becerra, del nombre no me acuerdo, pero se conocían, porque dijo que lo veía como más mayor o algo parecido.

—¿Y podrías describirlo?

—¡Uf!, que mal se me da eso, ni alto ni bajo, de pelo oscuro, poco agraciado...

—Algo especial.

—Sí, tío, feo, muy feo, por lo demás no sabría decirte.

—¿Y bailaron mucho?

—No, solo una vez.

—¿Bailaron muy juntos? ¿hablaron bailando?, ¿recuerdas qué hizo luego?

—No lo sé, tío, había mucha gente y seguramente se fue con sus amigos, digo yo, y no bailaron muy juntos —contestó Catalina algo enfadada.

—¿Y Blanca no te habló nunca sobre el empleado de la bodega?, según el secretario creo que agobiaba algo a la joven —le preguntó el cabo primero Calleja, sin hacer caso a su enfado.

—¿Quién, Bruno, el que toca en la banda el trompón?, ese muchacho es un plasta y Blanca lo tenía a raya.

—El problema es que no sabemos que hizo esa noche, dice que cree que se emborrachó, pero no ha dado nombres de amigos que pudiera corroborar sus palabras —replicó Callejas

—Al menos ya sabemos que el joven Buenavista, el medio novio de Blanca podemos descartarlo, su madre lo escuchó llegar a casa a la hora que se despidieron las amigas, como verás Maxi, yo también me muevo —dijo Casas con severa voz.

—No estés tan seguro, querido Casas, que el testimonio de una madre siempre se debe poner en cuarentena.

—Ya te digo, tío, que Benito Buenavista está descartado, lo conozco desde niño, es un trozo de pan —se adelantó a decir Catalina.

—Vale, vale, entonces hay que buscar una coartada para Bruno, el tiempo se nos echa encima y tengo el presentimiento que, o resolvemos pronto el problema, o quizás no tenga solución.

—No digas eso, tío. Me habéis dado la comida, si lo sé no vengo, con lo tranquila que estaba con Casimiro.

El cabo primero Calleja aseguraba y con razón, que quien hizo tal fechoría debía tener coche, dado que rastrearon concienzudamente la zona y hubieran encontrado más pistas de la joven no lejos de su domicilio. El guardia civil sabía que el compañero de trabajo de Blanca no tenía carnet de conducir, así que de ser el autor del secuestro o lo que fuera, lo más probable es que no hubiera actuado solo; por otro lado, Buenavista, el que decía ser medio novio de Blanca y que le acompañó esa noche un tramo antes de despedirse de las amigas, sí tenía un furgón blanco, justo del color que la mujer, la vecina de familia Bondía, dijo ver alejarse aproximadamente en los momentos que debieron suceder los hechos.

Cuando se despidieron Catalina y Casas de Camiñano se comprometieron a investigar los pasos de Buenavista y de Batista; este último, el joven que trabajaba con Blanca en la bodega, esa tarde tenía que tocar en la Banda Municipal, no les fue difícil contactar con él y con el mayor número posible de músicos.

Entre los amigos y compañeros de Bruno Batista nadie supo decir que hizo el joven esa noche y madrugada del viernes, incluso no recordaban que se emborrachara, como él mismo había asegurado, simplemente, después de bailar con Blanca desapareció. El joven vivía con su madre, una mujer mayor, sorda y con dificultades de movilidad que no supo decir cuando llegó su hijo, ni siquiera recordaba si durmió esa noche en el domicilio, aunque Casas comprobó que su habitación estaba completamente desordenada.

En cuanto a Buenavista, el medio novio de Blanca, su madre aseguraba que sí durmió en casa, pero al ser preguntada cuando llegó al domicilio o no supo, o no quiso decir la hora, asegurando que lo escuchó entrar sin más, su cama estaba perfectamente hecha y nada especial encontró Casas, cuando registró la habitación.

La fiesta en la ciudad continuaba sin tener conciencia sus pobladores de la desaparición de la joven Blanca, solo un grupo pequeño de amigos conocían el hecho y ese sábado tarde era muy especial, las familias y amistades se preparaba para cenar a la vera de los portales de sus casas antes del castillo de fuegos artificiales y posterior verbena para la juventud. Los guardias civiles de nuevo interrogaron a los muchos forasteros que en esas fechas se daban cita alrededor del Monumento al Vino, no en vano, esos días tenían asegurado el paso a la ensoñación sin coste alguno, nada sacaron de ellos la Benemérita, a Blanca se la había tragado la tierra en un corto trayecto, y en un corto espacio de tiempo.

El inspector Camiñano cada vez tenía más dificultades para hilar la secuencia de los sucesos, el desaparecer la muchacha precisamente un día tan señalado de fiesta todo parecía más difícil; era muy posible que el autor o los autores de esos hechos fuera gente venido de fuera, en la verbena se dieron cita jóvenes de toda la comarca y por lo que dijeron unos y otros, parece ser que la joven era blanco de las miradas de los mozos allí concentrados, dado que destacaba no solo por su físico y guapura, sino también por su simpatía y alegría de vivir, todos sus amigos aseguraban que esa noche la muchacha estaba especialmente atractiva y demandada.

Entre los más afectados por la desaparición de Blanca junto a los padres de ella, era su amiga Beatriz Bueno; Camiñano esa tarde se acercó de nuevo a hablar con ella, la muchacha dijo que no se separó de Blanca en toda la velada salvo para bailar, la conversación fue interrumpida en varias ocasiones por los constantes lloros de la joven que se lamentaba de no haberla acompañado a casa, a pesar de los esfuerzos del inspector con el argumento de que eso no hubiera servido para nada, e incluso el policía le dijo para consolarla que las dos pudieran haber sido víctimas.

Nada en concreto sacó de la visita el policía, recordaba bien la muchacha lo acontecido esa noche, en cuanto a la verbena nada especial, Blanca bailó con muchos amigos y nunca muy cogida, ella tenía claro que debía mantener cierta distancia y siempre interponía el codo al apoyarse en el hombro de su pareja a modo de barrera entre sus cuerpos, truco bien aprendido si quería que alguno no se propasase con la excusa del baile. En el camino a casa no encontraron a nadie extraño y fue Benito el primero en despedirse de ellas. No podía imaginar que alguien pudiera hacer daño a Blanca, por lo que le horrorizaba pensar que algún forastero fuera el responsable de su desaparición, descartada su huida voluntaria...

Tampoco el cabo primero Calleja tuvo más suerte, registraron el coche de Buenavista, y otros vehículos blancos de algún amigo de la joven desaparecida, como era natural no encontraron en los mismos ni rastro de sus pertenencias; estaba claro que la cosa se ponía difícil, estaban en un punto muerto para encontrar a la mujer, con el miedo de que el tiempo corría en contra.

El inspector la noche del sábado decidió acudir solo a la verbena que se celebraba en el mismo lugar y a la misma hora que la noche del jueves al viernes, mientras Casas lo haría con su sobrina; el inspector estaba interesada en hablar con los forasteros, el problema es que no tenía fácil el acceso a ellos, dado la diferencia de edad y las dificultad de entablar una conversación, a pesar de ello, descubrió que ninguno de los forastero con los que habló sabía nada de la desaparición de una mujer.

Cuando llegó a casa, su ayudante, a pesar de que la hora marcaba las dos de la madrugada, se dispuso a preparar una exquisita cena a base de embutido de la región, huevos y patatas fritas, estaba claro que la diferencia de años marcaba también la capacidad estomacal; el inspector abrió una botella de vino, observó el ruido al desprenderse del tapón, se sonrió hacia sus adentros y se conformó con la punta de un bocadillo de a cuarto con dos longanizas, de lo que comió Casas nada se sabe, pero dado el tamaño de las sartén es fácil hacerse una idea.

Tercer día

El inspector esa noche durmió mal, se levantó en varias ocasiones y no siempre para orinar, al poco de acostarse tuvo que acudir a la cocina para tomarse bicarbonato con el que con frecuencia combatía las molestias gástricas, y que en esa noche se acompañó de salivación, quemazón, dolor de pecho y acidez que le subía desde la boca del estómago hasta la garganta. Desde que dejó de tomar orujo y otras bebidas destiladas por la noche esos síntomas habían ido disminuyendo, pero ese día, incumpliendo la promesa dada, había bebido y fumado más de lo que el organismo aguanta y la prudencia aconseja, y ahora pagaba las consecuencias; al menos se consoló que en esta ocasión no despertase con pesadillas, que siempre hacían acto de presencia cuando comenzaba una investigación.

Esa mañana el inspector cuando habló con Casas, con una taza de café en la mano, no sabía que camino tomar, a las doce del mediodía estaba convocado a una de esas celebraciones en honor de los nacidos en la Villa y ausentes de la misma por motivos varios. Camiñano dijo que se acercaría al zaguán de la fiesta de donde pertenecía la joven y volver a interrogar a los amigos de la reina desaparecida, algo había que hacer, pensó. La Guardia Civil que esos días creían que estarían tranquilos, por órdenes del cabo primero Calleja esa misma mañana de domingo iban de nuevo a realizar batidas en graneros, cuadras y corrales fuera de la ciudad.

Ese domingo los jóvenes amigos de Blanca seguían con una conducta triste y poco festiva, el inspector nada esperaba con nuevas pesquisas, solo cabía esperar que un golpe de suerte cambiara el curso de una investigación marcada por el enigmático misterio de la desaparición de la muchacha; el policía llegó a la conclusión de que la respuesta estaba fuera del círculo de amigos, pero no sabía que camino tomar, el final de fiesta para los amigos de Blanca se presentaba triste, y sin la reina nadie esa mañana deseaba salir en pasacalles para la ofrenda a la patrona, a pesar de que eran muchos los ramos de flores encargados con antelación y dispuestos en el zaguán.

Cuando llegó su sobrina al local lo primero que hizo fue dirigirse a un cuenco de entre las muchas flores que allí estaban, y metiendo las narices en el mismo, respirando profundamente dijo a su tío que le encantaba ese olor. Entre los muchos ramos de flores destacaba ese cuenco por su gran tamaño, nada que ver con los distintos ramilletes encargados para la ofrenda a la patrona, la Virgen de los Dolores; más que un ramo de flores, era un recipiente de barro con unas matas de plantas silvestres muy vistosas y de casi medio metro de altura, con tallo fino y leñoso y una flor en forma de espiga de un color azulado intenso que lo hacía inconfundible, cuando se acercó a la mata a olerla, como hizo su sobrina, aún conservaba el fuerte perfume característico del espliego, Catalina le dijo a su tío que la planta se la habían regalado por su proclamación como reina de la Las Peñas, aunque no supo decir ni quién, ni cuándo, ni cómo, y por el tamaño y el peso del recipiente, pensó el policía, era más que probable que se hubiera entregado con la ayuda de un coche.

Desde ese momento Camiñano comenzó a sentir cierto gusanillo en su interior, era como si por primera vez una lucecita iluminaba el difícil caso que llevaba entre manos, de alguna manera, el inspector tomó un comportamiento activo, incluso casi agresivo, exigiendo que los amigos de Blanca hicieran un esfuerzo para recordar cualquier cosa relacionada con el dichoso cuenco, nadie sabía nada de la presencia del mismo más allá de lo dicho por su sobrina, cuando llegó Beatriz, su mejor amiga según ella, dijo, después de que el policía la atosigara a preguntas, que creía recordar que se lo había regalado un amigo de la infancia...

En ese momento al inspector, como si le hubieran clavado un dardo entre ceja y ceja, reaccionó con grandes aspavientos, recordaba palabra por palabra lo que el padre de Blanca contó sobre su infancia y que ella era la líder del grupo de amigos, hasta el punto de organizar batidas para recoger espliego y así ganarse unas cuantas pesetas.

—Lo tenemos, que no se mueva nadie de aquí, ¿no te dijo Blanca que se lo regaló ese tal Becerra?,

—dijo el inspector algo alterado dirigiéndose a Catalina.

—¿No sé a quién te refieres, tío?

—Sí, mujer, ayer mismo me dijiste que bailó con un joven que conocías, y que era muy feo, ¿lo recuerdas?

—Sí, ya sé quién dices, ¿es ese hombre quién tiene retenida a Blanca?

—Muy probablemente, insisto, que nadie se mueva de aquí, ni cuenten nada de lo hablado hasta que vuelva, voy a buscar a los padres de Blanca y luego iré al cuartelillo de la Guardia Civil, insisto, quedan ustedes aquí por si los necesito, Casas les hará compañía.

Camiñano cogió su Vespino y en dos minutos se plantó en casa de los padres de Blanca, el hombre dijo que si el hijo del carbonero, un joven poco agraciado, se acercó esa noche a su hija y bailó con ella, era muy probable que fuera el que buscaban. Recordaba el padre que los carboneros tenían un coche furgoneta, que debería tener muchos años y que las noticias que le llegaban de la aldea, aunque escasas, siempre estaban relacionadas con la única familia que quedaba y que el muchacho había estado ingresado en un hospital por padecer de nervios, aunque también dijo que, no se sabe bien si para calmar sus ánimos y los de su mujer, el muchacho nunca había presentado signos de violencia, más bien de melancolía.

No fue difícil localizar al cabo Calleja; por una carretera que en los últimos seis o siete kilómetros era de tierra, en una media hora llegaron a la aldea, el silencio al bajar del vehículo era absoluto y los primeros en recibirlos fueron dos galgos famélicos que ladraban sin acercarse a ellos.

A partir de ese momento todo se desarrolló mejor de lo que esperaban, el guardia civil creyó conveniente desenfundar su pistola mientras su acompañante o pareja habitual se quedó cerca del vehículo oficial con el arma preparada; nada de eso fue necesario, les recibió un hombre muy envejecido, sordo y con muy mala vista que saludo al cabo primero con educación, se conocían de antaño, el mismo les dijo que tenía una gran noticia que darles, por fin su hijo tenía novia y estaba feliz, asegurando que la muchacha era muy vergonzosa, como él, y por eso no la conocía, no quería salir de la nueva casa que su hijo estaba construyendo en el antiguo cobertizo no muy lejos de allí, por eso, el muchacho quería presentar a su novia cuando la casa estuviera totalmente terminada, les dijo el viejo que sentía curiosidad por conocerla, dado que su hijo aseguraba que al verla se acordaría de ella.

Tampoco el muchacho ofreció alguna resistencia, se presentó con una gran sonrisa y mirada como ausente ante los agentes del orden, al mismo tiempo que escuchaban tanto Calleja como el policía a Blanca pedir auxilio.

Mientras que el cabo primero Calleja fue directamente hasta el lugar donde estaba la muchacha, el inspector presenció uno de los comentarios más absurdos, por no decir rocambolescos que había escuchado en su vida.

—Me alegro señores que al final hayan venido, yo ya no sé qué hacer para que Blanca, mi novia, se anime, no quiere comer, no quiere dormir, está siempre enfadada, no se parece en nada a cuando jugábamos hasta el anochecer, precisamente en este mismo lugar, incluso el otro día me acarició al bailar, y ahora no quiere saber nada de mí, tiene que hacerla entrar en razón, si no moriré de pena.

El joven abrazado a su padre le dijo que era el momento de conocer a su novia, al tiempo que acompañó a Camiñano hasta el cobertizo donde se encontraba Blanca; la joven muy desmejorada, con el traje de la noche de la verbena, estaba atada con unas esposas tan solo por un tobillo y sujeta por una larga y fuerte cadena que terminaba en una argolla de hierro, estaba claro que el rapto había sido planeado con minucioso detalle.

La muchacha al ver primero al guardia civil y luego a su raptor, no pudo aguantar la emoción, más aún cuando fue liberada de las esposas. Unos minutos después, algo más tranquila, hizo una confesión en el mismo coche de vuelta a casa que sorprendió a los agentes del orden, fue un comentario que los dejó patidifusos, a pesar de las más de 48 hora presa, desde la noche del jueves hasta el domingo, sin comer, sin casi dormir, sin ver la luz, sus primeras palabras fueron hacia Becerra, asegurando que no le había hecho ningún daño, y si la ató fue porque sabía que huiría y no por lastimarle, y que el joven estaba enfermo y que no se merecía ningún mal, luego los dos se pusieron a llorar como niños pequeños.

Antes de dejar a Blanca en su casa tuvieron que pasar primero por el cuartelillo de la Guardia Civil para dejar a Becerra, la idea era que luego fueran directamente a casa de los padre de la joven. Blanca preguntó la hora y dijo que deberían pasar un momento por el zaguán, si se daban prisa aún podrían desfilar en el último pasacalles de la Fiesta y acudir a otras celebraciones pendientes, y como no, por la tarde ir a la misa del triduo que en la parroquia de San Nicolás, iglesia del Carmen se celebraba.

Camiñano no sabía que pensar, ni como catalogarla, si era una joven inteligente, decidida, comprometida, valiente, etc., o por el contrario como su secuestrador se había vuelto también majara.

No hace falta explicar el revuelo que se armó en el local de la comisión festera del barrio de las Peñas al ver a su reina, fue precisamente ella quien tuvo que poner orden ante tanta alegría desbordada, se había empeñado que el poco tiempo que quedaba para la quema del Monumento al Vino debía de ser apoteósico, único, inolvidable, todo eso le decía mientras no paraba de comer bollos, beber Kas de naranja o limón, agua del botijo, e incluso algún que otro trago de vino que del porrón le ofrecían, se notaba que la joven no había comido ni bebido en esos días, como su raptor aseguraba.

Blanca les recordó a todos que tenían algo más de una hora para ducharse, peinarse, acicalarse, vestirse, etc., era el momento de demostrar de lo que eran capaces, de suerte que en poco tiempo Casas y Camiñano se quedaron solos en el zaguán, Catalina acompañó a Blanca, quería peinarla, estaba feliz y se le escapó un fuerte beso a Casas, algo que dejó en su tío una sonrisa, nunca imaginó Catalina que terminara de esa manera el encuentro con Blanca.

El padre de la muchacha unos minutos después acudió al local a saludar a los policías, Camiñano notó el cuerpo del hombre pegado al suyo durante casi un minuto y que no zafó o mejor dicho, no intentó desembarazarse con disimulo en ese tiempo, el inspector se dejó llevar, notaba la emoción acumulada y la inmensa alegría de un padre al ver a su hija animosa, después de sufrir más de dos días en circunstancias tan difíciles; el policía no era nadie para cortar la expresión a un sentimiento de agradecimiento tan sincero.

Antes de despedirse el padre de Blanca le dijo al inspector, y a su ayudante Casas, que tenían que aceptar dos invitaciones, una, acudir a la matanza del cerdo que todos los años en su aldea celebraban con gran boato y ceremonia, y la otra, ir a coger rebollones a partir del mes de noviembre, esta última invitación el día que ellos eligieran, asegurando que les enseñaría los secretos que él ocultaba a todo el mundo, garantizándoles una mañana provechosa y acompañada de una especial comida, porque luego deseaba invitarlos al Mesón del Vino, asegurando el hombre que era el más prestigioso de la ciudad, y que desde 1954 recibía en sus locales a lo más selecto de la contornada, y a los forasteros ilustres que llegaban hasta allí para disfrutar de la comida más rica y tradicional de la zona, afirmación que, pensaba el policía quizás por desconocimiento, mucho tenían que esmerarse los cocineros del Mesón del Vino para superar los guisotes de la mujer dueña del hostal La Favorita.

No solo la gente que rodeaba al policía sentían alegría, él mismo experimentaba en su interior una gran satisfacción al comprobar que el esfuerzo de esos días no había sido en balde, y que ese tiempo lo ocupó en un caso donde el protagonista no era un asesino; la investigación condujo a un final feliz por primera vez en meses, y no a la detención de un asesino, sino de un pobre hombre desequilibrado, que su mayor delito fue estar prendido, obnubilado, desorientado por el amor de su infancia.

No vamos a detallar aquí las emociones que vivieron en el pasacalles los jóvenes nacidos en el barrio de Las Peñas, solo destacar el momento de la entrega del ramo de flores de la joven reina, la señorita Blanca a la Virgen patrona de la ciudad; todos vieron sus lágrimas que en silencio corrían por sus mejillas, haciéndole competencia a las de la mismísima Virgen de los Dolores, aunque lo que más asombró a todos los que conocían las circunstancias vividas por la joven, fue que entre claveles de colores blancos, rojos y amarillos de los ramo de sus damas, destacaba el suyo, por sencillez y originalidad, un manojo inmenso de espliego color azul intenso.

Camiñano después de unos días casi ausente de la Fiesta, pudo disfrutar de una ciudad en ebullición, siendo testigo de innumerables actos oficiales y otros más espontáneos entre ofrendas, pasacalles, chirigotas, cabalgatas, reparto de premios, etc. La sorpresa se la llevó el inspector cuando vio a su amigo de la infancia, al capitán Castaño, ya en estos momentos ascendido a comandante, que también estaba citado al acto organizado por la directiva de la Fiesta.

Comieron tarde y mal, es lo que tiene las aglomeraciones, y el inspector hizo de tripas corazón, dado que la comida a los homenajeados fue multitudinaria, pero si mal comieron, no estaba dispuesto a lamentarse en una cuestión tan crucial como la bebida, así que aprovechando que las mesas se dispusieron al aire libre, que el día se presentó espléndido, con mucha luz y el lugar donde se sentó, acompañado del cabo Calleja, tenía el mantel blanco, y que esa misma mañana el padre de Blanca se había acercado de nuevo para regalarle un vino que tenía guardado para una gran ocasión, recordando el policía las palabras del guardia civil de las condiciones optimas para una buena cata, este cogió la botella de vino tinto, le quitó la etiqueta a la botella recién regalada, y en presencia de Calleja la abrió con gran ceremonial.

—Tendremos que hablarnos de nuevo de tú, ¿no te parece, Calleja?

—Es lo normal, es ya como ritual cada vez que terminamos un caso, y este para nosotros ha sido muy especial.

—Bien, que le parece el vino que he traído, no me negarás que hoy tienes condiciones inmejorables para la cata, —Comentó Camiñano como si de un reto se tratara, algo que como se verá pronto, pensó el inspector, no fue una buena idea.

—Uy, uy, uy, que me estás liando, Máximo, aquí hay demasiado ruido, el vino debe estar recalentado, ya sabes que hay que servirlo a unos catorce grados, y además me viene un tufillo a carne a la brasa chamuscada que es posible me desconcierte.

—Excusas, Calleja, y dime que piensas de este vino.

Durante un par de minutos el guardia civil con una actitud como de hacerse el importante, aparentando concentración e interés se dispuso a analizar el vino, actitud que el inspector no supo determinar si era simulación, burla, o verdadera emoción, dado sus expresiones y conducta.

Calleja como primer acto se dispuso a oler el corcho, luego ya con un poco de vino en la copa, invitando al inspector a que hiciera lo mismo con la suya, se dispuso primero a observarlo y luego de forma ceremoniosa comenzó a remover o balancear el líquido elemento en círculos, a veces despacio, a veces con energía, cuando no volcando un poco el mismo, a la vez que lo miraba minuciosamente, luego metió las narices en la copa, no una vez, sino varias, hasta que sin probarlo, con un tono serio y voz casi de ultratumba se decidió a hablar.

—No cabe duda que estamos ante un vino de la tierra, concretamente de la variedad Bobal, las cepas de por aquí, resistentes a plagas e inclemencias del tiempo; a falta de otras sensaciones te diré que no es un vino joven, el mismo color lo desenmascara, si te has fijado, yo diría que tiene un color degradado que recuerda a esas tejas viejas, y si me apuras, con tonos anaranjados que hay en nuestras techumbres; ya sabes que el color lo recibe el vino de los distintos componentes que encontramos en la piel y también, aunque en menos cantidad, en las semillas de la uva tinta, son los antocianos y los taninos que hay en el hollejo los responsables de los colores, y la variedad Bobal puede presumir de tenerlos en abundancia.

<<Debes saber que hay otros factores que marcan los distintos colores, uno el tiempo de contacto del hollejo con el mosto en la maceración del vino, y el otro su antigüedad en barrica, y así tendremos colores vivos y limpios, incluso rojos rubís y tonos violáceos en los jóvenes o del año, para ir poco a poco a una intensidad cromática variada, desde un granate en los crianzas de unos dos años de elaboración y medio en barrica, al rojo apagado y el rojo caoba de los vinos con tiempos más largos en bodega, como son los reservas de doce meses en barrica y tres años antes de salir al mercado, aunque hay otros

muy elaborados y que en la comarca rara vez se ven, y que llegan a su punto de máxima maduración antes de los diez años desde la vendimia, a partir de ese momento pueden ir languideciendo en otras tonalidades muy degradadas, como el que estamos probando, que yo diría que es un vino muy añejo que no sé de dónde lo has sacado.

El cabo primero Calleja se quedó unos momentos de nuevo en silencio, volvió a inclinar la copa y luego con la misma voz solemne prosiguió su perorata; de suerte que Camiñano no supo adivinar si estaba ante un gran actor teatral, un redomado perito en la materia o simplemente un apasionado del vino al escucharlo explicarse casi *ex cáthedra*. Luego prosiguió Calleja con el mismo empaque y disposición.

—Hay otros detalles además del color que debemos de valorar al mirar la capa o cuerpo del vino, entre ellos su trasparencia, o la falta de la misma, como es el caso que nos ocupa, un vino casi opaco, también su brillo, su fluidez o densidad, su textura, etc., todo ello nos hará pensar en su maduración, este en concreto carece de fluidez, es de textura compleja y podríamos hablar que es mas denso que esos vinos jóvenes, cualidades que se pone en evidencia al mover la copa; si te has fijado, amigo Máximo, en cuanto al ribete del que ya hablamos el otro día es si cabe de mayor ayuda a esta conclusión, debido a que este vino tiene un degradado de color concluyente, yo definiría incluso que su ribete se asemeja a la piel de cebolla, por los distintas entonaciones de color y que ese último aro que ves es casi transparente, ribete típico de los vinos viejos.

Camiñano no sabía que pensar, llevaba más de diez minutos hablando del vino que había puesto sobre la mesa y aún no lo había ni probado, el joven guardia civil retomó su clase magistral y antes de que el policía le recriminara de nuevo, enseñándole la copa a su amigo, prosiguió.

—No olvides que cuando inclines la copa debes fijarte no solo en el ribete, es importante observar el rastro que deja el vino en la copa, a eso le llamamos lágrima, un indicador de su grado alcohólico, que en los tintos suelen estar entre los doce y catorce grados, y que este tiene baja graduación, ya sabes, condicionada por la presencia de mayor o menor etanol y glicerol, y este último es el que más destaca en la lágrima.

De nuevo el cabo primero Calleja se tomó un respiro, Camiñano algo ya cansado dijo que era el momento de disfrutar del vino y dejar para otra ocasión seguir con pesquisas que no llegaban a puerto alguno.

—Falso, amigo Camiñano, falso de principio a fin, —dijo Calleja como enfadado, —no apreciar ni conocer los olores y sabores de un buen vino, es como estar con una bella mujer con los ojos vendados, por ello te invito a que huelas la copa, ¿qué te parece?, ¿qué has notado?

—¡Qué quieres que no te diga!, huele a vino.

—¡Horror!, te adelanto que antes de meter tus narizotas de nuevo en este poderoso vino, debes saber que los aromas pueden ser muy variados, desde los florales, como a jazmín o violeta, hasta los frutales, como el melocotón o incluso algún vegetal como la pimienta o el eucalipto, etc., menos frecuentes son los aromas minerales, todos estos aromas de lo que hemos hablado están en las uvas, por ello los enólogos los llaman primarios, porque si proceden de la maceración o de los procesos de fermentación les llaman aromas secundarios y si aparecen de forma tardía los definen terciarios, como son los olores a madera tostada, piel de animal, etc., aromas muy deseados, pero que al airearse o decantarse el vino suelen desaparecer pronto y este vino te aseguro que he notado los aromas a frutos rojos y si me apuras, aunque ha desaparecido pronto, a tostado de madera de roble, muy lejos de esos aromas a cereza de la Bobal joven.

—¿Lo probamos o no lo probamos? —dijo Camiñano enojado.

—No seas impaciente, este vino emana olores muy personales y es el momento de saborearlo, pero por favor, con cuidado, que te conozco, llevo observándote mucho tiempo y he descubierto que eres un devorador de vinos, sin importarte la edad, sus cualidades...

—¿No crees que exageras?

—En absoluto, este vino no te voy a dejar que lo deglutas, que te conozco, entre otras cosas porque creo que es excelente, debes acostumbrarte a tomarlo a pequeños sorbo, como saboreando, aguantarlo en la boca, y descubrir sus sabores —El cabo primero Calleja a continuación probó el vino de forma pausada, primero dejándolo unos momentos en la boca, luego inclinó la cabeza, al final deglutiéndolo, a continuación se dirigió de nuevo a Camiñano, —ya conoces los sabores básicos, el primero en apreciarse es el dulce, relacionado con los azúcares de la uva, y la Bobal es rica en ello, luego el salado, aunque en este vino casi es inapreciable, ya sabes, estamos lejos del mar y las brisas marinas, en tercer lugar, el ácido, un sabor que se aprecia por las papilas gustativas que se encuentran en los laterales de la lengua, y que este vino tiene un nivel de acidez que se aprecia y por último debemos hablar del sabor amargo, muy condicionado por los taninos del hollejo, que aumenta si se pone en contacto con el raspón y escobajos, dándole esa característica de aspereza, sequedad, y amargor y que en este caso en parte son sensaciones que ha perdido.

No le hizo mucho caso Camiñano en eso de no deglutir, porque acto seguido se llenó la copa y en menos de un periquete la consumió sin más, mientras Calleja seguía hablando.

—Debo hacer una advertencia si quieres disfrutar del vino, tan importante es apreciar sus cualidades como descubrir sus defectos, porque solo ya al mirar el corcho nos pone en alerta si está excesivamente húmedo, mal oliente, desecho, etc., en nariz un olor fuerte, extraño, no familiar, nos debe poner también en guardia, incluso antes de probarlo, los aromas a cerilla recién encendida por exceso de sulfúricos, el típico olor a huevos podridos o el aroma a acetona o vinagre, etc., de suerte que a veces no será necesario ni probarlo, pero no cabe duda que un vino en malas condiciones es fácil abandonarlo al probarlo, basta notar el sabor a vinagre, a rancio o cocido por la oxidación exagerada, u otros sabores extraños, como a cartón mojado, o la presencia de burbujeo por anhídrido carbónico...

No terminó la frase Calleja, en esos momentos llegó una moza vestida con el traje de vendimiadora de la Fiesta, era una muchacha robusta, bien formada, morena, de cara redonda y tez rolliza, con un poco de bigote, nada que la desmereciera, se notaba que se había criado en el campo, al verla Calleja se levantó y le dio un beso, luego este se dirigió al policía.

—Le presento a Bernarda, es mi novia y ella es la que me ha enseñado los misterios del vino, hace tan solo un año que se ha graduado en la Escuela de Viticultura y Enología y con la mejor nota de su promoción, ahora está haciendo un vino que va a quitar el hipo.

—¿Usted es el famoso inspector?, mi novio no deja de hablar de usted, antes que se me olvide quiero felicitarlo por lo de la reina de Las Peñas, menos mal que estaba usted aquí —dijo la joven dirigiéndose a Camiñano.

—Oye, Bernarda, que yo también he participado.

—¿Tú?, seguro qué para dar la murga al señor con eso de las catas, —contestó la joven riéndose.

—Pero si me lo ha pedido él, díselo Máximo a esta incrédula.

—Claro, como yo le tengo prohibido hablar de ello, pues se aprovecha de gente incauta para hacerse el importante, pero sabe que le digo, —respondió la muchacha mirando a Camiñano, —no se crea ni un poquete de lo que ha dicho, seguro que le ha hablado de que el vino es de la variedad Bobal y que tiene muchos años, lo que no sabe usted es que aunque sin etiqueta, aquí el joven conoce bien la capsula que envuelve ese vino, le es familiar y por ello estoy seguro que se ha lucido...

—Pero Bernarda, eres cruel, ahora que estaba deslumbrando a mi amigo, lo has dejado todo a perder.

Camiñano le ofreció una copa de vino a la joven a la vez que le preguntaba.

—¿Qué le parece este vino?, ¿podría decir algo sobre el mismo?

Después de estar un tiempo mirándolo, oliéndolo y probándolo, con una larga y generosa sonrisa dijo.

—A mí me gusta.

Quedó sorprendido el inspector de la respuesta de la joven enóloga, y no sabía que pensar en ese asunto tan principal para algunos y de poca o nula atención en eso de beber el líquido divino. Al final entendió qué en esto de los vinos, como muy bien había expresado la mujer, se resumía en un simple predicado, gustar o no gustar.

Después de mal comer y buen beber, la joven Bernarda invitó a su novio y a Camiñano a la plaza de toros de la ciudad, una plaza inaugurada en 1901, de bella estampa; nunca el policía había estado en su interior, aunque siempre le llamó la atención su recia construcción de ladrillo cara vista y sus motivos arabescos como sus arcos en herradura y otros.

Bernarda y sus amigos habían organizado todo una fiesta aprovechando los toros, en este caso una novillada, era la excusa para estar juntos, el objetivo era otro, disfrutar de la música que ellos mismos con sus instrumentos iban tocando, bailar al son de las charangas, beber en bota y comer bollos; los jóvenes por grupos según las comisiones de barrio se distinguían por los colores de sus camisolas y por el mayor y menor bullicio que los mismos provocaban; se dieron cita más de tres mil personas dispuestos a pasar un rato alegre y entretenido, en un foro aproximado de seis mil, según cálculos del inspector. Camiñano en esta situación quedó algo desplazados de la fiesta, no así Calleja que pronto se integró entre las chirigotas como uno más, el policía se dedicó a ver la novillada de la que el público con frecuencia no prestaba atención, estaba claro que se regalaron algunas orejas de propina, más por la alegría de los allí presentes, que por méritos del maestro, ante faenas de dudoso corte y hechura.

Esa noche tuvo que acudir al final de la Fiesta por Bernarda que insistía en que debía acompañarla, no podía abandonar al grupo ahora que ya era uno de los suyos, en medio de la comparsa una inmensa carcasa de múltiples colores iluminó el cielo de la avenida, Camiñano imaginó o creyó ver un segundo a su sobrina y a su ayudante Casas besándose con pasión. Con la quema del Monumento del Vino se daba por finalizado la Fiesta de la Vendimia y con ello un día de emociones acumuladas.

Unos días después Camiñano volvía a su rutina habitual, acudir los domingos al rastro en busca de alguna fotografía antigua, viajar en su Vespa hasta el mar, comer en el Bar la Esquina, mal que le pesara, y sobre todo escuchar música, toda la música, renacentista, barroca, clasicista, romántica, contemporánea, siempre la música…

Ya vale.